KB082585

우리들의 누이

우리들의 누이

첫 번째 찍은 날 | 2018년 8월 16일
세 번째 찍은 날 | 2019년 6월 10일

지은이 | 홍정욱
펴낸이 | 이명희
펴낸곳 | 도서출판 이후
편집 | 김은주
표지 및 본문 디자인 | A. Lance
글 ⓒ 홍정욱, 2018

등록 | 1998. 2. 18.(제13-828호)
주소 | 10449 경기 고양시 일산동구 호수로 358-25(동문타워 2차) 1004호
전화 | 대표 031-908-5588 팩스 02-6020-9500
블로그 | http://blog.naver.com/ewhobook
ISBN | 978-89-6157-094-7 03810

이 도서의 국립중앙도서관 출판시도서목록(CIP)은 e-CIP 홈페이지(http://www.ni.go.kr/
cip.php)에서 이용하실 수 있습니다. (CIP 제어번호: CIP 2018021139)
이 책은 저작권법에 의해 보호를 받는 저작물이므로 무단 전재와 복제를 금합니다.

우리들의
누이

홍정욱 소설

이후

그들의 삶을 증명할 것은 당신뿐이다

김민섭(작가, 『대리사회』 저자)

인간은 행복해지기 위해 끊임없이 분투하는 존재다. 특히 타인이 아닌 자신의 삶을 주체적으로 살아가려고 노력한다. 그러나한 시대는 그러한 개인을 쉽게 휩쓸어가 버리곤 한다. 그 물결은큰 해일처럼 덮쳐오기도 하고 잔잔한 냇물이다가 어느 순간 불어나 그를 휘감는다. 혹은 서서히 몸이 가라앉을 수밖에 없는 늪으로 누군가는 스스로 걸어 들어간다. 누구도 등을 떠밀지 않았지만여러 타인의 삶을 짊어지기를 선택하는 것이다. 앞에서는 웃고 돌아서지만 걸어가면서는 몰래 눈물 흘린다. 『우리들의 누이』는 그러한 시대를 살아온 '누이'들에 대한 서사다.

누이는 중학교를 중퇴하고 도시의 공장으로 간다. 남동생의 학비를 마련하기 위해서 한 선택이다. 그는 이미 국민학교 시절에도운동화를 살 수 없어 운동을 포기하며 "할 수 없는 것은 할 수 없는 것"임을 배웠다. 공장에는 이미 나이와 이름을 속인, 자신의 길을 먼저 걷고 있는 누이가 있었다. 그들은 어린 나이부터 자신을 희생할 것을 강요받았다. 그래야만 한 가족의 삶이 간신히 버텨낼 수 있기 때문에, "해야만 하는 것은 해야 하는 것"이라며 늪으로 걸어 들어간 것이다.

『우리들의 누이』를 읽는 동안 친구가 나에게 "그건 어떤 책이야?"하고 물어서 "산업화 시대의 젊은 여성에 대한 소설이야."하고 답했다. 그러자 그는 너무 뻔한 내용이겠다고 반응했다. 사실 나도 비슷한 심정이었다.

그러나 그 '뻔함'을 우리는 늘 잊고서 살아간다. 오히려 더욱 이야기하려 하지 않는 것으로 외면해 나가지는지도 모르겠다. 누이가 일한 대한실업은 산업화시대의 흔한 제조업 공장 중 하나였을 것이다. 우리는 그들을 '산업역군'으로만 주로 기억한다. 그러나 그들이 왜 학교도 제대로 졸업하지 못하고 그 전선으로 내몰렸는가, 평범한 누이들이 누구를 위해 산업역군이 되었는가를 우선 돌아보아야 한다. 성과를 이야기하고 기쁨의 감정을 누리기 이전에, 개개인의 삶을 들여다보고 애도의 감정을 나누어야 한다.

비슷한 시대를 살아간 나의 아버지에게도 형과 누이들이 있다. 5남매 중 대학에 간 사람은 한 명, 나의 아버지뿐이다. 장남인 큰아버지는 어린 시절부터 가장의 몫을 했다는 것 같다. 나의 할머니가 대학 입학금과 지정복(교복)값을 마련할 수 없어서 울고 있자, 그가 "이걸로 영석이 대학 보내요." 하고 돈을 내어놓았다고 했다. 대학에 가지 않은, 정확히 말하면 그것을 선택할 수 없었던 나의 고모들 역시 다른 가족을 위해 무언가 끊임없이 희생해 온 개인들이다. 그들의 시대는 이미 지나간 페이지가 되었지만 그들은 여전히 지금의 시대에 동시하고 있다.

누이 역시 대학에 가고 싶었고, 운동선수가 되고 싶었고, 평범한 연애가 하고 싶었을 것이다. 그러나 그들은 가족 구성원의 삶을 견인해 내기 위한 노동을 해야만 했다. 모두가 저마다의 자리에서 서로를 위한 희생을 감당해야 했다. 다만 그들에게는 그것이 조금 더, 가혹하게 가서 닿았다. 우리가 할 수 있는 것은, 기억하고 기록하는 것이다. 그런 누이들이 있었음을 기억해야만 한다. 그것은 대신 대학에 갈 수 있었던, 대신 운동화를 신을 수 있었던, 대신 누군가와 평범하게 연애할 수 있었던, 그 당사자들의 몫이다. 누군가를 위해 희생하는 노동은 특히나 잘 드러나지 않는다. 사회적으로 증명되는 것도 아니고 "본인의 원에 의해 사직하고자 합니다."라고 적는 것으로 간단히 없어지고 만다. 그러한 서사를 기록하는 것은 당사자를 비롯한 사회의 몫이겠다.

『우리들의 누이』를 읽으며 가상 인상적이었던 부분은 다음과 같다.

"내가 하는 일을 내가 정한다는 것이 겁이 났지만, 그것도 해 보니 별일이 아니었다. 이사를 하고, 사표도 썼다. 그럴 때마다 내가 단단해지는 느낌이었다."

사람은 자기 자신으로 살아가면서 조금 더 단단해진다. 땅에 두 다리를 딛고, 물결에 휩쓸려가지 않을 만큼 주체적으로 서게 되는 것이다. 누이가 식당일을 그만두고 조리사 자격증을 준비하며 "내가 단단해지는 느낌이었다."고 고백하는 것이, 나는 무척 안쓰럽고 대견하고 미안했다.

아무도 타인을 위해 희생하는 '대리인간'으로서의 삶을 살기를 바라지 않는다. 그러나 누군가는 거친 물결 앞에서도 "살살 가 보자, 내가 무거워서 떠내려가지는 않을 끼다."라며 소중한 이들을 대신해서 자신의 발을 담그고 마는 것이다. 『우리들의 누이』의 작가는 "당신들의 이야기를 하고 싶었습니다."하고 말한다. 나는 아직 그들은 가라앉지 않았다고 하고 싶지만, 그들은 이미 시대의 가장 깊은 곳으로 침잠해 버렸다.

그러나 지금 이 글을 읽는 당신의 주변에도, 그 읽을 시간을 확보해 주기 위해 자신을 희생하고 있는 소중한 누군가가 있을 것이다. 그를 기억하고 증명할 것은 당사자인 당신뿐이다. 『우리들의 누이』는 "열고 나가야 할 문이 어디에도 보이지 않는" 그들에게 문을 열어줄 것을 제안한다. 나의 소중한 이들이 어디에 있는지, 그리고 왜 거기에 있는지, 되묻게 해 준다. 그 구조 요청에 우리는 응답해야 한다.

차례

추천하는 글   4
그들의 삶을 증명할 것은 당신뿐이다 -김민섭

1장 두 고개   9

2장 도시에서 사는 법   71

3장 말로 만들어지지 않는 말   119

4장 내가 만든 나   161

5장 햇살이 드는 방   207

6장 흔들리는 배   263

7장 열리지 않는 문   303

작가의 말   332

1장

두
고
개

1

어둑살이 내려앉자 뾰족하던 것들은 끝을 잃고 둥그런 몸뚱이
만 남았다. 3월의 바람은 목줄 잡힌 연처럼 마음대로 꼬리를 흔들
었다. 잦아들던 불이 아궁이 밖으로 혀를 날름거렸다. 자리를 바
꾸어 앉는 산비둘기 소리가 대숲의 바스락거리는 소리에 묻혔다.

유전늪에 뿌리를 담근 천제봉은 골짜기마다 문을 닫고 말없이
바람을 맞았다. 마당에서 떠오른 희부연 바람이 마루에 흙가루를
뿌렸다. 마구간에 엎드린 소는 바람을 피해 코를 당겼다.

나는 쇠죽솥 아궁이 앞을 쓸어 넣고 솥전에 피식거리는 눈물을
부지깽이로 지우고 일어섰다. 정지에서 번진 연기가 탱자나무 울
타리 속으로 흩어졌다.

"질정 없는 이월 바람이라도 해가 지면 아아들을 데불고 자러
간다더니, 올 이월 바람은 우짠 일로 밤낮도 없이 이리 불꼬?
구남아, 구남이 방에 들어갔나?"

정지에서 나온 엄마가 앞치마에 젖은 손을 닦고 마루로 올라서

며 말했다. 엄마가 할배 방으로 들어가는 것을 보고 마당으로 나섰다.

"한 바퀴 돌고 올게."

엄마의 대답을 듣지 않고 삽짝을 나섰다. 부름고개로 길을 잡았다. 길게 숨을 뿜어냈지만 마음속에 남아 있는 갑갑한 것은 다 빠져나가지 않았다. 이제 모든 것이 정해졌다.

어젯밤, 저녁 밥상에서 학교를 그만두겠다고 말했다. 내 속에서는 더 숨을 곳이 없는 말이었다. 아버지는 말없이 수저를 놓았고, 동생들은 나를 빤히 바라보았다.

말이 없던 엄마는 정지방에서 밤새 울었다. 나는 엄마의 울음소리가 방을 에워싼 어둠에 갇혀 있기만 바랐다.

"무신 일이 있어도 굶지 말아라. 아직 덜 큰 몸이다. 알아들었나?"

"언니하고 싸우지 마라. 너그 둘을 생각만 해도 바늘을 삼킨 것 같다. 알아들었나?"

"동생들 공부시킬 돈 보태려고 애쓰지 마라. 입 하나 덜어 준 것도 크다. 그것은 에미 애비의 일이다. 알아들었나?"

"사람들을 수이 믿지 마라. 머리 검은 짐승은 조석으로 낯가죽이 변하지만, 낯가죽 밑은 더한 것이다. 알아들었나?"

"연탄가스 조심해라. 눈에 안 보이는 것이 더 무서운 것이다. 알아들었나?"

나는 말끝마다 다짐을 받는 엄마의 말을 듣고만 있었다.

부름고개에 섰다. 하늘은 어두웠다. 별도 보이지 않았다. 고속
도로에는 차들이 줄지어 내달리고 있었다. 차의 불빛에 드러난 학
교가 빙빙 돌다가 사라지곤 했다. 내리막길을 걸어서 학교 운동장
으로 갔다. 운동장은 비어 있었다.

이승복 동상 밑에 쭈그리고 앉았다. 운동장에도 흙바람이 일어
났다. 흙바람은 회오리치며 측백나무 울타리 옆 우물가로 달려갔
다. 입 안에 모래가 씹혔다. 천천히 우물가로 걸어갔다. 양철로 만
든 둥근 우물 덮개는 먼지를 뒤집어쓰고 우물 시울을 움켜잡고
있었다. 손으로 양철판을 쓸어 보았다. 잔모래가 양철판을 긁어
자그러운 소리가 났다. 몸이 움츠러들었다.

다음 주에 나는 어디에 있을까?

생각해 보면 지난 몇 해 동안 일어난 일들은 이 우물가에서 시
작되었다.

2

5학년 담임으로 부임한 젊은 남자 선생님은 말을 시작할 때마
다 "에~~ 또~~" 하던 늙다리 선생들과 달랐다. 선생님은 군북에
서 자전거를 타고 개고개를 넘어 학교에 왔다. 남학생들이 뒤를

쫓아가면 두 손을 머리 위로 들고 운동장을 몇 바퀴 돌기도 했다. 전교 조회를 할 때 갑자기 다리를 머리 위로 차올리거나, 쉬는 시간에 남학생들과 어울려 공을 차기도 했다.

옥귀가 참꽃을 꺾어 와 교탁에 꽂아 둔 날이었다. 선생님은 칠판에 꼬부랑한 글씨를 쓰고 '핸드볼'이라고 읽었다. 송곳니 뒤에서 금니가 반짝했다. 손으로 던진다고 해서 '송구부'라고 한다는데, '손구부'가 아닌 게 이상했지만 누구도 묻지 않았다. 우리는 칡넝쿨 같은 글자를 보고 웃기만 했다.

선생님은 그날 오후에 여자아이들 몇을 지명해서 남겼다. 키 큰아이만 고른 것 같았다. 6학년 언니들과 있는데도 내가 제일 컸다.

나는 두 살 위의 언니보다 컸다. 그런 나를 보고 엄마는 변솟가 비름나물처럼 잘 큰다며 놀리곤 했다.

"하늘 똥꾸녕을 쑤실 것가? 가시나가 키가 요래 커서 오데 쓰겠노? 마당을 기어 댕기며 닭똥을 주워 먹더니 이래 컸나? 개수통에서 물외 꼭지를 건져 먹고 이리 컸나? 계집애가 나직하고 볼랑볼랑 바지런해야 쓸모가 있제, 빨랫줄을 잡고 섰을 것도 아님서 키는 뭐하로 이리 크노. 쯔쯔."

그러나 언니 옷을 물려 입지 못하게 되자 등을 쓸어 주던 손길은 갈수록 뜸해졌다.

송구 선수는 다른 아이들보다 한 시간 늦게 집에 가는 대신 점심시간에 배급 빵은 확실히 받을 수 있었다. 배급 빵은 개떡보다 보드라웠고, 털털이보다 구수했지만 다 먹지는 않았다. 반은 남겨서 집에 가지고 갔다. 작년까지 먹던 강냉이죽은 남겨서 가지고 가기가 힘들었다. 송구 선수가 된 것을 집에는 비밀로 했다. 한 학년 아래 복이에게도 다짐을 받았다.

선생님이 키가 큰 나를 아낀다는 것을 알 수 있었다. 여러 자리에 세우고 연습을 시켰다. 내가 자리를 바꾸면 다른 선수들은 아무 말도 못 하고 자리를 바꾸었다. 나를 위해서 뭔가가 바뀌는 것을 본 것은 그때가 처음이었다. 집에 비밀로 할 만한 일이라고 생각했다.

맨 앞에 서서 다른 선수가 던지는 공을 받아 상대 골대에 넣는 연습을 했다. 송구공은 얼추 손아귀에 잡혔다. 다른 애들보다 멀리 던질 수 있었다. 어쩌다 얼굴에 공을 맞을 때도 있었지만 울지 않았다. 잘리고 싶지 않았다.

그러던 어느 날, 선생님이 연습하다 말고 선수들을 모았다. 나를 앞으로 불러 세우더니 다짜고짜 골키퍼를 하라고 했다. 그러고는 골대 안에 서서 팔을 들어 보라고 했다. 선생님은 빙긋 웃으며 좋은 골키퍼가 될 것이라고 말했다.

골키퍼가 되어 연습을 했다. 높은 공도 다 막을 수 있을 것 같았다. 두 팔을 벌리고 서면 몸이 더 커지는 것 같았다. 선생님은 고개를 끄덕이며 또 금니를 보였다.

그날 이후, 나는 남 먼저 운동장에 나와서 골대 주변을 비질했다. 내 자리라고 표시하는 금이라도 그어 두고 싶었다. 쉬는 시간에는 골대 안에 박힌 돌을 빼내기도 했다. 운동장에서 가장 반질반질하게 만들고 싶었다.

그러나 부름고개에 올라설 때부터 가장 먼저 송구장으로 눈길이 가던 그 시간도 오래가지 못했다.

여름방학을 하루 앞둔 날, 선생님은 반달 모양으로 둘러선 선수들 앞에 서서 천천히 말을 꺼냈다.

"가을에 함안군 국민학교 송구 대회가 있다. 선수복은 흰색 난닝구에 파란 빤스를 입으면 된다. 그런데, 지금처럼 맨발이나 고무신을 신고 대회에 나갈 수는 없다. 운동화가 있어야 한다. 옥귀야, 이리 나와 봐라. 이런 신이 운동화다. 베로 만들고, 끈으로 묶을 수 있어야 한다. 개학할 때는 운동화를 신고 와야 한다. 준비할 수 있겠나?"

줄을 맞춘 맨발의 발가락들이 꼼지락거렸다. 나는 발가락으로 흙먼지를 모아 다지며, 미꾸라지를 잡아야겠다고 생각했다.

내가 대소쿠리를 들고 나설 수는 없었다. 계집애가 설치면 집안이 망한다는 소리는 귀에 못이 박히도록 들었다. 복이를 꼬드겨야 했다. 다행히 고무신을 들메끈으로 짜매고 공을 차던 복이도 운동화 타령을 한 지가 오래 되어 쉽게 말이 먹혔다.

엄마가 반은 가져갈 것이고, 나머지를 복이와 나누기로 했다. 복이가 6, 내가 4. 복이가 6을 가지는 대신 송구 선수 운동화를 사려고 한다는 것은 비밀로 하기로 했다. 토끼를 사서 키울 것이라고 입을 맞췄다.

틈만 나면 미꾸라지를 잡으러 나섰다. 아침부터 비가 오는 날은, 아무도 간섭을 하지 않아 운이 좋은 날이었다. 복이가 소쿠리를 잡았고, 나는 쇠죽을 떠 나르는 고무 양동이를 들었다. 도랑이 깊으면 역할을 바꿨다.

잡은 미꾸라지는 차곡차곡 모았다. 4일, 9일장인 군북장과, 5일, 10일장인 가야장에 내다 팔 장거리를 만들었다. 간혹 국거리로 줄 어들기도 했지만, 열흘에 한 번은 장거리가 되었다. 그때마다 내 게 떨어지는 것은 2백 원이나 3백 원이었다. 돈을 장독 뒤에 묻으 며 종종 선생님을 떠올렸다. 방학이 끝날 때쯤 복이는 토끼 한 쌍 을 샀다.

개학날 발걸음이 무겁지 않았다. 옥귀를 만나서 다음 가야장에 같이 가자고 약속했다. 육성회비 봉투를 받아 들고 집으로 왔다.

다음날 아침에 엄마가 불러 세웠다. 엄마는 육성회비 봉투를 당 당히 들고 있었다. 골마루로 두어 번 쫓겨나서야 냈던 육성회비 를, 웬일인지 기한도 되기 전에 내놓은 것이었다.

"받아라. 육성회비다. 우리는 못 배워서 땅을 파 먹고 살지만, 너그는 힘이 되는 데까정 시킬 꺼니 한눈팔지 말고 배워라. 재 물은 도둑맞기 싫지만 배운 거는 머릿속에 있으니 항우장사라 서 빼았겠나? 둘이 미꼬랭이를 잡아 팔아 보태서 좀 수월했다."

엄마는 상을 주듯 누런 봉투 두 개를 내게 내밀었다. 책보를 풀 어서 책갈피 속에 넣고 다시 묶었다. 산수책이었다. 등에 붙은 책 보가 날개인 듯 가벼웠다. 부름고개를 넘어갈 때까지 뒤따라오던 복이가 몇 번이나 같이 가자고 소릴 질렀다.

학교에 도착해서 우물부터 찾았다. 우물에는 십 리 길을 걸어 온 다른 동네 아이들이 철모 바가지에 뜬 물을 마시고 있었다. 내 앞에 수그려 물을 마시던 영곤이는 벌써 등이 젖어 있었다. 그런데 물을 마시던 영곤이 놈이 갑자기 바가지를 머리 위로 들더니 뒤로 물을 뿌리고 도망갔다. 우두커니 서 있던 나는 큰 키 때문에 오롯이 뒤집어쓰고 말았다.

"저놈의 새끼!"

옷이 몸에 달라붙어 따라 뛰어갈 수가 없었다. 내 뒤에 일상이 멀겋게 서 있었다. 아마도 복이가 양보했을 것이다. 복수를 뒤로 미룰 수밖에 없었다. 엉거주춤 옷을 잡아 가슴을 숨기고 물을 마시는데 옥귀가 달려왔다. 선생님이 송구장에서 부른다고 했다.

책보를 풀어 체육복을 꺼냈다. 변소에 가서 갈아입고 송구장으로 갔다. 젖은 책보는 중앙 화단에 서서 하늘로 주먹을 찌르고 있는 이승복의 다리 사이에 두었다. 어디서든 보이는 자리였다.

선생님은 보자마자 운동화를 구했느냐고 물었다. 나는 다음 장날이면 된다고 했다. 선생님은 어깨를 툭 치며 말했다.

"동생은 작은데, 니는 우째서 키가 이리 크노?"

"……."

선생님이 말을 이었다.

"킴빠가 잘 하모 적어도 지지는 않는다. 생각해 봐라. 공격수가 정신이 나가서 한 골도 못 넣는다 치자. 또 다른 선수들이 어병해서 우리가 뻥뻥 뚫린다고 치자. 그런데 니가 적의 공격을, 큰 키를 이용해서 다 막아 버리면 우찌 되겠노? 그라모 페널티킥, 아니 페널티뜨로를 해! 생각해 봐라. 누가 유리하겠노? 니만큼 키가 큰 골키퍼가 함안군에는 드물다."

선생님은 게처럼 팔과 다리를 벌리고 옆으로 왔다 갔다 하며
말했다.

"페널티…, 그게 뭡니꺼?"

"아, 그건 골키퍼하고 적군이 일 대 일로 서서 시루는 거야. 적
군이 혼자 나와서 던지고 니가 혼자 막는 거지."

"네……."

"자신 있제?"

"……."

"됐다. 인자 가 봐라."

바로 뒤돌아서 뛰어가기가 좀 그랬다. 옆걸음으로 살구나무 밑
으로 몇 발짝 가다가 이승복과 눈이 마주쳤다. 각도가 달라져서
인지 다리 사이가 빈 듯했다. 아, 육성회비! 뒤통수에 벼락이 치는
것 같았다.

책보는 잔디 위에 떨어져 있었다. 젖은 옷에서 배어 나온 물에
보자기가 얼룩져 있었다. 책보를 풀고 산수책을 뒤졌다. 없었다.
다른 책 사이사이를 다 뒤져도 누런색의 육성회비 봉투 두 개는
보이지 않았다. 앞이 캄캄했다. 동상 주위를 둘러보며 찾았지만
마찬가지였다.

학교가 발칵 뒤집혔다. 선생님의 불호령에 아침에 우물물을 마
신 아이들이 조회대 앞으로 불려 나왔다. 물을 뿌리고 도망간 영
곤이는 줄도 서기 전에 뺨부터 몇 대 맞았다. 교장 선생님까지 나
와서 1교시 마칠 때까지 반드시 범인을 잡아야 한다고 명령했다.

우리 반은 솔잎을 물고 눈을 감았다. 나는 골마루에 따로 서 있

었다. 선생님은 거짓말을 하는 사람의 솔잎이 자랄 것이라고 했다. 양심을 속이면 자기도 모르게 몸에서 열이 나서 솔잎이 자라는 것이라고 했다. 나는 눈앞이 물속 같았지만, 매일 송기를 벗겨 먹는 아이들에게 통할 말이 아니란 것은 알았다.

그날 오후, 복이 편으로 선생님의 부름을 받은 아버지가 학교에 다녀왔다. 책보가 마당에서 속엣것을 내놓았고, 나는 송구 선수를 그만두어야 했다. 운동화는 육성회비가 되었다. 찍소리도 못했다.

아버지와는 밥상에서도 눈을 마주치지 못했다. 아버지의 눈길이 내게로 쏠리면 엄마가 선수를 쳤다.

"하늘 높은 줄만 알았지, 땅 넓은 줄은 모르는 년이, 별시리 키는 커 가꼬 송구가 뭐꼬. 거기에 정신이 팔려가 육성회비를 흘리뿌고."

밥을 더 빨리 먹었고 빨래도 빨리 했다. 아버지의 눈길을 피해 다녔다.

봉투는 사흘 뒤에, 1학년과 4학년 변소 안에서 하나씩 발견되었다. 영곤이가 봉투를 처음 발견했으나 선생님에게 알린 것은 일상이였다. 영곤이는 봉투를 보자마자 일상이에게 먼저 말했다. 아마 제가 발견했다고 하면 더 의심을 살 것이라고 생각했을 것이다. 1학년 때부터 급장인 일상이의 말은 아무도 의심하지 않았다.

일상이의 아버지는 왜정 때 순사였다고 했다. 해방이 되자 삼봉산 바위굴에 숨어 살다가 얼마 지나지 않아 내려왔고, 내려오자마자 면서기를 했다. 면서기를 하면서 유전늪 가의 주인 모르는 땅을 거저먹으려다가 들켜서 옷을 벗었다. 그래도 순사 끗발은 그대로였다.

영곤이는 학교에서 유전늪으로 가는 중간쯤에 살았다. 아버지의 이름이 백장군 씨인데 우리가 '똥장군'이라 불러도 실실 웃기만 했다.

국민학교를 졸업하고 철공소에서 일하는 형 일곤이 오빠는 리어카뿐 아니라 농약 치는 기계까지 고치는 솜씨로 이름이 났다. 그런데 영곤이는 하는 일마다 글렀다. 가물치를 잡으려다 신발을 늪에 박아 버리고 맨발로 집에 가거나, 아까시꽃을 따 먹다가 벌에 쏘여 머리통을 두 개나 달고 다니기도 했다. 집에서도 영 곯아 버린 놈이라 불렸다.

영곤이가 선생님께 다시 불려가 닦달을 당했지만 육성회비는 나오지 않았다. 며칠 동안 영곤이를 보며 웅성대던 아이들도 시나브로 조용해졌다. 기가 죽었던 영곤이는 다시 실실 살아났다.

나는 영곤이가 훔쳤다고 생각하지 않았다. 제놈이 내 가방에 육성회비가 든 줄 알고 물을 뿌려서 벗어 두게 한 다음, 때를 노려 책보를 풀었다고 생각할 수는 없었다. 그러면 그건 영곤이가 아니었다.

몇 번의 가야장이 지난 뒤, 선생님이 교무실로 불렀다. 나는 돌짐을 지고 교무실로 갔다.

"옥귀 아버지가 니 운동화를 사 주겠단다. 골키퍼를 다시 하면 안 되겠나?"

입 안이 바싹 말라 왔다. 입술을 닫고 침을 모아 삼킨 뒤 천천히 말했다.

"선생님……, 아니예."

머릿속에 있던 다른 말들은 입 밖으로 나가지 않았다. 그러나 선생님이라고 또록또록하게 말한 것은 그때가 처음이었다.

선생님은 내 머리 너머로 운동장을 바라보았다. 나는 고개를 숙이고 선생님의 와이셔츠 단추를 셌다. 단추는 점점 흐려지며 구멍이 사라졌다.

"알겠다. 할 수 없는 것은 할 수 없는 것이다. 저어기 운동장 건너 돌배가 맛이 들었는지 가 봐라. 익었으면 몇 개 따 온나."

말을 마친 선생님이 잠시 후 돌아섰다. 나는 돌배나무를 향해 운동장을 가로질러 걸었다.

'서리도 안 맞은 돌배를 누가 먹나?'

생각을 바꾸려고 여러 번 중얼거렸으나 그것은 입말일 뿐이었다. 일부러 고개를 들고 천천히 걸었다. 입 뒤에서부터 짠 맛이 배어 나왔다.

돌배나무에 가까워질수록 '할 수 없는 것은 할 수 없는 것이다.'라는 선생님의 말만 머릿속에 가득 찼다. 그 말은 머리를 흔들어 떨쳐내려 해도 질기게 달라붙었다.

3

집에서든 밖에서든 더 말이 줄었다. 엄마는 번데기가 되려고 그러냐고 나무라기도 했다. 어쩌면 엄마는, 가을에 내가 나방처럼 날아오를 것을 알고 그랬는지도 모르겠다.

부름고개 너머 문중 논 두 마지기의 올벼를 타작하던 날이었다. 나락 가마니를 소달구지에 싣고 부름고개까지 오르는 일이 힘들었다. 지게를 진 복이는 앞서 가고 나는 국이와 고무신을 벗어 가마니 사이에 끼우고 달구지를 밀었다. 고삐를 틀어 쥔 아버지는 앞에서 소를 끌며 용을 썼다. 소의 입에서 나온 침이 날려 얼굴에 묻을 때쯤 부름고개에 올라섰다. 사람도 소도 쉬어야 했다. 아버지는 땀을 훔치고 소의 목을 쓸었다.

참깻대 타는 냄새가 내리막길을 타고 올라왔다. 엄마는 덕이를 업고 저녁밥을 하러 먼저 내려갔다.

"앞에, 가마니 우에 올라타라."

고무 밧줄을 당겨 매며 짐을 추스르던 아버지가 내게 말했다. 내리막에 짐이 뒤로 기울면 소가 내리쏠리는 힘을 감당하지 못할 것이라고 했다. 내 무게로 달구지 앞을 눌러 소가 버티는 힘을 쓸 수 있게 하자는 것이었다.

불룩한 가마니 위에서는 발받침이 불안했다. 가마니 사이에 발을 우겨넣고 새끼줄을 꼬나 잡았다. 복이와 국이는 뒤에서 달구지를 당겼다. 둘은 신발을 벗고 새끼줄을 잡고 매달렸다. 아버지는 소 앞에 서서 코뚜레를 잡고 소가 뛰는 걸 막아서며 뒷걸음질을 쳤다. 부름고개는 내리막이 끝나자마자 지게 가지처럼 꺾어야 동네로 들어설 수 있었다. 꺾이는 곳은 어른 키의 두 배나 되는 언덕이었다.

코뚜레를 잡힌 소는 고개를 쳐들며 아버지의 손을 털어 내려 했다. 아버지는 안간힘을 쓰며 코뚜레를 눌렀다. 소는 아래로 내리쏠리는 짐을 두 발로 버티며 주춤주춤 걸었다. 달구지 뒤에 달린 동생들은 맨발인 줄도 모르고 발을 끌며 악착같이 뻗댔다.

내리막을 반이나 내려왔을까. 달구지 왼쪽 바퀴가 돌에 퉁겼다. 그 바람에 달구지가 기우뚱했다. 나는 밧줄에 매달리며 겨우 중심을 잡았다. 그러나 멍에가 한쪽으로 돌아가 버렸고 놀란 소는 달구지와 덩어리가 되어 아래로 내달리기 시작했다. 앞에서 소를 막고 있던 아버지가 사라졌다.

"아이고!"

아버지의 외마디 소리를 귀에 담고, 나는 날아가고 있었다. 새끼줄을 놓친 순간을 기억한다. 가마니 위에서 엉덩이가 공처럼 퉁퉁 튀더니 달구지가 새끼줄을 잽싸게 빼앗아 가 버렸다. 나는 하늘로 날아올랐다.

엄마가 울부짖는 소리를 들은 것은 한참이 지나서였다.

"동네 사람들요! 우리 아 오데 갔노? 우리 구남이가 오데 갔노?"

엄마를 불러야겠다고 생각했으나 꿈속처럼 소리가 입 밖으로 나가지 않았다. 강주 아재가 아버지를 업고 뛰어가는 뒷모습이 보이고, 대실 아지매집 굴뚝에서 연기가 낮게 깔리는 것도 보였다. 그러나 몸이 움직이지 않았다. 얼마나 지났을까?

"요기에, 말갛게 앉아 있다."

등 뒤에서 유전 아지매의 소리가 들렸다. 달려온 엄마가 온몸을 만졌다. 엄마의 손길이 닿자 그때서야 손발이 살아났다. 일어나서 옷을 털었다.

소는 달구지에 달린 멍에를 맨 채 논에 처박혀 있었다. 목이 구십 도로 꺾여 있었다. 눈은 흰자위만 보였다. 아지매들이 죽었다고 웅성댔다. 그러나 유전 아재가 낫으로 멍엣줄을 끊어 버리자 소는 대가리를 털며 일어났다. 일어서자마자 물에서 나온 개처럼 온몸을 부르르 떨었다. 동네 사람들은 우리집으로 몰려가면서, 논이 물러서 소도 나도 살았다고, 말했다.

오토바이를 탄 의사가 왔다. 아버지를 진찰하고 마당에 내려선 의사가 왼쪽 어깨에서 오른쪽 옆구리로 줄을 그으며 달구지의 바퀴가 지나갔다고 말했다. 의사가 돌아가자 아재들이 나락 가마니를 지고 와서 축담에 쌓았다. 나는, 배가 아플 때마다 손가락 끝을 따 주던 강주 아지매가 이곳저곳을 다시 주물렀지만 아픈 데가 없었다.

이불에 칭칭 감겨 눕지도 앉지도 못한 채 짚동처럼 아랫목에 자리보전한 아버지는 병원에 가지 않겠다고 떼를 썼다. 병원비를 댈 수 없다는 게 이유였다. 그날부터 나와 동생들은 변소에 가지 못했다.

헛간 뒤에 시멘트 포대를 깔고 거기에 대변을 봤다. 동생들과 내가 눈 똥을, 엄마는 소주병 속에 몰아넣고 솔잎으로 입구를 막은 뒤 삭혔다. 며칠 지나면 삼베에 걸러서 아버지께 건넸다. 아버지는 삭힌 똥을 마시고 진저리를 치며 마늘을 씹었다. 시멘트 포대 위에 똥을 눌 때마다 아버지의 모습이 떠올라 똥구멍이 옴질거렸다.

짝을 지어 다닌다는 저승사자가 우리집에 자리를 잡은 모양이었다. 아버지가 누운 뒤, 우케*를 널고 거두던 할배가 쓰러졌다. 나락 가마니를 쌓고 비닐로 덮으려다가 발을 딛고 있던 것이 넘어지는 바람에 뒤로 떨어져서 그날부터 허리를 세우지 못했다. 할배는 작은방에 자리를 잡고 누웠다. 할배의 똥오줌은 동생들이 받아 냈다.

나는 동생들과 개구리를 잡았다. 똥물보다는 개구리를 고아서 마시는 게 낫겠다고 생각했다. 언니가 공장에 가기 전, 귀에서 매미 소리가 난다고 했을 때, 아버지는 개구리를 잡아서 고았다. 쌀뜨물처럼 뿌연 국물을 며칠인가 마시고, 언니는 매미 소리가 사라졌다고 했다.

개구리는 아무 데나 많았다. 땅속에 들어가기 전이라 살이 올라 통통했다. 대나무 작대기로 등을 후려치면 뒷다리를 쭉 뻗으며 달달 떨었다. 도랑을 뒤적여 땅에 파고든 미꾸라지도 잡아냈다. 뱀도 보이는 대로 잡았다. 마른 콩대 색이 나는 누룩뱀이, 대가리를

---

* 타작하여 말리는 알곡.

쳐들고 도망가는 꽃뱀보다 귀했다. 산에 사는 까치독사는 몇 마리밖에 잡지 못했다.

엄마는 오만상을 지었지만 잡아온 것들을 손질해서 가마솥에 넣었다. 뱀을 넣은 날은 유독 진한 누린내가 골목을 기어 다녔다. 김이 빠진 뒤 솥뚜껑을 열면 국물이 희끄무레했다. 엄마는 고개를 모로 돌리고 긴 국자로 뼈나 대가리를 으깼다.

개구리 몇 마리를 숨겼다가 뒷다리를 떼어 동생들에게 구워 주기도 했다. 동생들은 살을 발라서 소금에 찍어 먹고 다시 뼈를 바싹 구워 부셔 먹었다. 동생들이 가마솥 앞에 쪼그리고 앉아 개구리 뒷다리를 뜯는 것을 엄마도 몇 번 보았으나 못 본 척했다.

큰방과 작은방에 각각 자리보전한 남자들을 두고 엄마와 동생들과 남은 가을걷이를 하기에는 가을이 턱없이 짧았다. 캄캄한 밤에 두 방에서 나온 빨래를 빨아 널고 난 뒤 엄마는 장독 뒤에서 소리 죽여 울었다. 우거리고개 밑의 고구마는 서리가 하얗게 내리고 나서야 캤다.

아버지는 내가 6학년이 되고, 소가 새 풀을 먹을 때쯤에야 자리에서 일어났다. 일어나자마자 끙끙대며 못자리를 만들었다. 그러나 할배는 차도가 없었다.

보리타작은 여간 성가신 일이 아니었다. 까칠까칠한 보리수염 때문이었다. 아무리 더워도 긴 옷을 입을 수밖에 없었다. 그래도 보리수염은 구석구석 살갗을 파고들었다.

보리타작은 도리깨질도 어려웠다. 줄을 세워 펼친 보릿짚이 한

쪽으로 모이도록 빗살로 내리쳐야 했다. 나란히 서서 박자를 맞춘 도리깨질로 알곡을 남기고 보릿짚만 한쪽으로 몰아가는 일은, 복이나 내겐 애초에 어려운 일이었다.

도리깨보다 작은 복이는 아버지의 고함에 울음을 참지 못하고 도리깨를 던져 버렸다. 땀과 눈물로 범벅이 된 얼굴로 돌아서는 복이를 보고 아버지는 또 버럭 소리를 질렀다.

"이놈의 자슥이, 뭘 집어 던지노?"

엄마가 도리깨를 놓고 머리 수건을 벗으며 아버지를 말렸다.

"눈이 따가와서 그라지, 던지기는 뭘 던진다 카요. 여는 놔뚜고 어서 가서 밭주인이나 델꼬 오소. 나중에 엉뚱한 소리나 듣지 말거로."

복이는 제대로 씩씩거려 보지도 못하고 소나무 밑에 쭈그려 앉았다. 보릿짚을 한쪽으로 밀어내던 국이가 형의 머리에 주전자 물을 들이부었다. 갯물이 주르륵 흘러내렸다.

아버지가 밭주인을 데리러 가고 난 뒤, 엄마가 복이 옆에 다가가며 말했다.

"집에 가서 물이나 한 바가지 뒤집어쓰고 오너라. 아부지가 몸은 안 되는데 용이 쓰이니까 안 그라나?"

복이가 벌건 눈을 치뜨며 다부지게 말했다.

"인자부터 보리농사는 하지 마입시더. 이리 해 봐야 반도 우리 꺼 안 된다 아입니꺼."

"그래, 너그는 이 짓 하지 않고 묵고 살도록 해라. 제발."

엄마는 일어서는 복이 옆에 풀썩 주저앉으며 말했다. 내가 엄마 앞으로 주전자를 내밀었다. 엄마는 거푸 마셔 주전자를 비웠다. 빈 주전자를 들고 물을 뜨러 가는 국이 뒤로 뻐꾸기 소리가 들렸다.

"저녁에 뻐꾹새는 한 해도 안 거르고 요맘때만 되면 울어쌓고 지랄이고. 저것이 울면, 소리만 들어도 온몸이 까끄럽다."

그날 보리타작은 밤이 늦어서야 끝이 났다. 열두 가마니를 털어 여섯 가마니를 밭주인 축담에 쌓아 주고, 여섯 가마니는 우리 헛간에 쌓았다.

보리타작이 끝나자마자 식구대로 새 잎이 난 버들가지를 베서 논으로 날랐다. 작두질을 해서 논에 깔아 거름으로 삼을 것이었다. 아버지는 밤마다 왼쪽 어깨에 데운 수건을 덮어야 했다. 달구지의 바퀴가 지나간 아버지의 왼쪽 어깨는 뼈가 잘못 붙어 계란 하나가 들앉을 만큼 푹 꺼져 있었다. 그래도 아버지가 일어나 움직이자 집안일이 아귀가 맞아진 것 같았다.

그러나 그 정도의 형편도 오래가지 않았다. 세상에 궂은일을 만드는 무엇이, 작정하고 우리집에 눌러앉은 듯했다.

가을걷이가 한창이던 때, 양쪽 아궁이에 불을 넣어 두고 마루를 닦을 때였다. 작은방에서 할배의 고함 소리가 났다. 쇠죽솥 아궁이로 뛰어갔다. 너풀거리는 불꽃이 달아낸 서까래를 핥고 있었다. 장작불 불티가 튀어 불이 번진 것이었다.

봉지를 뒤집어쓴 듯 눈앞이 캄캄했다. 아! 엄마. 엄마와 아버지는 가는골 천수답에 가고 없었다. 동생들도 따라갔다. 삽짝을 나서 동네 샘가를 돌아 가는골 가는 길로 달려가다 마침 물동이를 이고 나온 정릉 아지매와 마주쳤다.

"해가 졌는데 어디로 뛰어가노?"

"불이 나서 엄마 데리러 갑니더."

"뭐라?"

놀란 아지매가 연기가 솟는 우리집을 보고 불에 덴 것처럼 소리쳤다.

"동네 사람들아! 불이야! 불이야!"

물동이를 든 아지매들이 뛰어나왔다. 그러고는 누가 시키기라도 하는 듯 동네 가운데에 있는 샘둑에서 우리집까지 한 줄을 만들었다. 모두들 정신없이 물동이를 옆으로 전했다. 아재들은 갈고리와 사다리를 들고 뛰었다. 울부짖음과 탄식이 연기에 섞여 솟아올랐다. 나는 마당 가운데에 우두커니 서 있었다.

달아낸 서까래를 반이나 태우고 불이 잡힐 때쯤 엄마와 아버지가 들어섰다. 아버지는 신도 벗지 않고 할배 방으로 뛰어들었고, 엄마는 마당에서 까무라쳤다. 연기를 마신 아재들이 물을 뒤집어쓰고 구역질을 해 댔다. 갈고리와 쇠스랑으로 잔불을 정리할 때 엄마는 정신을 차렸다.

"아부임요!"

비틀거리며 방으로 가려는 엄마를 아지매들이 붙잡았다. 할배가 누운 작은방의 쪽문은 문종이가 물에 흘러내려서 문살만 남았다. 누워서 용을 쓴 할배는 속옷까지 다 벗었다. 사람들은 그때 정릉 아지매를 만나지 않았으면 초상 칠 뻔했다고 혀를 끌끌 찼다.

"불이 나면 소리부터 질러야지!"

땀에 젖어 얼굴이 번들번들한 아버지가 우두커니 서 있던 내 등짝을 때리며 소리쳤다. 등에서 쿵 소리가 났다고만 느꼈다.

동네 사람들이 돌아가고 난 뒤, 장독대 뒤로 가서 무릎을 싸안고 앉았다. 이불장 속에 갇힌 것 같았다. 얼마나 지났을까? 나를 찾던 복이가 엄마를 불렀다. 곧 엄마가 와서 손을 잡아 일으켜 세웠다.

엄마는 달구지에서 떨어졌을 때처럼 얼굴과 머리를 만지고 등과 배와 다리를 만졌다. 그때서야 눈물이 났다. 아무 말도 못 하고 엄마에게 기댔다. 엄마가 훌쩍였다.

"괘얀타. 할배도 땀만 흘렸고, 지붕에는 불이 안 갔다. 써까래는 손보면 된다. 가서 밥 묵자."

4

무슨 말이든 "에~", "또~"부터 시작하는 교감 선생님이 중학교 진학 상황을 발표할 때부터 곳곳에서 울음소리가 들리기 시작했다. 여자는 스물일곱 중에 아홉이, 남자는 서른셋 중에 셋이 중학교에 가지 못했다. 영곤이가 처음 울었고, 가장 많이 울었다.

상을 받으러 나가느라 앉을 새가 없었던 일상이는 졸업생 중 혼자만 마산에 있는 중학교에 간다고 했다. 육사에 가서 장군이 되거나 법대로 가서 판검사가 될 거라고 했다. 동네가 다른 옥귀는 함안여중, 나는 대부분의 아이들과 함께 군북중학교로 정해졌다. 나도 여중이었으면 좋겠다고 생각했다.

졸업식을 마치고 처음으로 사진을 찍었다. 이승복 동상 앞이었고 제일 뒷줄이었다. 나는 고개를 돌려 이승복의 다리 사이를 봤다. 나 때문에 검은 천을 뒤집어쓴 사진사가 "여기를 보세요! 여기를 보세요!" 하고 몇 번이나 더 외쳤다.

졸업식을 마치고 집으로 오는 길에 태수가 다가왔다. 묻지도 않았는데, 1년을 기다렸다가 내년에 중학교에 갈 것이라고 했다. 1년 동안은 엄마가 식모살이하는 마산에서 신문 배달을 할 것이라고 했다. 내가 빤히 쳐다보자, 영곤이는 졸업하자마자 형이 있는 철공소로 간다고 엉뚱한 말을 했다.

집에 오는 길에 복이가 쇠로 된 필통을 선물로 주었다. 국이는 볼펜 한 자루를 내밀었다. 둘 다 우등상을 보여 줬다. 나는 개근상도 없는데. 저녁에는 아랫집의 강주 아지매와 옥귀 엄마가 왔다. 강주 아지매는 양말 한 켤레, 옥귀 엄마는 머리핀이 여러 개 든 종이 상자를 들고 왔다. 나는 고개만 숙였고 고맙다는 인사는 엄마가 했다.

졸업식 며칠 뒤가 설날이었다. 언니는 도착하면 밤이 될 거니 마중을 나오라는 편지를 보내왔다. 덕이도 따라나섰다. 덕이는 부름고개를 넘자마자 턱을 달싹거렸다. 내가 업었다. 개고개까지는 올라갈 수가 없었다. 방앗간다리에서 기다리기로 했다.

"큰누야는 언제 오노?"

등에 얼굴을 댄 덕이가 물었다.

"인자 기차가 끼익! 섰다고 생각해라. 나이 많은 사람들부터 차례로 내리겠제? 큰누야는 열다섯 살이니까 한참 뒤에 내릴 거다. 그러니까 좀 더 늦겠제?"

국이가 덕이 등을 두드리며 말했다. 복이는 도랑 건너 논으로 가더니 짚가리에서 짚단을 너댓 단 뽑아 왔다.

"누야도 여 앉아라."

연년생이라선지 누나란 말을 잘 하지 않던 복이가 짚단을 내려놓고 덕이를 안아서 내리며 말했다. 덕이는 내 옆으로 바삭 당겨 앉았다. 개고개 위에 별이 초롱초롱했다. 복이와 국이는 손을 들어 북두칠성의 바가지를 찾고 있었다.

"누야 마중 나왔는가베?"

태수 목소리였다. 복이에게 묻는 투였으나 내가 답했다.

"니는 엄마 마중 왔나?"

"아이다. 그냥 나와나 봤다."

"너그 아버지 허리는 좀 낫나?"

"그기, 몇 번이나 도진 허린데, 쉽게 낫는 병이 아이라 카더라."

"그래도 너그 엄마가 돈 벌어 와서 약을 잘 쓰면 농사일은 할 수 있을 끼다."

"그리 되겠지 뭐. 나는 좀 더 가 볼란다."

태수는 바지 주머니에 손을 찌른 채 개고개 쪽 어둠 속으로 들어갔다.

겉옷 단추를 풀고 턱을 떠는 덕이를 옷 안에 안았다. 잠시 후 개고개 쪽에서 소리가 들렸다. 복이와 국이가 달려갔다. 복이와 국이의 뒷모습이 사라진 어둠 속에서 통통 튀는 웃음소리가 마중을 나왔다. 곧 복이와 국이가 큰 가방을 하나씩 들고 나타났다. 언니는 회사원답게 나팔바지를 입고 있었다.

　복이와 국이가 들고 온 언니의 가방 속에는 식구들의 겨울이 차곡차곡 쌓여 있었다. 언니가 작은방에서 할배의 안부를 살피는 동안 엄마는 붉어진 눈으로 여러 벌의 내복을 장롱에 넣었다. 복이와 국이는 벙어리장갑을 끼고 권투 선수 흉내를 내고 있었다. 덕이는 고깔모자를 썼다. 큰방으로 건너온 언니가 가방 안에서 뭔가를 꺼내더니 나를 끌고 부엌으로 갔다.
　"옷 벗고 이거 입어 봐라."
　언니가 내민 것은 브래지어였다. 옥귀가 입고 있어서 알고는 있었다.
　"촌에서는 안 입지만 여자는 꼭 입는 옷이다. 도시에서는 안 입고 다니는 여자가 없다. 갈아입으라고 두 개 샀다."
　머뭇거리자 언니가 재촉했다. 정지방에 들어가 입고 나왔다. 숨쉬기가 답답해서 어깨를 몇 번이나 들썩였다.
　"예쁘네. 벗지 말고 지금부터 입어라."
　다시 가방에서 부스럭거리는 봉지를 꺼낸 언니와 함께 부엌으로 내려갔다.
　"이거 동생들 삶아 주지요?"
　"그기 뭐꼬?"

"라면인데 국수처럼 끓여 먹으면 돼요."

"라면? 그건 내일 먹자."

소나무 탄 냄새가 방으로 들어왔다. 언니는 덕이를 앞에 앉히고 밥을 먹었다. 다들 군말 없이 밥그릇을 싹싹 비웠다. 언니가 왔는데도 이상하게 평소보다 조용한 저녁 밥상이었다. 두 개나 밝힌 촛불이 둘러앉은 그림자를 흔들었다.

복이와 국이는 다시 벙어리장갑을 끼고 밖으로 나갔고 덕이는 언니가 업었다. 우물가에서 설거지를 하는데 손에 그릇이 쩍쩍 붙었다.

"니는 밥은 묵고 댕기나? 방은 따시나?"

엄마가 두레박을 내리며 언니에게 물었다.

"점심은 회사에서 주고, 아침, 저녁만 집에서 해 먹어요."

언니가 엄마에게 하는 말은, 나와 다르게 점잖았다. 나도 따라 해 보려고 했지만 잘 안 됐다.

"니가 우찌 해 묵노?"

"식모 살면서 배웠지요. 곤로나 연탄불에 해 먹어요. 반찬도 볶아 먹고."

언니를 빤히 쳐다보던 엄마는 두레박 물을 우물가 이곳저곳에 뿌리고 다시 물었다.

"회사서 주는 밥은 먹을 만하고?"

"오늘 먹은 저녁보다도 나아요."

"여럿이 묵을 때도 눈치 안 보이게 욕심내서 묵고, 회사 갈 때는 옷을 단디 입고 댕기라. 뻔지다가* 언다. 아직 덜 큰 몸이다. 에

리서 떨고 굶으모 늙어서 병 된다."

"할배하고 아부지가 아파서 엄마가 고생이 많아요."

엄마는 빈 그릇을 얹은 쟁반을 옆구리에 끼며 나를 바라보고 말했다.

"아픈 사람은 아픈 사람이지만, 하루가 다르게 크는 니 동생들이 걱정이다. 니야 우짤 수 없었지만, 구남이는 우짜든지 중학교는 마쳐야 할 낀데……."

언니와 눈이 마주쳤다. 잠시 만난 눈길은 곧 비껴갔다. 언니는 덕이 엉덩이를 추스르며 부엌으로 향했고, 나는 집 밖으로 나갔다.

대문 밖에는 애들이 몰려다니고 있었다. 부름고개까지 걸었다. 어둠은 논보다 산에서 더 짙었다. 달구지가 떨어진 논에도 어둠만 가득했다. 집을 바라보고 섰다. 불빛은 어둠에 녹아 버리고 보이지 않았다. 바가지를 엎어 놓은 것 같은 지붕의 시울만 희미하게 보였다. 부름고개 쪽에서 노래 소리가 들렸다. 태수였다.

"아아, 욕봐라. 김일생이 욕봐라. 대가리가 까지도록 김일생아 욕봐라. 매핸 주무헉 뿔근 피로 벼르빡에 똥칠하고……."

남자 아이들이 6.25 노래의 가사를 바꿔 부르는 노래였다.

"니는 아직 덜 맞았나? 그 노래 불러서 그리 터지고도 또 그 노래가 나오나?"

갑갑했던 마음이 만만한 태수에게로 터졌다. 태수는 지난 추석

---

* 예쁜 척하다.

뒤부터 말수가 부쩍 줄었다. 나는 그런 태수가 편했다.

"아이고, 깜짝이야. 어른인 줄 알았네. 니는 밤에 여서 뭐하노? 아까 누나 오는 거 봤는데."

"그때 가서 이제 오나?"

"뭐, 그냥……."

태수 엄마는 이번 설에도 못 오는 모양이었다.

"너무 걱정하지 마라. 뭔 일이야 있겠나?"

"니가 와 내 걱정을 하노 가시나야, 니가 뭘 안다고. 가시나!"

태수는 꼬리 밟힌 강아지처럼 갑자기 소리를 지르고 어둠 속으로 홱 돌아섰다.

설을 하루 앞두고는 목욕하느라 아침부터 야단법석이었다. 엄마가 쇠죽솥에 물을 데워 복이부터 씻겼다. 고무 대야에 엉거주춤하게 앉은 복이는 엄마에게 몸을 내보이기 싫어하다가 등짝을 맞기도 했다. 국이와 덕이는 한꺼번에 들어갔다. 동생들은 발갛게 익었고 엄마는 땀범벅이 되었다. 나는 가마솥에 계속 물을 길어 붓고 불을 땠다. 아버지는 양동이에 물을 담아 방에 들어가 할배를 씻겼다. 마지막으로 아버지 등은 복이가 밀었다.

나와 언니가 차례상에 올릴 술을 사러 간 사이, 엄마가 점심으로 라면을 끓였다. 엄마가 끓여 낸 것을 보고 언니가 팔짝 뛰었으나 이미 면발은 퍼지고 있었다. 엄마는 국수처럼 먹는 것이라는 언니의 말대로 라면을 끓였다. 끓는 물에 면을 넣고 익힌 뒤, 찬물에 흔들어 씻어 그릇에 담고, 작은 봉지에 든 것을 깨소금처럼 위에 뿌렸다고 했다. 언니는 거의 뒤집어질 듯 웃었으나, 고불고불한 국수를 빨아들일 때 입술에 닿는 느낌이 희한했다. 깨소금도 넘기기 아까운 맛이었다. 모두 씻은 것처럼 그릇을 비웠다.

차례가 끝난 뒤 집안 아재들이 마당에 깐 덕석에 술상을 마주하고 앉았다. 음식을 들고 오가는 길에 들리는 것은, 엉뚱하게도 복이가 중학생이 되었을 때의 이야기였다. 중학교 책가방이 두 개면 어지간한 살림살이도 등이 휜다는. 나는 못 들은 척했지만 엄마는 갈수록 얼굴이 굳어졌다. 설거지를 하다가 참다 못한 엄마가 결국 한마디를 했다.

"안 들은 걸로 치거라. 정월 초하룻날부터 살림살이로 기를 죽이는 것도 아니고."

다음날, 언니는 부산으로 떠나며 역까지 따라간 내게 말했다.

"걱정부터 하지 말고 일단 중학교에 다니자. 나도 힘을 보탤게. 아버지가 몸이 성하면 좀 나을 텐데. 할배도 그렇고. 재건중학교*라도 중학교만 졸업하면 부산이나 마산에 있는 산업체고등학교 같은 데는 갈 수 있다더라."

"재건중학교는 없어졌다. 그라고 내가 고등학교는 무슨……. 말도 안 되는 소리 하지 마라."

나는 언니를 마주보지 않고 말했다.

---

* 박정희 정권 때 세운 지방 야학. 설립 혜택이 있어 성행했으나 운영은 미비했고, 몇 년 안 가 다들 문을 닫았다. 3년 정규 과정을 마쳐도 고등학교 진학을 위해서는 검정고시를 치러야 했다.

설이 지나자 복이는 키우던 토끼를 모두 팔고 세뱃돈을 보태 새끼 염소 한 쌍을 샀다. 국이도 보탰다고 했다. 아버지는 아랫집 정 씨네에서 배내기소를 들였다. 거름이 더 생긴다며 콩밭 밑의 길쭉한 문중밭도 맡았다. 국이도 마른 아재에게서 지게를 맞췄다.

엄마는 정월대보름날 새벽에 소의 밥상을 차렸다. 키를 걸레로 닦은 뒤 밥과 나물 몇 가지를 얹었다. 차린 것을 구유에 얹고 손을 모았다.

"우공님요, 새 농사가 시작됩니더. 이 밥을 자시고 올해도 우짜든지 도와주이소. 논은 짚이 갈아서 물이 안 떨어지게 하고, 밭은 매매 갈아서 지심*이 덜 나도록 해 주이소. 우짜든지 도와주이소."

엄마가 고개를 들고 키를 소 앞으로 들여놓자 소는 긴 혀를 뽑아 콩나물부터 훑어 갔다. 마지막으로 밥을 먹었다.

"올해는 밭곡이 지릴란갑다.* 가물랑가? 밥부터 묵어야 쌀이 소출 나는데, 나물부터 먹네."

엄마는 아쉬운 듯 키 바닥에 붙은 밥알을 하나하나 떼어 소 입 앞에 내밀었다. 소가 혀를 빼서 받아 갔다. 그러고도 손을 모으고 있는 엄마를 보자, 말이 가시를 달고 나갔다.

"엄마는 맨날 빌기만 하노? 그런 거 다 미신이다. 소가 그런 것을 우찌 아노?"

---

* 잡초.
* 지리다. 무성하다의 사투리.

엄마는 나를 물끄러미 보더니 낮은 소리로 말했다.

"미신이라 카든가 말든가, 비는 일 말고 할 수 있는 게 뭐가 있노?"

5

키가 귀 밑에 겨우 닿는 집안 언니의 교복을 얻어 입고 중학생
이 되었다. 십 리 길이라 아침마다 바빴다. 쇠죽솥에 불을 넣고,
정지에 와서 밥을 안쳤다. 동생들을 깨우고 양쪽으로 오가며 불을
살폈다. 복이가 쇠죽솥을 맡아 줄 때도 있었다.

밥이 다 되면 새벽에 들에 나갔던 엄마와 아버지가 돌아왔다.
빈 손으로 오는 적이 없었다. 무엇이든 들고 들어왔다. 때로는 개
똥이거나 쇠똥이기도 했다. 내가 중학생이 되고 난 뒤 식구들은
더 바빠졌다. 할배는 혼자 힘으로는 앉기도 힘들어졌다.

장날에는 학교 가는 길에 장거리를 들고 장터까지 갈 때도 있
었다. 어떤 날은 등잔용 기름이나 비누를 사 와야 했다. 할배의 담
배나 사이다를 사 오기도 했다.

누워만 있는 할배는, 트림이 시원하게 터지는 사이다를 좋아했
다. 사이다는 주로 복이가 할배 방에 들고 갔다. 할배가 한 잔 마
시고 남은 것을 동생들이 나눠 마셨다. 한 번은 덕이가 빈 사이다
병에 물을 부어 헹구어 마시는 것을 보고 빼앗아 울리기도 했다.

학교 공부는 재미가 없었다. 시험을 치면 종아리를 맞을 때도
있었다. 주로 여교사들이 때렸다. 회초리를 드는 여교사들의 가느

다란 팔을 보면 저분들 아버지는 뭘 하고 사는가 궁금했다.

종종 산골짝과 벌판 아이들이 편을 나눠 다투기도 했다. 시집 갈 때까지 쌀 두 말을 못 먹는다는 오곡이나 콩밭골이 한편이었고, 삼 년에 한 해라도 물에 잠기지 않으면 굶어 죽을 일이 없다는 늪가 마을 아이들이 한편이었다.

천제봉 아래에서 늪의 물 냄새를 맡고 사는 나는, 그 시시껄렁한 다툼을 멀겋게 바라보기만 했다.

모내기하는 날, 중학생이 된 뒤 처음으로 결석을 했다. 담임 선생님께는 미리 결석계를 냈다. 엄마는 새벽에 탁주와 마른 명태 한 마리와 촛불로 된 상을 우물에 차렸다.

"천지용신님예, 비바람이 올 때 오고 갈 때 가서, 우리 아아들 배 안 곯리고 조상님 삼 대 봉양할 수 있도록 해 주이소. 지신님예, 우짜든지 물을 질기게 보듬어서 온 들에 나락이 풍성하고 병벌레가 얼씬도 못하도록 해 주이소. 자슥들 배 곯리고 조상님 삼 대 봉사 못 하모 우찌 사람이라 하겠습니꺼. 살펴 주이소."

"엄마, 그런 건 미신이라 캐도 자꾸만 하노?"

"미신이고 고무신이고 저그는 그래라 캐라. 자슥 먹이고 삼 대 조상 봉양하는 일인데 어데고 안 빌어. 모싱기할 때는 용신제, 외 심을 때는 외제를 지내야 되는 기다."

"외제는 또 뭐고?"

"뭐긴 뭐라. 물외나 참외를 심고 나면 빵떡이라도 쪄서 밭에 가서 바지 입는 것처럼 다리를 쓸어 올리니라. 산신님예, 들신님

예, 우리 밭에 열리는 외가 알 밴 대구처럼, 장골 다리만치 굵어
지도록 도와주이소. 이라지.”

엄마는 다리를 훑어 올리는 시늉까지 하며 말했다.

나는 못줄을 잡다가 참이나 밥때가 되면 엄마와 함께 먹을 것
을 해다 날랐다. 뜨거운 것을 이고 가는 엄마는 물에 빠졌다가 나
온 것처럼 젖었다. 밤에 엄마 등에 물을 붓다가 뒷목에 밤톨만 한
물집이 잡힌 것을 보았다.

여자들의 품앗이로 돌아가는 모내기는 근 한 달이나 계속되었
다. 엄마는 품앗이가 비는 날에는 이웃 마을에 품삯 일을 갔다. 얼
굴 보기가 힘들었다. 눈만 남은 얼굴로 돌아오면 끙끙대는 소리가
집 밖까지 나갔다. 발가락 사이가 물러 진물이 났다. 뒤꿈치는 갈
라져서 핏물이 배었다.

그러고도 할배 빨래가 기다리고 있었다. 할배 빨래는 내가 할
수 있는 것이 아니었다. 나는 겨우 동생들 빨래나 밥을 해 둘 뿐이
었다.

복이는 소 먹이러 갈 때 정 씨 제실 할배네 소도 함께 몰고 다
녔다. 그러면 추석 때 옷 한 벌이나 신발 한 켤레를 받을 수 있었
다. 국이는 덕이를 돌보며 할배의 잔심부름을 했다. 아버지는 삯
을 받고 남의 논을 써레질하거나 못단을 져서 나르는 일을 하러
다녔다. 달구지에 깔린 뒤로 짐의 크기는 줄었지만 부지런은 더
떨었다.

밤에 엄마와 아버지가 끙끙 앓는 소리를 들으면 가슴이 돌덩이

에 눌린 것처럼 답답했다.

혼자 다니지 않는다는 귀신은 해가 바뀌어도 우리 집에서 나가지 않았다. 모내기가 얼추 끝나갈 때였다. 아픈 어깨를 핑계로 자기 전에 꼭 술을 찾는 아버지 때문에 외상값이 쌓이는 것이 마뜩찮았던 엄마는 어디서 누룩을 구해 왔다. 고두밥을 식히며 우리를 불러 놓고 입단속을 시켰다.

"이러다가 농사지어서 술값 대면 딱 맞겠다. 단속이 심하다니까, 너그 아부지가 잡혀가는 꼴 보기 싫으모 어디 가서 술 해 넣었다는 소문내지 마라. 더 조질 것도 없는 너그 아부지 신세 다 조진다."

정지에 들인 갈비* 더미에 술독을 묻었다. 술 익는 냄새가 연기나 밥반찬 냄새에 묻힐 것이고, 여자들이 주로 들어가는 부엌에는 술 단속을 나온 면서기도 쉽게 들어가지 않을 것이라는 것이 엄마의 생각이었다.

그리고 며칠이 지난 뒤 토요일 오후, 사립문 그림자가 방문에 그림을 그릴 때였다. 아버지가 지게를 벗어 놓고, 엄마가 걸러 온 막걸리를 마시고 입가도 닦지 않은 때였다. 밖에서 놀던 국이가 뛰어오며 외쳤다.

"술 치러 왔다!"

아버지는 주전자에 남은 술을 쇠죽솥에 부어 버리고 주전자를

---

* 솔가리. 땔감으로 쓰려고 묶어 놓은 소나무 가지.

헹구었다. 엄마는 걸러 놓은 술통을 들고 부리나케 변소로 갔다.

"일철에 어떤 개아들놈이!"

욕도 다 못 한 아버지가 나를 보고 급히 말했다.

"너그 어매가 없으모 눈치 챈다. 니가 들고 변소에 앉았거라. 나오라 할 때까지 나오면 안 된다."

닷 되는 됨직한 술통을 엄마에게서 받아 안고 변소에 쪼그리고 앉았다. 곧 면서기 둘이 들이닥쳤다. 마당에 들어선 면서기가 아버지를 보고 말했다.

"밀주 제조는 국가 세금 징수를 막는 불법 행위이므로 단속을 실시합니더이. 협조 바랍니더이."

아버지는 굽신거리다가 감나무를 보고 있었다.

변소를 가린 가마니 사이로 집안 곳곳을 오가는 면서기들이 보였다. 장독을 열고 헛간과 마구간 뒤 짚단 쌓아둔 곳도 뒤졌다.

다리가 아파 왔다. 일어서면 가림막으로 쳐 둔 가마니 위로 목이 나올 것이었다. 시간이 갈수록 남의 다리가 돼 갔다. 밑을 보고 구더기를 셌다. 덩어리로 꾸물거려서 셀 수가 없었다. 술 냄새를 맡고 파리들이 꼬였다. 한쪽 다리라도 펴려는 순간 끙! 소리가 나고 말았다. 가마니가 들리고 히죽거리는 면서기 얼굴이 나타났다.

아버지와 엄마가 달려들어 면서기를 붙잡았다. 제사에 쓸 것이라고 애원했지만 면서기는 웃기만 했다. 술독을 빼앗긴 나는 마당에 주저앉고 말았다. 면서기들은 담배를 피워 물고 어슬렁거리며 집을 휘휘 둘러보았다. 내가 들은 바로나 보기에도 뒷주머니에 뭔가를 넣어 주기에 알맞은 시간이었다. 그러나 그 뒷주머니에 넣어 줄 것이 우리 집에는 없었다. 결국 술독에 아버지의 이름이 적힌 종이가 붙었다. 면서기는 술독을 오토바이에 실으며 월요일 아침에 면으로 출두하라는 말을 남기고 돌아갔다.

면서기가 나가고 난 뒤, 마당에 앉은 나를 힐끗 본 아버지는 곧장 일상이의 집으로 갔다. 다음 날에는 닭을 한 마리 잡아서 갔다. 동네에서 면서기를 어찌해 볼 수 있는 끗발은 일상이 아버지밖에 없었다. 월요일 새벽에는 내게 교복을 물려준 아재 집에서 돈을 빌려서 갔다. 그럴 때마다 나는 숨어서 울었다. 할 수 없는 것은 정말로 할 수 없는 것이었다.

나는 돈 이야기만 나오면 큰 개 본 작은 개처럼 슬슬 자리를 피했다. 말없이 밥하고 빨래를 했다. 간혹 새벽에 새우를 뜨러 둠벙에 가거나 개구리를 잡아 닭장에 던져 주기도 했다.

6

가뭄에 소낙비가 오는 것 같은 놀라운 일도 있었다. 엄마가 대통령으로부터 효부상을 받은 것이었다. 할배를 수발하는 사연을 함안 유림에서 청와대에 알린 것이었다. 서울에서 하룻밤을 자고 온 엄마는 상품으로 받은 스텐 그릇 세트를 마루에 내려놓고 '아버지보다 영 작은 박정희' 이야기를 한참이나 하고도 멀미 기운에서 벗어나지 못했다.

다음날 집안 아재들이 찾아와서는 동네 입구에 비를 세워야 한다고 바람을 넣고 돌아간 뒤 엄마는 아버지를 붙들고 말했다.

"없는 놈은 핫바지가 두 장이 되면 죽는다오. 자슥들 배도 못 채
워 주는 꼴에 비는 무슨 비. 들은 말은 다시는 입 밖으로 꺼내지
마소."

아버지가 큼큼거리며 돌아서자 옆에 서 있던 복이를 보고도 천
천히 말했다.

"너그도 잘 들어라. 내 맘이 이러니까 나중에라도 딴 짓은 하지
마라. 내 말이 변하모 그거는 노망한 기다. 알겠나?"

나는 엄마가 안 해도 될 말을 한다 싶어서 아버지 눈치만 봤다.
다행히 아버지는 엄마 말에 말을 달지 않았다.

설을 지내러 온 언니는 또 다른 사람이 돼 있었다. 입술을 빨갛
게 칠했고, 머리는 바가지를 엎은 것 같았다. 귀 뒤에 드러난 목살
이 하앴다. 밥을 먹다가는 갑자기 전기 타령을 한참이나 해 댔다.

엄마가 부엌에서 차례 음식을 준비하는 동안 나와 언니는 솥뚜
껑을 뒤집어 부침개를 구웠다. 솥뚜껑 밑불에는 솔방울이 제격이
었다. 마른 솔방울은 연기나 티가 날리지 않아 부침개를 구울 때
알맞은 땔감이었다. 비료 포대에 솔방울을 주워 모은 국이와 덕이
는 언니의 양쪽에 솔방울을 세워 둔 것처럼 앉았다. 복이는 불땀
을 봐 가며 솔방울을 날랐다. 처음 지진 것들을 들고 할배 방에 다
녀온 언니는 노릇해지는 것들을 동생들에게 안겼다. 익는 대로 먹
어 치우던 동생들이 배를 쓸며 일어났다.

"학교 회비는 안 밀렸나?"

언니가 연기를 피해 내게로 다가앉으며 물었다.

"늦은 적은 있어도 아직 안 낸 적은 없다."

"니, 교복 입은 거 보고 싶네."

"그걸 왜 봐, 남사시럽거로. 작아서 터질라 한다."

"남사시럽기는 뭐가 남사시럽노? 나는 그런 것도 한번 못 입어 봤다."

매운 연기가 밀려왔다. 덜 마른 삭정이 끝에서 피이 피 거품이 끓었다. 복이가 급히 솔방울을 더 가져왔다.

"언니야……."

"왜? 말해 봐라."

"아니다. 그냥……. 언니 사는 방은 안 춥나?"

눈을 맞추고 언니는 잠시 말이 없었다.

"니, 무슨, 할 말 있제?"

"언니야……, 내가……, 아니다. 언니가 하는 일은 어렵나?"

언니는 솔방울을 굴러 불을 눌렀다. 부지깽이에 불이 붙자 밟아서 껐다. 연기를 피해 얼굴을 옆으로 돌리며 언니가 말했다.

"남의 돈 벌어 먹기가 쉽나."

아무래도 언니가 내 속마음을 눈치챈 듯했다.

"언니야, 내가 중학교를 계속 다녀도 되겠나? 설 쇠면 복이도 중학생이 된다. 복이는 공부도 좀 하고, 면서기라도 하려면 고졸은 돼야 한다더라. 나는 공부가 재미없다."

일어서서 기름을 두르며 말했다. 언니가 제대로 알아듣지 못했으면 했다.

"일이 우선인데 공부에 재미 붙일 새가 있나? 그래도 좀만 더 참고 치대 보자. 내가 일하는 라인에 여섯이 있는데 국졸은 나밖에 없다. 남들도 다 알더라. 그래서 깔보는 것들도 있고…….나는 회사에서는 정가다, 정영숙."

"왜?"

"나이가 어려서 남의 이름으로 속여서 취직하는 거다. 그래서 같은 일을 해도 월급이 영 적다."

언니의 하얀 귀밑이 발개졌다.

"내가 가만히 생각하니까, 아무래도 올해가 큰일이다. 복이 회비에, 가방에, 입학금에, 교복에, 자전거에, 책값에…….

"니가 왜 그런 것까지 걱정하노? 그냥 필요한 돈 달라고 해라. 나는 니가 나처럼 사는 꼴은 생각하기도 싫다."

언니는 모아 잡은 삭정이를 무릎으로 꺾으며 갑자기 커진 목소리를 숨겼다. 마침, 늦은 벌초를 하러 갔던 아버지가 들어섰다. 나는 일어서서 부침개가 담긴 대소쿠리를 살강에 얹었다.

저녁을 먹자 국이가 내 손을 잡아끌었다. 덕이와 학교에 놀러 가고 싶다며 함께 가자고 했다. 둘은 귀마개를 한 채였다. 복이는 벌써 나가고 없었다. 언니와 얼굴을 마주하기가 껄끄러웠던 참이라 덕이 손을 잡고 국이 뒤를 따랐다. 국이도 지게를 지고 다니는 탓인지 어깨가 제법 다부져 보였다.

학교 운동장엔 여러 동네에서 모인 조무래기들이 뛰어다니고 있었다. 곳곳에서 화약총 소리가 났다. 곧 국이와 덕이도 무리에 섰었다. 나는 이승복 동상 옆으로 가서 기대어 섰다.

"구남이가?"

이순신 동상 뒤에서 태수 소리가 들렸다.

"놀랐다. 언제 왔노?"

"안 그래도 복이한테 기별을 할라고 했는데, 옥귀와 일상이도 이리 오고 있다. 아까 오다가 군북역에서 옥귀를 만나서 보자고 했다."

태수는 머리가 귀를 덮을 만큼 길었다. 그걸 보자 갑자기 답답함이 밀려왔다. 집에 가고 싶었지만 옥귀가 온다니 그럴 수도 없었다.

"니는 도시가 좋은가 보네?"

"니 눈에는 내가 좋아 보이나?"

"내년에는 중학교에 가나?"

"그걸 내가 아나."

태수가 말꼬리를 낮추며 딴 데로 눈을 돌렸다.

"구남아!"

옥귀가 나를 알아보고 소리를 지르며 뛰어왔다. 머리를 푼 옥귀는 다른 사람 같았다.

옥귀는 가을 체육대회에서 기수 역할을 한 이야기부터 시작해서 2학년부터는 악대부에 들어가기로 했다는 이야기, 또 "스튜던트" 할 때마다 입술이 닭똥집 모양이 되는 영어 선생이 시집갈 거라는 이야기까지 쉬지 않고 쏟아 내었다. 나는 별로 이야기할 것이 없었다.

오른손을 번쩍 들며 나타난 일상이는 키가 나만큼이나 커 있었다. 제 아버지가 다른 어른들에게 하는 것처럼 태수의 어깨를 툭 치더니 대뜸 나를 보고 말했다.

"아버지한테 들으니 구남이는 여러 가지 일이 있었다고 하더라. 안 좋은 일도 있었고, 또 좋은 일도 있었다고. 벌금은 안 나왔다고 하제?"

"니 아버지는 니한테 그런 소리도 하나? 아버지가 고맙다 하시더라."

그만했으면 싶었는데 일상이는 그러지 않았다.

"대통령한테서 상 받는 게 쉽나? 그라고 요새 밀주 단속은 벌금이 쎈데, 그걸 막을라면 끗발이 있어야 한다더라."

"그래, 네 아버지가 욕봤다 하더라. 순사에 면서기까지 한 네 아버지 끗발이 아니었으면 아부지가 징역이라도 갔겠지."

막을 새도 없이 불쑥 말이 나가 버렸다.

"니는 오자마자 네 아버지 같은 소리만 하노?"

옥귀가 가로질러 나서지 않았으면 더한 말도 나왔을 것이라 생각했다.

둘을 두고 옥귀와 운동장을 한 바퀴 걸었다. 송구장 근방을 걸을 때 골키퍼 자리에 눈이 갔으나 옥귀는 눈치채지 못했다. 옥귀는 악대부에 들어갈 계획에 들떠 있었다. 키가 커서 맨 앞에 서는 악장을 할 수 있을지도 모른다고 했다. 악장이 안 되면 트럼펫을 불 것이라고 했다. 나는 '운동장이 이리 작았나?' 하고 생각했다.

운동장을 두 바퀴 걷는 동안 옥귀는 입으로 행진가를 연주하기도 하고 이런저런 얘기를 쉼 없이 늘어놓았다. 옥귀와 눈이 마주칠 때마다 눈을 크게 떠 장단을 맞춰 주었다.

국이에게 덕이를 데리고 가라고 하고 옥귀에게로 돌아오며 나도 무슨 이야기를 해야 하나 하고 생각했다. 그런데 태수와 일상이가 싸우고 있었다.

"내가 왜 니한테 거수경례를 붙이노 인마."

태수가 일상이에게 잡힌 오른손을 뿌리치며 내질렀다.

일상이도 삿대질을 하며 지지 않았다.

"내가 니한테 경례 받을라고 하나. 중학교 가면 해야 하니까 미리 내가 가르쳐 주는 거지, 인마."

힐끗 보던 옥귀가 아이들이 싸우고 있는 쪽으로 내 손을 끌며 중얼거렸다.

"일상이 저 새끼, 또 시작이다. 저 새끼는 아무나 가르칠라고 든다니까. 지 아부지하고 똑같다. 아까는 역에서 다 듣게 내 머리가 길다고 잔소리하더니. 쪼다 새끼. 돌아서서 욕하는 줄 모르고. 순 앞잽이 새끼 주제에."

우리가 다가가자 일상이가 다시 훈계를 시작했다. 그러자 태수가 씩씩거렸다.

"개새끼야! 니나 잘해라. 중학생이면 다냐? 한 주먹거리도 안 되는 게……."

일상이 앞으로 침을 찍 갈긴 태수는 긴 머리를 한 번 들추고 획 돌아서 버렸다. 일상이도 혼자 씩씩거리더니 제 길로 가 버렸다.

어두운데도 언니와 엄마는 부엌 바닥에 앉아 있었다. 나물거리를 삶아 낸 아궁이에 남은 불씨를 쬐고 있었다. 나를 따라 정지문을 밀고 들어온 바람이 불씨를 되살렸다.

"내년부터 아부지가 넘의집을 살지도 모르겠다."

엄마가 부지깽이로 갈비를 끌어넣으며 남의 말을 하는 것처럼 말했다. 연기가 나더니 금색 불이 일었다. 언니가 짧게 물었다.

"몸도 성치 않은데 남의집을? 어디서?"

"늪가 백씨. 복이 또래 집이란다."

짧게 말한 엄마는 한숨을 쉰 뒤 천천히 말을 이었다.

"넘의집을 살고 싶어 사는 사람이 있겠나? 너그가 책보 들고 삽짝에 나갈 때마다 손을 벌릴 낀데, 없는 돈이 흙을 판다꼬 나오나? 물을 푼다꼬 나오나? 죽으나 사나 너그 아부지 등골을 파 묵을 수밖에. 책보가 네 갠데……."

나는 네 개의 책보 중에 내 책보가 제일 크다고 생각했다. 그때, 갑자기 복이가 정지 문을 밀고 들어왔다.

"저리 나가라. 머시마가 어딜 들어오노?"

엄마가 손을 내저었으나 복이는 물러나지 않았다.

"늪가 백씨면, 백난숙이 집인데, 아부지가 그 집에 남의집 살면, 나는 중학교 안 갈 끼다."

언니가 복이를 달랬으나 복이 눈에는 눈물이 그렁그렁 달렸다. 내가 복이 주먹을 끌고 마당으로 나왔다.

"아직 정해진 게 아니다. 봄까지 기다려 보자."

복이는 내 손을 뿌리치고 삽짝으로 뛰어 나갔다. 하늘에는 별이 제법 났다. 바람이 들어가던 정지 문틈으로 언니의 흐느끼는 소리가 들렸다. 할배가 몸을 뒤척이는지 끙 소리가 났다. 내일이면 열다섯 살이 되는, 섣달 그믐날 밤이었다.

설날 아침에 눈을 뜨자 윗목에 둔 걸레가 얼어서 굳어 있었다. 부엌으로 낸 문에 불빛이 어른거렸다. 얼른 밖으로 나왔다.

밖은 희붐했다. 부엌과 장독, 마구간과 대문 옆에 촛불과 치성물이 올려져 있었다. 마구간에 켠 촛불이 흔들리자 소의 그림자가 마당을 뛰어다녔다. 염소 새끼가 어미 밑으로 파고들었다. 지붕에는 서리가 하얗게 내려 있었다.

마당을 쓸어야겠다고 생각하고 우물에 물을 뜨러 갔다. 엄마와 언니는 거기에 웅크려 있었다. 소반에 얹은 쌀 접시에 촛불을 꽂고 우물 뒤 천제봉을 향해 손을 비비고 있었다.

"올해는 우리 아아들 할배도 쪼끔만 더 꿈직일 수 있게 해 주이소. 노구에도 정신이 초롱 같으니 볼 때마다 속이 아립니더. 묵고 사는 기 숨차서 따신 밥도 제대로 올리지 못합니더. 용서하시이소. 또 아아들 아부지도 몸이 성치 않습니더. 부러진 뼈가 잘못 붙어 양쪽이 다른 어깨로 지게를 지니 우찌 성하겠십니꺼. 아아들 까막눈 면커로만 공부시킬 때까지만이라도 우짜든지 더 아픈 데가 없도록 밤길이고 낮길이고 살펴 주이소.

여기, 우리 큰 여식 희남이는 벌써 객짓밥이 여러 햅니더. 공부도 시키지 못했고, 제대로 멕이지도 못했는데, 하이구! 뼈가지도 여물지 않은 것이……, 생각하모 목구녕에서 불 냄새가 납니

더. 우짜든지 나쁜 넘들 손 타지 않고, 돈벌이에 몸 상하지 않도록 밤이고 낮이고 살펴 주이소.

우리 둘째 구남이, 이것은 여식으로 난 게 죄가 되어 나자마자 천덕꾸러깁니다. 열 손가락 깨물어 안 아픈 기 없다꼬, 알게 모르게 눈치만 보는 이것을 보면, 하이구! 어디다가 말도 못 하고, 가심에 돌덩이가 들어찹니다. 중학교나 마치고, 제 앞가림이나 할 수 있게 우짜든지 도와주이소.

복이는 장손입니다. 서까래가 놀아도 기둥이 실하면 집이 바로 서듯이, 장손이 잘 돼야 집안이 일고, 뒷물이 앞물 따라가듯이 동생들이 따라 큽니다. 올해는 자전거 타고 중학교에 갑니다. 큰 차도 작은 차도 우리 복이 근방에는 얼씬도 못 하게 해 주시고, 큰 비나 센 바람은 내게 대신 내려 주이소. 빌고 또 빕니더. 잉태한 마구간 주인은 새끼를 수월케 낳고, 나온 새끼는 제 발로 걸어가서 어미젖을 쭉쭉 빨도록 살펴 주이소."

엄마와 언니가 절하고 손을 비비는 동안 나는 엉거주춤 뒤에 서 있었다. 촛불이 꺼질까 봐 애가 탔다. 굴뚝에서 나온 연기가 낮게 번져 왔다. 엄마와 언니가 일어섰다. 물러서려는데 발가락이 뻐덩뻐덩 했다.

"기척을 안 하고!"

그때서야 엄마가 나를 보고 작은 소리로 말했다.

"찬 데 엎드려서 길게도 한다."

내 말을 들은 엄마는 소반을 당겨 촛불을 껐다.

"왜? 없는 집은 비는 것도 길면 안 되나?"

엄마와 언니는 부엌으로 들어가고 나는 물을 떠 마당에 뿌렸다. 물은 곧 살얼음이 되었다. 대빗자루로 살얼음을 마당 구석으로 밀어냈다. 마당에 빗살무늬가 그려졌다. 마구간에 가서 소의 등도 쓸었다. 소가 목을 흔들며 혀를 길게 뺐다.

"제수씨가 이번에 상을 받은 거는 우리 소문중의 자랑이라. 설 지나고 열리는 중문중 회의 때 의논해서 대문중에 알리고 비라도 세워야 안 되겠나?"

차례를 마치고 마당에 깐 덕석에 둘러앉은 아재들이 제실 아재의 말에 고개를 끄덕였다. 엄마는 설거지를 하는 틈틈 마당의 소리에 귀를 기울였다.

"형편이 되면야 비를 세우는 기 맞지요. 그런데 지금 우리 형편이……."

아버지가 말끝을 흐렸다.

"형편이……, 그래서 말이 나온 김에 하는 말인데, 동생이 남의 집을 살겠다는 소문을 들었네. 조상이야 같다지만 살림살이는 지붕 밑마다 다 다르니 그 마음은 이해가 되네. 그런데 우리 집안이 남의집을 살아서야 되겠는가? 아무리 반상이 없는 세상이라 해도 그렇지."

"어허, 형님, 남의집살이가 아니라니까 그라요."

아버지가 탁주잔을 들었다가 마시지 않고 바닥에 놓으며 말했다. 시울을 넘은 탁주가 덕석을 적셨다.

"그래도 그렇지. 온 군에 소문이 다 날 낀데……."

제실 아재는 천천히 술잔을 들었다. 아버지는 고개를 들어 먼 데를 보았다.

나는 정지문에 기대어 마당을 보다가 아버지와 눈이 마주칠까 겁이 났다. 엄마가 소반에 나물 종지 몇 개를 얹어 마당으로 나갔다. 엄마가 돌아서며 일으킨 바람에 불꽃이 살아났다.

"아지벰들, 그 이야기는 더 생각해서 보름까지 정할 텡께네 모른 척해 주이소. 아직 아아들 할배도 모릅니더."

엄마가 소반을 내리며 낮은 소리로 말했다.

"아니, 제수씨. 그게 식구들끼리만 정할 끼 아니라는 기 내 말 아잉교? 문중을 생각해서 결정해야 된다 이 말 아잉교."

"문중을 더 우찌 생각……."

"여편은 들어가라."

엄마의 말을 자르고 나온 아버지의 목소리가 높았다.

엄마는 빈 종지를 주섬주섬 주워 들고 돌아섰다. 아궁이 앞에 앉은 엄마는 코를 훔치고 갈비를 넣어 연기를 일으켰다. 연기 속에서 눈가를 훔쳤다.

나는 제실 아재가 곧 내 이야기를 할 것만 같았다. 바가지를 챙겨 들고 우물로 가려고 정지문을 나섰다. 그때 작은방 문이 와락 열리고 고함 소리가 터져 나왔다.

"내가 죽어야 된다!"

외치듯이 내지른 할배 소리에 마당이 조용해졌다.

"아이고, 아재. 무신 말씸을 그리 하십니꺼."

제실 아재가 할배 방 앞에 무릎을 꿇었고, 나머지 아재들도 일어서서 마당을 서성댔다.

"다 나가거라. 내가 죽어야 된다."

몇 번 고개를 주억거리던 제실 아재는 아버지에게 고갯짓을 하고 허겁지겁 대문을 나섰다. 아재들이 우르르 따라갔다.

아재들이 몰려 나가고 난 뒤 설은 끝이 났다. 아버지는 나머지 일가들 차례에 가지 않았고, 성묘에도 복이만 갔다. 언니와 나도 아재들 집에 가지 않았다. 엄마와 아버지는 내내 할배를 달랬다.

언니는 설날 밤부터 짐을 챙겼다. 엄마는 틈틈이 언니의 가방에 넣어 보낼 조그만 보따리들을 쌌다. 다들 입에 간수라도 머금은 듯 말이 없었다.

언니의 가방은 내가 역까지 들고 갔다. 가는 동안 언니도 나도 말이 없었다.

"구남아!"

방앗간다리에서 좀 쉴까 망설이다가 그냥 지나가는데 뒤에서 언니가 불렀다. 다가온 언니는 숨을 몰아쉬며 말했다.

"니, 중학교 포기하지 마라이."

나는 언니 눈을 빤히 바라보다 돌아서며 말했다.

"내가 포기하고 말고가 어딨노. 아버지가 시키는 대로 해야지."

"만약에 아버지가 학교를 끊어라 캐도 졸업하겠다고 대들란 말이다. 국졸이 무슨 힘이 있는 줄 아나? 내가 말을 안 해서 그렇지……."

"국졸을 하고 싶어서 하는 사람이 어딨겠노?"

"그래도 니는 대들어라."

언니를 앞서 걸었다. 언니는 더 말하지 않았다. 역에서 기차를 기다리는 동안에 귀퉁이만 보이는 중학교를 바라봤다. 개찰을 하고 나서, 언니는 내 손을 잡고 말했다.

"니는 중학교 졸업하고 이 기차를 타라. 마산이든, 부산이든. 알았제?"

언니의 눈이 젖어 있어서 나는 아무 말도 못 했다. 잡은 손에 잠시 힘을 주었다가 놓았다. 돌아선 언니의 뒷모습을 보다가 나도 돌아섰다. 기차를 따라가던 바람이 역사의 창문을 흔들었다. 몇몇은 기차가 사라진 철길을 목을 빼고 바라보고 있었다. 머릿속에 연기가 가득 든 것 같았다.

정월보름날에는 달을 보러 부름고개에 갔다. 삼봉산에 간 복이와 국이를 따라가지 못해 칭얼대는 덕이를 달래기 위해서였다.

"그레이하운드다. 저거 지나가면 네 시다."

"그걸 니가 우찌 아노? 시계 보는 걸 누구한테서 배웠노?"

"시계는 볼 줄 몰라도 저거는 안다. 천일고속은 세 시 반, 광주고속은 네 시 사십 분에 간다."

덕이가 고속도로를 가리키며 또록또록 말했다. 이마가 꺼진 재색의 버스가 진주 쪽으로 달아나고 있었다.

하늘은 아직 밝아서 달이 뜰 기척이 없었다. 복이와 국이가 속한 겨울 잠바들이 삼봉산으로 오르는 비탈길에 매달려 있었다. 학교 운동장에는 달집이 지붕 높이로 섰고, 주위에 알록달록한 매구

꾼*들이 모여 있었다.

"덕이는 누야가 중학교에 다니니까 좋나?"

"응, 좋다. 나도 올해는 학교에 간다. 원조 빵도 받을 수 있다. 중학교는 원조 빵 안 주나?"

"아니, 준다. 받아서 내가 다 먹는다."

"진짜로? 형아는 갖고 와서 나도 주는데, 할배도 주고. 누야는 중학교까지 걸어 가니까 배가 고파서 그럴 끼다."

덕이의 볼을 두 손으로 감쌌다.

"니도, 공부 잘할 끼제?"

"하모. 내가 영어 해 보까?"

"영어? 해 봐라."

"에이 비 씨 디 꼬부랑글, 아무리 봐도 모르겠네. 어떤 거는 쥐 꼬리고 어떤 거는 지게 작대기……."

"요놈 시키, 그걸 누구한테 배웠노?"

"국이 형아가 갈차 줬다."

"국이 요놈 시키, 동생한테 자알 갈차 줬다. 니, 기역 니은은 아나?"

"몰라, 몰라도 된다. 학교 가면 된다."

"맞다. 학교 가서 배우면 된다."

"업어 줄까?"

"올해 학교 간다니까!"

---

* 꽹과리 치는 사람.

덕이를 꼭 안았다. 설사를 물총처럼 쏘아 대며 엄마 등에 업혀 마산에 갔을 때, 살아만 왔으면 싶었던 꼬맹이가 이렇게나 컸나 싶었다.

덕이가 광주고속이 지나간다고 알렸다. 삼봉산 아래로 뻗은 열두 능선이 뚜렷해졌다. 꼭대기에서 이리저리 오가는 아이들이 보였다.

"달이야! 달이야! 달엣집에 불이야!"

삼봉산에서 지르는 소리가 날아왔다. 훤한 삼봉산 뒤에서 거짓말처럼 노란 달이 올라오고 있었다. 시울만 그린 것 같은 손톱달이 누가 밀어 올리듯 금방 반달이 되었다. 달 속으로 삼봉산의 아이들이 달려가자 뚜렷한 온달이 되었다. 들판에 금빛이 쏟아졌다.

"갱자갱자, 갱자갱자, 갱개갱개 갱자갱자."

운동장에서 매구 소리와 함께 시커먼 연기를 밀어 올리며 검붉은 불길이 솟았다. 꼬맹이들은 불가를 뛰어다니고 매구꾼의 그림자는 흔들렸다. 손을 모은 아지매들은 고개를 숙이고 손을 비벼 댔다.

"덕이도 달 보고 세 번 절해라. 할 때마다 빌어야 한다."

덕이는 길가 잔디 위에서 천천히 세 번 절했다. 나는 손을 모으고 고개를 숙였다.

"덕이는 뭘 빌었노?"

"할배, 아버지 어깨, 한 개는 비밀이다. 누야는 뭐 빌었노?"

"니캉 비슷하다. 한 개는 나도 비밀이고."

"형아들도 빌었겠제? 그라모 됐다. 근데 큰누야 있는 데는 달이 오데서 뜨노?"

"부산에는, 음, 바다에서 뜨겠지?"

"바다에서 그냥 쑤욱? 누야는 바다 봤나?"

"아니, 아직 못 봤다."

"바다 보고 싶다, 그쟈? 기차도 타고 싶고."

"그것도 빌었나?"

"보름달한테는 그런 거 비는 거 아이다. 식구들 비는 기다."

"아이구, 요놈의 시키! 바다는 내가 보여 줄게."

집에 오자 아버지가 마루에 앉아 있었다. 매구 칠 때 포수 가면
을 조인 흔적이 아직 남아 있었다. 복이와 덕이도 곧 들어왔다.

아버지는 복이를 보자 기다렸다는 듯이 말했다.

"넘의집은 안 살기로 했다. 대신에 장날마다 싸전에 가서 되질
을 해 주고 되밑*을 먹기로 했다. 되밑은 계산이 빠르면, 남는
게 있을 끼다. 잘하면 논일 하고 받는 일삯보다 나을 끼다. 그리
알거라."

"그라모 우리도 쌀밥 많이 먹겠네."

덕이가 국이를 보며 웃으며 말했다. 아버지는 복이 얼굴을 보려
고 했지만 복이는 고개를 푹 숙이고 있었다.

대보름이 지나고 복이는 아버지와 가야장에 가서 중고 자전거
를 사 왔다. 염소 수놈을 팔고 세뱃돈을 보탠 것이었다. 복이는 자

---

* 쌀을 사고팔 때 되질을 해 주고 남는 자투리.

전거를 산 뒷날부터 틈만 나면 학교 운동장에 가서 자전거 타는 연습을 했다. 먼 길 갈 때 짐을 싣거나 들고 갈 일도 있어 한 손으로 능숙하게 탈 수 있어야 했다. 교복은 물려 입을 것을 구하지 못해 새 것을 샀다. 가방은 좀 더 있다가 산다고 했다.

나무를 해서 집과 대밭 사이에 쌓았다. 복이가 자전거 연습을 하느라 엄마와 내가 해야 할 몫이 늘었다. 엄마는 어느 해보다 나무하는 데 마음을 썼다. 일철에 품삯을 하루라도 더 벌려면 나무 걱정이 없어야 했다. 책가방이 넷이라서 더 다그친다고 생각했다. 그럴 때는 산에 있을 때가 마음이 편했다.

개학을 며칠 앞둔 장날이었다. 아버지는 새벽에 장에 갔다. 아침을 먹자마자 덕이를 뺀 넷은 크기는 달랐지만 제 힘대로 한 짐씩을 해서 쌓아 두었다. 참으로 고구마 하나씩을 먹었다. 고구마를 먹고 난 뒤 엄마는 덕이를 데리고 먼저 산에 갔다. 나는 국이와 집 청소를 해 두고 따라갈 참이었다. 마루를 닦는데 할배 방에서 이상한 소리가 났다. 처음에는 고양이 소리인 줄 알았다.

할배 방문을 열자 변소 냄새가 확 달려들었다. 할배는 모로 누워 끙끙대기만 했다. 어찌할 수가 없어 국이에게 빨리 엄마를 불러오라고 했다. 달려온 엄마가 머리 수건을 벗어 옷을 털며 방에 들어가자마자 큰소리가 났다.

"아이고! 이걸 우짜꼬. 어서 복이 오라 캐라."

뒷마당에서 아침에 베어 온 아까시나무를 톱질하던 복이가 달려왔다.

"복아! 장에 가서 아부지하고 의사 데불고 오이라. 퍼뜩 가라. 아이고 우짜꼬, 아부님예, 정신 좀 차리이소."

복이는 군북으로 자전거를 달렸다. 엄마는 대야를 들고 방에 들어가 빨래거리를 안고 나왔다. 변소 냄새가 온 집에 가득했다.

오토바이를 탄 의사가 간호사와 함께 먼저 나타났다. 둘은 검은 가방을 들고 할배 방으로 들어가다가 코를 쥐고 돌아 나왔다. 간호사는 손으로 입을 가리고 구역질을 해 댔다. 엄마는 수건과 걸레를 들고 들어갔다가 빨래거리를 들고 나오기를 계속했다. 의사가 청진기를 귀에 달고 다시 방에 들어갔다. 나는 힐끔거리며 마당을 서성댔다.

아버지가 복이를 자전거 뒤에 태우고 들어섰다. 할배 방에 들어갔다 나온 아버지는 연신 마른 침만 삼켰다. 엄마는 헛간에서 소리 죽여 토했다. 웅크린 엄마 머리에는 마른 솔잎이 여러 개 꽂혀 있었다. 나는 이러지도 저러지도 못하고 마당을 오갔다.

방에서 나온 의사는 손을 씻고, 세수를 했다. 큰 숨을 몇 번이나 쉬더니 찬물을 한 그릇 마셨다. 뒤따라 나온 간호사는 헛간으로 뛰어갔다. 엄마가 헛간에서 꾹꾹거리는 간호사에게 찬물을 떠 주고 돌아오자 의사가 엄마와 아버지를 불렀다.

"큰일이 날 뻔했십니다. 에, 또, 노인이 뭘 드셨는지 모르겠어도 식중독이 난 기라요. 겨울에 식중독이 나는 거는 드물지만서도 이건 식중독이라예. 에, 또, 누워서 토하다가 잘못하면 숨구멍이 막히면, 그라면 큰일이 나는 기라요. 장사칠 뻔했십니다."

의사는 반질반질한 대머리를 쓸어 넘기며 국민학교 교감처럼 말했다.

"보름에 남긴 전 쪼가리를 졸여 디맀는데, 그기 잘못됐을까예?"

엄마가 마른 손을 비비며 말했다. 아, 아침에 그 전을 졸인 건 나였다.

"그거는 마, 잘 모르겠십니더마는, 에, 또, 식중독인 거는 맞아예. 아래 우로 막 싼 거 봤지예?"

그러고는 간호사를 불러, 처방한 것을 이야기하라고 했다.

"할아버지는 링거를 달았어요."

간호사가 눈물을 그렁거리며 말을 잇지 못하자 의사가 끼어들었다.

"에, 또, 설사 안 나오게 하고, 안 토하는 약도 넣었고요. 내일까지 링게루가 드갑니더. 내일 다시 올 때까지는 가만히 두면 됩니더."

"예, 그런데 치료비는?"

아버지는 마른 침을 억지로 삼키고 의사에게로 다가가며 말했다. 나는 부엌으로 들어갔다.

"지금 돈 있십니꺼? 에, 또, 아직 치료가 안 끝났고. 이래 우리가 둘이나 나오면 병원에 찾아오는 환자를 못 받으니까네 출장비가 붙어서 좀 됩니더이. 에, 또, 미리 아시라꼬."

의사와 간호사가 탄 오토바이 소리가 사라지자 엄마와 아버지는 할배 방을 둘러본 뒤 우물가로 가서 마주 앉았다.

"아부님, 괘안겠지요?"

"링게루 달았으니까 차차로 낫겠지. 며칠이나 걸릴랑고?"

"의사가 시키는 대로 해야지, 우리가 무신 수가 있십니꺼?"

나는 들고 갔던 물바가지를 아버지 옆에 가만히 내려놓았다. 아버지가 누구 들으란 것도 아니게 한숨을 섞어 말했다.

"밑천 없는 살림은 물에 뜬 뿔래기*라. 콧바람에도 어디로 밀려갈지 모른다. 그건 글코, 등창이 덧난 것 같은데 우찌 될랑고 모르겄다."

"의사도 봤으면 처방을 하겠지요."

엄마의 말에 아버지는 마른 입맛을 다시며 말했다.

"전디 보자."

견디는 것이 해결 방법의 전부인 것은 언제나 같았다. 할배 방에서 흐느끼는 소리가 났다. 그 소리는 덜 마른 싸리나무를 불에 넣었을 때 가지 끝에서 기름 끓는 소리처럼 피식거렸다.

할배는 사흘이나 더 링거를 맞았다. 등창이 덧나 보름이나 더 의사가 왔다가 갔다. 식구들은 말이 줄었다. 그럴 때마다 엄마는 부엌에서 울었고, 아버지는 대문 밖으로 나갔다. 나는 우물로 가거나 쇠죽솥 아궁이로 갔다. 각자가 우는 곳이 달랐다. 2학년 책을 아직 구하지 못했다는 것이 이상하게 마음을 편하게 했다.

나는 책을 다 구하지 못한 채 2학년이 되었다. 태수는 한 해 늦게 입학해 복이와 한 반이 되었다. 동무처럼 매일 아침 나란히 중고 자전거를 달렸다. 신이 나 보였다. 사흘 만에 복이의 자전거가

---

* 풍선.

펑크가 났고 태수가 능숙하게 때워 주었다.

며칠 뒤, 회비를 내라는 고지서가 나왔다. 기다리고 있었지만 가슴이 철렁했다. 장날이 두 번 지날 동안이 납부 기한이었다. 엄마는 고지서를 찬장에 넣으며 아무 말이 없었다. 그날 밤에 언니에게 편지를 썼다.

언니야,

아직 밤에는 추운데 방은 따듯하나? 우리는 다 잘 있다.

엄마와 아버지는 일한다고 바쁘다. 복이도 중학생이 되어서 자전거 타고 학교에 잘 다닌다. 국이도 열심히 한다. 덕이도 학교에 들어갔다. 덕이가 책보를 매고 가는 걸 보면 꼭 자라가 서서 걷는 것 같아서 우습다.

언니야,

엄마는 내게 할 말이 있는 것 같지만 참는 것 같고, 아버지는 일부러 나를 피한다. 엄마는 나만 보면 부엌에 들어가고, 아버지는 마당에서 빙빙 돈다. 나는 쇠죽솥 아궁이에 갔다가 정지에 갔다가 또 어디로 가야 할지 몰라 마당 구석에 우두커니 서 있을 때가 많다.

언니야,

나는 엄마가 내게 하고 싶은 말이 무엇인지 안다. 아버지가 내 눈을 못 맞추고 빙빙 도는 이유도 안다. 밤에 끙끙 앓는 것을 보면 속으로 울음이 터져 나온다. 지금도 엄마는 끙끙댄다. 정지방에 있어도

다 들린다.

지난 설에, 국졸로 살기가 힘들다는 언니 이야기를 듣고 마음이 많이 아팠다. 언니는 키도 작고 몸도 약한데, 얼마나 설움을 당했으면 저런 말을 할까 싶어 그때도 속으로 울었다. 거짓말이 아니라 내가 대신해 주고 싶었다.

언니야,

언니는 아는지 모르겠지만, 소달구지에 깔려 아버지가 다친 것도 그렇고, 변소에서 소리를 내는 바람에 술 단속에 걸려 빚을 낸 것도 그렇고, 할배가 식중독이 나서 치료비로 또 빚을 낸 것도 다 나 때문에 일어난 일이다.

언니야,

아무래도 내가 먼저 이야기를 해야 할 것 같다.

엄마가 돈 빌리러 다니는 것 보면 정말로 미칠 것 같다. 아무리 생각해도 열흘 안에 복이와 내 회비를 구할 수 없을 것 같다.

언니야,

할 수 없는 것은 할 수 없는 것이다.

중학교를 그만두어야 할 것 같다.

다시 연락할 때까지 잘 있어.

동생 구남 올림

편지지 봉투에 회사 주소를 쓰고 마지막에 '받는 사람, 정영숙

앞'이라고 쓸 때 눈물이 툭 떨어졌다.

　책을 못 구한 과목의 시간마다 골마루에 서 있었다. 지나가는
선생들이 뭐라 할 때는 눈을 감아 버렸다. 출석부로 머리를 때리
고 가는 선생도 있었다. 두 장날이 지났다. 복이의 염소를 다 팔았
다. 아버지는 배내기소의 주인에게 송아지의 순서를 바꾸어 달라
고 했으나 주인은 거절했다. 며칠 밤을 이웃 마을까지 돈을 빌리
러 다닌 엄마는 같은 말만 힘없이 내뱉었다.
　"먹고 죽을 돈도 없단다."
　한 장날이 더 지났으나 바뀐 것은 없었다. 담임은 한 장날을 더
주겠다고 했다. 우리 반 57명 중 두 명이 해당되었다. 언니에게서
답장은 오지 않았다. 결국 담임이 정한 장날 저녁, 장에 다녀온 아
버지와 엄마 앞에서 내가 먼저 이야기를 했다.
　언니가 있는 부산으로 가서 공장에 다니겠다고 했다. 언니와 부
지런히 돈을 모으면 동생들은 공부시킬 수 있을 거라고 했다. 복
이는 숟가락을 놓고 밖으로 나갔고, 아버지는 돌아앉아 입을 닫았
다. 엄마는 앉은 채로 울기 시작했다. 국이와 덕이도 울먹였다.

　다음날 아버지가 학교에 왔다. 아버지와 함께 교무실에서 만난
담임은 며칠 더 시간을 주겠다고 했지만, 내가 나서서 고개를 가
로젓고 말았다. 벌건 눈으로 나를 바라보는 아버지의 팔을 잡아끌
고 교무실을 나왔다.
　교무실을 나온 아버지는 운동장으로 내려서기 전에 내 팔을 잡

았다. 나는 울지 않았다. 아버지를 두고 앞서 걸었다. 내려앉은 아버지의 어깨를 보고 싶지 않았다. 교문을 나와 장터를 가로질렀다. 마침 국기 하강식 음악이 터져 나왔으나 나는 멈춰 서지 않았다. 어금니를 깨물었다.

마산으로 가는 버스가 먼지를 일으키며 지나갔다. 버드나무 가로수가 사라졌다가 다시 나타났다. 돌아보니 아버지는 먼지 속에서 고개를 푹 숙인 채 따라오고 있었다. 개고개에 올랐을 때 아버지가 앞서가는 나를 불러 세웠다. 아버지는 나를 보지 않고 뒤돌아서서 올라온 길을 보고 말했다.

"너그를, 내가 너그를, 이 개고개를 못 넘겨 주는구나. 내가 못 배운 게 한이 돼서, 너그는 남만큼은 공부시키 줄라 캤는데, 해도 안 된다. 이 애비를……."

아버지는 말끝을 맺지 못하고 결국 꺽꺽거렸다. 아버지가 꺽꺽대는 동안 나는 돌아서서 개고개 아래를 봤다. 멀리 방앗간과 부름고개가 보였다.

이 개고개를 넘으며 울었던 사람을 생각했다. 언니도 이 개고개를 넘어가며 눈물을 흘렸다고 했고, 아무것도 없는 집에 동생을 시집보내고 넘어가던 외삼촌도 피눈물을 뿌렸다고 했다.

방앗간 옆의 논에서 쟁기를 끌던 소가 걸음을 멈추고 멀건 하늘을 보다가 고삐를 맞았다. 돌아서서 아버지를 보고 말했다.

"아버지, 누구도 원망 안 합니더. 아버지나 엄마가 못살고 싶어서 그렇겠습니꺼. 그리 살게 돼 있는 걸 우짜겠습니꺼. 그래도 나는 언니보다 1년이라도 더 학교를 다녔으니 원망하지 않습니더. 어서 가입시더. 누가 보면 우짭니꺼."

내가 말하고 기다리는 동안 아버지의 등은 점차로 떨림이 가라앉았다. 이윽고 아버지가 마른세수를 하는 버석거리는 소리가 났다. 내리막길로 앞장섰다. 쟁기질한 논에서 젖은 흙냄새가 바람을 타고 올라왔다.

그날 밤에 언니에게 짧은 편지를 썼다. 짧게 쓰려고 몇 번이나 천장을 봤다. 천장에는 쥐 오줌 얼룩이 곳곳에 번져 있었다. 일요일에 부산역으로 마중을 나오라고 했다.

2장

도시에서 사는 법

1

삼랑진역을 지나자 속이 울렁거리기 시작했다. 목구멍이 따가
워지더니 울컥 묽은 것이 올라왔다. 기차가 강물 속으로 들어가는
것 같아 반대쪽으로 몸을 기댔다가 세우기를 반복했다. 몇 번이나
화장실을 들락거리고 나서야 희끄무레한 도시가 보였다. 강을 건
너자 집들이 네모난 불을 밝히기 시작했다.

부산역 시계탑 앞에서 언니를 만났다. 언니에게 짐을 건네고 쪼
그리고 앉았다. 기차 소리가 아직 귀에 남아 있었다. 물에 뜬 판자
를 탄 것처럼 땅바닥이 기우뚱거렸다. 언니가 내민 물로 연거푸
입을 헹구자 정신이 조금씩 돌아왔다. 땅도 천천히 울렁거림을 멈
췄다. 언니가 손수건을 내밀며 말했다.

"토했나? 내가 이럴 줄 알았다. 도시년이 될라꼬 촌에서 채운
속부터 비웠는가베?"

"언니야, 걸어가자. 이제 차는 더 못 타겠다."

내가 남은 멀미 기운을 털어 내며 겨우 말했다.

"하하, 바보야, 도시는 걸어서 다닐 수 있는 데가 아니야!"

언니 손에 이끌려 버스를 탔다. 그러나 얼마 못 가서 내려야 했다. 버스가 정류소에 설 때마다 속이 울컥 치밀어 견딜 수가 없었다. 골목길을 돌아 시장통 전봇대 옆에 토하고 말았다. 언니가 신문지를 구해 와서 덮었다. 신문지에 물이 번져 가는 모습을 쪼그리고 앉아 내려다보았다. 지나가던 사람들이 힐끗거렸다. 언니가 서면시장이라고 했다.

언니를 졸라 시장 골목을 걸었다. 골목에서 사람들이 끊임없이 나왔다. 파마머리들이 어깨를 치고 지나갔다. 보따리가 지나가는 사람들의 무릎에 닿기도 했다. 보따리 안에 김치 봉지가 있다는 생각이 났다.

다시 정류소에 돌아와 버스를 기다렸다. 언니가 가리키는 버스는 옆구리에 명장동이라는 이름표를 달고 있었다. 편지지에 쓰던 언니의 주소가 떠올랐다.

차 안은 사람들로 가득했다. 다들 표정이 없었다. 꾸역꾸역 밀려들어가 자리를 잡고 섰다. 밖이 보이지 않아 갑갑함이 몰려왔다. 찬바람을 맞으려고 창문을 열었지만 매캐한 냄새만 몰려왔다.

도시의 밤은 먼 곳이 없었다. 네모난 불빛을 내건 건물들이 획획 지나갔다. 길가의 은행나무들은 하얀 뼈를 드러내고 서 있었다. 창에 이마를 댔다. 다시 속이 울렁거렸다. 그때 안내양의 첫소리가 들렸다.

"명장동 대한실업, 대한실업 내리실 분, 입구 쪽으로 미리미리 나오세요."

언니가 등을 치며 내릴 준비를 하라고 눈치를 줬다. 안내양이 출입문을 열자 기름 냄새가 밀려왔다. 또 속이 울렁거려 입을 꽉 다물었다.

"집을 찾을 때는 이 대밭을 찾아오면 된다."

언니는 방 앞에 서서 조그만 대밭을 가리키며 말했다. 연거푸 몇 번이나 숨을 들이마셨다. 대나무 냄새를 맡자 천천히 정신이 맑아졌다.

방은 부엌까지 합해서 함안집 마구간만 했다. 부엌은 쇠죽을 부어 주는 구유 크기였다. 부엌에 둘이 들어서자 어깨가 닿았다. 연탄불 옆에 석유곤로가 하나 있고, 벽에는 허리 높이에 플라스틱 찬장이 달려 있었다. 찬장에는 그릇 서너 개가 엎어져 있었다.

방 한구석에는 비닐 옷장이 어깨를 세우고 서 있었다. 그 옆에 개다리소반이 정부미 포대에 기대어 있고, 안쪽에는 앉은뱅이 거울과 화장품 몇 개가 도란도란 앉아 있었다. 천장에 달린 백열등이 머리에 닿았다. 바닥은 냉랭했다.

보따리를 풀고 엄마가 싸 준 반찬과 옷가지를 정리했다. 부엌에 내놓은 김치 봉지에서 김치 냄새가 솔솔 났다. 배고픔이 천천히 몰려왔다. 배고픔을 느끼자 그때서야 마음이 편안해졌다.

언니는 연탄불 위에 냄비를 얹었다. 물이 끓는 동안 방문 잠그는 방법과 열쇠 두는 곳, 연탄 가는 법, 연탄재 버리는 곳을 일렀다. 연탄 쌓아 두는 곳은 아침에 알려 주겠다고 했다. 좀도둑이 연탄을 훔쳐 가니까 날마다 세어 봐야 한다고 했다.

라면 세 개를 넣자 냄비가 가득 찼다. 계란도 하나 풀어 넣었다.

나는 신문지를 접어서 소반 위에 깔았다. 언니가 냄비를 얹은 곳이 하필 대통령의 얼굴이라서 깜짝 놀랐다. 엄마가 삶은 라면 이야기를 하며 언니는 크게 웃었다. 나도 며칠 만에 처음으로 웃었다. 식은 밥을 말아서 국물까지 달게 먹었다.

언니가 설거지를 할 동안 이부자리를 폈다. 내가 베고 잘 베개를 하나 더 놓으니 끝이었다. 언니 옆에 누워 다리를 다 펴자 비닐 옷장이 머리에 닿았다. 언니는 집안일을 한참이나 물어보았다. 덕이가 책보를 맨 모습이 자라 같다는 이야기에 조금 웃었다.

언니가 일어서서 불을 껐다. 언니 쪽으로 돌아누우며 몸을 구부렸다. 내 머리카락을 만지는 언니의 숨소리가 고르지 않았다. 흐느끼는 것 같았지만 못 들은 척했다. 대밭에서 바스락거리는 소리가 났다. 고양이가 지나가는 것 같았다.

고양이 우는 소리에 잠을 깼다. 방 안 풍경이 낯설어 주위를 두리번거렸다. 어디선가 새소리가 요란했다. 아, 대밭이 있었지. 그런데 한 번도 듣지 못한 새소리였다. 방 안을 둘러보았다. 언니는 웅크린 채 아직 잠들어 있었다. 희붐해지는 문고리에 숟가락이 꽂혀 있었다.

"변소는 문 밖으로 나가서 왼쪽으로 돌아가면 있어. 대문 옆이야. 누가 있는지 보고 들어가."

기척에 깬 언니가 몸을 뒤척이며 말했다.

방문을 여니 차가운 바람이 얼굴을 밀었다. 대밭에서 후다닥 작은 짐승이 뛰어가는 소리가 났다. 변소는 냄새로도 찾을 수 있었다. 회색 페인트칠을 한 나무 문 위에 대추만 한 빨간 전구가 켜져 있었다. 불빛 아래에 '화장실(변소)'이라고 쓴 글씨가 보였다. 목발 두 개가 '변' 자에 머리를 기대고 있었다. 빨간 불빛에 연기가 감기고 있었다. 담배 타는 냄새가 건너왔다. 변소에 가고 싶은 생각이 사라졌다. 방 주위를 둘러보았다.

네모 지붕을 한 양옥집이었다. 주인집 방과는 서로 등을 지고 있었다. 네모 지붕에서 슬레이트로 지붕을 달아내어 만든 방이었다. 우리집으로 치면 굴뚝이 있는 곳이 언니의 방이었다. 새소리가 또 들렸다. 주인집 창문에서 불빛이 새어나오고 있었다. 새소리는 그 안에서 들렸다.

"어서 들어와. 춥다."

"방 안에서 새소리가 나."

방에 들어서자 언니는 이불을 한쪽으로 밀어내고 앉아 있었다.

"아, 새! 주인이 새를 키워. 새끼 까서 팔기도 하고."

"목발도 있더라."

언니는 일어나 부엌으로 들어가며 말했다.

"인사하기 전에 알아 둬라. 주인아저씨는 월남전에서 다리를 많이 다쳐 나들이가 힘들어. 그래서 거실에서 부업 삼아 새를 길러. 아주머니는 동상동 시장에서 장사를 하고."

언니는 냄비에 밥을 안쳐 연탄 화덕에 올려 두고 주인집으로 나를 데리고 갔다. 문을 열자마자 새들이 요란했다. 내가 움츠리자 부엌에서 나온 아주머니가 젖은 손을 훔치며 앉을자리를 권했다. 곧 안방 문이 열리고 아저씨가 앉은뱅이걸음으로 나왔다. 아저씨의 두 다리는 무릎 아래가 없었다. 남자아이 둘이 아버지 뒤에 삐죽삐죽 앉았다. 또 옆방에서 언니 또래로 보이는 사람 둘이 나왔다.

언니는 나를 중학교 졸업하고 취직하러 왔다고 소개했다. 언니는 나와 잠시 눈이 마주쳤으나 아무 말도 하지 않았다.

아이들 방 옆방에 세를 든 김미경과 미숙 자매는 열여덟, 열일곱이라고 했다. 언니가, 미경이는 언니라 부르고, 미숙이는 친구라며 나를 바라봤다. 나는 고개만 약간 숙였다. 김미경이 "언니보다 동생이 더 크네."라고 해서 모두가 잠시 웃었다. 주인아저씨가 빙 둘러보며 말했다.

"내가 다리 빙신이라 사는 꼬라지가 이렇다. 한집에 살면 다 식구니까 서로 도와가며 살자. 니들도 새 누나한테 인사해라."

바가지머리 둘이 눈을 비비며 비쭉비쭉 고개를 숙였다. 국이와 덕이 생각이 났다. 언니는 동생을 잘 부탁한다고 하고, 밥이 끓을 거라면서 일어섰다. 나오면서 나중에 시장에 갈지도 모르겠다고 아주머니를 보고 말했다. 아주머니는 고개를 끄덕이며 웃었다.

"왜 나를 열일곱 살이라 했어? 미경이, 미숙이 언니들하고 껄끄럽게."

"내가 어제 말을 못 해서 오늘 많이 놀랐제? 미경이는 언니라 해도, 미숙이는 친구 먹어야 한다. 둘 다 금사공단에 다니니까 밖에서 만날 일은 자주 없겠지만 조심해야 한다. 들키면 이 집에서 못 산다. 나는 열아홉 살인 걸로 알고 있으니까 그리 해야 한다. 둘 다 나를 언니라고 부르는 거 봤제? 그리고 취직하려면

니도 열일곱 살이라고 해야 한다.

그리고 우리는 이제부터 정가다. 내가 정영숙이니까 니는 정영자로 하자. 그냥 그리 알아라. 내가 일자리를 부탁할 때도 그랬으니까 그래야 한다. 나중에 이름하고 성은 다시 찾을 수 있다. 회사를 옮겨 버리면 된다. 도시는 그렇게 사는 데다."

언니는 나를 빤히 바라보고 다짐을 받았다. 고개를 끄덕일 수밖에 없었다. 나는 이틀 만에 두 살을 먹어 열일곱 살이 되었고, 이름도 정영자가 되었다. 정영자를 되씹으며 이제 정말로 낯선 곳에 왔다고 생각했다.

밥이 뜸 드는 동안 언니는 곤로에서 어묵을 볶았다. 나는 언니 옆에서 김치를 썰고, 찬장에서 김을 꺼냈다. 언니는 소고기에 질려서 오늘은 뺐다며 웃었다. 둘이서 정부미로 지은 밥 한 냄비를 깨끗하게 비웠다.

동상동 시장은 비릿하고 바글바글했다. 미꾸라지처럼 요리조리 빠져 나가는 언니를 놓치지 않으려고 애를 썼다. 검은색 구두와 꽃무늬 양말을 샀다. 언니는 알록달록한 속옷을 몸에 대고 어떠냐고 묻기도 했다. 도시는 부끄러워하면 안 되는 곳인 것 같았다. 미리 준비라도 한 듯 내 옷을 여러 벌 샀다.

시장 골목은 끝이 없었다. 언니만 졸졸 따라다녀 어디가 어딘지 도통 가늠할 수가 없었다. 어물전 골목이 끝나면 가로질러 과일 골목이 나타났고, 과일 골목은 군것질 골목으로 뻗었다. 잡채와 어묵, 김밥 등을 내놓은 가게 앞에 섰다. 언니가 아는 체를 해서 보니 아침에 본 주인집 아줌마였다.

"이렇게 보니 인물이고 키고 동생이 영 낫네. 뭐 좀 주까? 새 식
구한테 한 접시는 내가 쏠 거구마."

판자 의자에 앉아 무릎을 싸안았다. 아줌마가 잡채를 한 그릇
담아 내며 눈을 찡긋하더니 말했다.

"이건 싸비스!"

언니는 순대와 사이다를 시켰다.

"동생 일할 데는 정했나? 내가 좀 알아봐 주까? 몸이 실해서 뭐
든 잘 하겠네."

아줌마의 눈길이 아래위로 훑어보는 것 같아 무릎을 더 당겨
안았다.

"우리 공장에도 자리가 날지 모르겠지만, 아주머니도 좀 알아봐
줘요. 야가 일은 뭐든지 잘해요. 농사를 지어서 힘도 좋고."

언니의 말에 옆 가게에 앉아 탁주를 마시던 남자들이 나를 쳐
다보며 키득거렸다. 언니를 흘겨봤다.

"괜찮다. 여기서 정영자, 니를 누가 아나?"

정영자로 명토 박는 언니의 말에 찔끔 놀랐다. 아, 그렇지! 나는
정영자다. 머릿속으로 자꾸 정영자를 되뇌며 사이다를 마셨다. 그
러다 크게 트림을 하고 말았다. 정영자라는 말을 생각하다가 나도
모르게 마지막 '자' 자를 따라 터진 트림을 막지 못했다.

"아따, 그 아가씨, 트림 한 번 씨어언하게 하시요이. 트림 소리
들어보니 힘도 씨겠네요이."

"아따, 아저씨들도 참. 기냥 막걸리나 묵지. 딸 같은 아아한테

웬 희롱이야 희롱이!"

아줌마가 낄낄대는 남자들의 목소리를 막아서는 틈을 타 언니의 손을 끌고 골목길을 빠져나왔다. 한참 걷다가 언니를 돌아보며 말했다.

"언니야, 영자야! 하고 한번 불러 봐."

언니는 걸음을 멈추고 잠시 나를 보더니 앞서가며 말했다.

"처음에는 나도 똑 죽겠더라. 아무리 영숙아, 영숙아 해도 남 같고. 이름까지 버리고 살아야 하나 싶고. 내가 일하는 옆 라인에 희남이라는 애가 있어. 누가 그 애를 부르면 내가 가슴이 쿵쿵거리고, 저게 내 이름인데 싶어 눈물도 나고……. 니도 한참 걸릴 거다. 마음 독하게 먹어야 한다이. 엄마가 안 그라더나? 나중에 옛날이야기 함서 살자꼬."

언니가 엄마처럼 말했지만 나는 벌써 엄마가 보고 싶었다.

대 이파리가 흔들리는 소리 사이로 새소리가 들렸다. 일어나려다가 다시 등을 붙였다. 마땅히 할 일이 없다는 생각이 들었다. 언니는 수건으로 머리를 털어 말리다 뒤척이는 소리를 듣고 말했다.

"멀리 가지 말고 집 주위나 찬찬히 둘러봐라. 살 곳이니까. 나갈 때 문은 꼭꼭 잠그고. 모르는 건 주인아저씨한테 물어보면 된다. 아! 아저씨가 술 먹었으면 말하지 말고. 아저씨는 술만 먹으면 우니까."

"왜 울어?"

"멀쩡히 군대 갔다가, 월남 가서 다리가 저리 됐으니 울겠지."

"월남에는 왜 갔는고?"

"뭔 이유가 있겠지. 니는 더 있다가 밥 먹어라. 남은 밥은 이불 속에 묻어 놓고."

언니는 주섬주섬 챙겨 입고 몇 술 뜨는 둥 마는 둥 하고는 방을 나갔다.

"쇠죽은 누가 끓이는고?"

언니가 방문 앞에서 신을 신는 모습을 보다가 엉뚱한 말이 툭 튀어나왔다.

"뭐?"

"아이다. 갑자기 집 생각이 나서."

방문을 열고 나서던 언니는 돌아서서 말했다.

"니 없어도 다 돌아간다. 니 걱정이나 해라."

곧 대문에서 언니가 미경이들과 인사를 나누는 소리가 들렸다. 나는 다시 이불을 당겨 덮었다.

'나는 이제 정영자다. 열일곱 살이다.'

무슨 일을 하게 될까? 어떤 사람들을 만나게 될까? 새로 생긴 나이와 이름을 천천히 말해 보았다.

누워만 있어선지 아침밥은 생각이 없었다. 손수건으로 싼 밥그 릇을 이불 속에 묻어 두고 대문 밖으로 나갔다. 집들 사이로 둘이 지나갈 만한 골목이 큰길로 이어지고 있었다. 집마다 대문 옆에는 거름더미처럼 연탄재가 쌓여 있었다. 큰길로 나가자 교복을 입은 학생들이 우르르 몰려가고 있었다. 나도 모르게 골목으로 돌아섰 다. 학생들이 사라진 뒤 버스 정류장이 있는 곳으로 나갔다.

정류장 건너편 높은 굴뚝에 '대한실업주식회사'라고 씌어 있었다. 굴뚝 주변은 시멘트 담장이 둘러졌고, 담장 위에는 철조망이 구불구불 얹혀 있었다. 담장에는 '수출 산업의 역군', '하면 된다', '반공방첩' 등의 글씨가 씌어 있었다. 빨간색 글자 크기가 나보다 컸다. 굴뚝만 보고 골목길을 이리저리 걸어 공장 앞으로 갔다.

정문 앞에 서서 공장 안을 바라보았다. 회색 모자에 쑥색 옷을 입은 사람들이 왔다 갔다 하고 있었다. 리어카를 끌고 다니는 남자들의 모자는 노란색이었다. 숟가락이나 칼을 만드는 공장이 이렇게 커야 하나? 언니는 저 공장 안의 어디쯤에 있을까? 하고 생각했다.

언니가 대밭을 잘 기억하라고 하지 않았으면 집을 찾아오지 못할 뻔했다. 정문에서 돌아서 집으로 가려는데 갑자기 머릿속이 하얘지며 방향을 잃었다. 약국 앞에서 길을 꺾었다는 것은 기억나는데 약국 이름은 떠오르지 않았다. 지나가는 아주머니에게 약국이 어디냐고 물었는데, "무슨 약국?" 하고 되물어 말문이 막혀 버렸다. 그러다가 퍼뜩 대밭이 떠올랐던 것이다. 빙 둘러보니 대숲의 꼭지가 섬처럼 떠 있었다.

2

며칠 만에 빨래하고, 연탄 갈고, 냄비에 밥하는 것도 손에 익었다. 촌에서 하던 것에 비하면 장난 같았다. 아무것도 사지는 않았지만 혼자 동상동 시장에도 갔다 왔다. 금요일에 퇴근해 온 언니가 일자리를 잡았다며 월요일부터 출근하라고 했다. 언니가 다니는 공장의 포장과에 가면 된다고 했다.

언니가 일하는 부서는 품질관리과이며, 내가 일할 부서는 검사에 합격한 제품을 포장해서 출고하는 포장과라고 했다. 처음 듣는 공장의 말이었지만 무슨 뜻인지는 알아들었다. 월요일부터 '대한실업주식회사 포장과 사원 정영자'라고 언니가 말했다.

월요일 아침에 언니는 다시 다짐을 받았다. 이제부터 열일곱 살, 정영자라고. 언니가 사무실 앞까지 데려다 주고 갔다. 사무실에서 기다리자 양복을 입은 사람이 들어와 정영자냐고 물었다. 그렇다니까 밖을 향해 소리쳐 반장을 불렀다.

반장과 함께 간 곳은 교실 한 칸 크기의, 창고처럼 생긴 곳이었다. 반장으로부터 나를 인계받은 조장이 내가 일할 자리를 정해 주었다. 조장은 아래위를 훑어보더니 작업대의 안쪽에 서게 했다. 지게차에 실려 오는 것들을 제각각의 포장지에 넣어 나무 상자에 넣는 일이었다. 상자가 차면 지게차가 들고 옆 칸으로 옮겼다.

내 옆에는 내 어깨 높이의 여자가 일하고 있었다. 조장은 무거운 것은 내게 맡기라며 인사시켰다. 뒤에서 일하던 긴 파마머리가 "꺼꾸리와 땅딸이 같다"며 웃었다. 얼굴에 얽은 자국이 남은 조장까지 넷이 한 조라고 했다.

첫날이었지만 일은 어렵지 않았다. 조원들과 금방 친해졌다. 나는 '열일곱 정영자'라고 분명히 말했지만 곧 '정 양'이 되었다. 얼굴이 얽은 조장 언니는 공경자, 파마머리는 박미순, 어깨 밑 머리는 윤소복. 다 언니였다. 공 양 언니, 박 양 언니, 윤 양 언니로 부르라고 했지만 선뜻 그렇게 말이 나오지 않았다.

포장과는 우리 조를 비롯해 네 조가 각각의 창고처럼 생긴 곳에서 일했다. 포장과 사람들은 아침마다 작업복으로 갈아입고 복도에 모여 외쳤다.

"유신헌법은 조국 근대화의 지름길! 우리는 수출 산업의 역군! 하면 된다! 안전제일!"

학교 운동장에서 하던 아침 조회가 떠올랐다. 한 번에 공중을 찌르는 주먹들이 콩나물처럼 보였다.

매일 같은 일만 했다. 몸의 반쪽만 사용했다. 며칠이 지나자, 오른쪽 종아리와 옆구리, 오른팔과 목의 오른쪽이 당겼다. 몸을 자주 비틀자 조장이 공장 일은 요령껏 해야지 힘대로 하다가는 병신 되기 십상이라며 웃었다. 윤소복 언니가 중간 중간에 힘 빠진 배삼룡 흉내를 내서 허리를 펴기도 했다. 박미순 언니는 웃지도 않고 말도 잘 하지 않았다.

공장 담벼락을 따라 군인들처럼 머리를 잘린 개나리들이 수런수런 피어나고 있었다. 반가웠다. 점심시간에 조원들이 함께 나가서 사진을 찍기도 했다.

첫 월급을 탔다. 이만 육천 오백 원. 언니는 사만 이천 칠백 원이었다. 봉투 두 개를 뜯어 전부 방바닥에 쏟았다. 방세가 일인당 육천 원, 물세와 전기세가 일인당 천 원, 화장실 사용료가 일인당 오백 원……. 중얼거리던 언니는 지폐를 몇 번이나 세어 보더니 봉투에 넣어 주인집에 들고 갔다가 왔다.

다녀와서는 다시, 연탄 스무 장, 라면 열 개, 빨래비누 두 개, 세숫비누 두 개, 석유 한 되, 달걀 열 개……. 멀뚱멀뚱 하다가 생각난 듯 다시 중얼대며 돈을 나눴다. 나에게는 만 원은 계를 붓고, 오천 원은 용돈, 나머지는 생활비로 쓰자고 했다. 나는 고개만 끄덕였다.

그 주 일요일에 첫 월급을 탄 기념으로 바다에 가 보자고 언니를 졸랐다. 언니는 피식 웃으며 고개를 끄덕였다. 버스를 타고 가면서 바다를 생각했다. 수평선은 어떻게 생겼을까? 햇빛은 유전늪에서 부서지는 것과 같을까? 아, 그렇지. 덕이에게 바다를 보여 주기로 했지.

해운대역 앞에서 내렸다. 낮은 지붕들이 골목길 옆으로 나란했다. 아이들은 이마로 바람을 받으며 골목을 뛰어다녔다. 색색의 깃발을 매단 대나무를 높게 세운 집도 띄엄띄엄 보였다. 코를 큼큼거려 보았다. 연탄재 냄새만 났다. 하늘이 환히 열린 곳에 나오자 비릿한 바다 냄새가 밀려왔다. 숨을 깊게 들이마셨다.

백사장이 나타났다. 그러나 책에서 본 것과 달리 사람은 많지 않았다. 몇은 짝을 지어 걸었고, 우두커니 바다를 보고 서 있는 사람이 몇몇 보일 뿐이었다. 동백섬 앞의 호텔 주변에만 사람들이 모여 있었다. 왼쪽 끝에는 작은 배들이 깃발을 펄럭이며 방파제 안에 묶여 있었다. 갈매기는 배들이 묶여 있는 곳에 많았다. 언니가 호텔이 있는 쪽으로 앞서서 걸어갔다.

눈이 부셨다. 은색 물결이 밀려오다가 부서지고 또 밀려왔다.

"니, 바다 처음 보제? 어떻노?"

언니가 걸음을 멈추고 물었다. 바람이 머리카락을 들추자 하얀 목이 드러났다.

"크네."

"크네?"

언니가 쿡! 하고 웃었다.

호텔 앞에서 외국인을 처음 보았다. 코가 정말 컸다. 호텔 안을 기웃거리자 언니가 팔을 당겼다. 솜사탕을 하나씩 사고 배들이 묶여 있는 쪽으로 돌아섰다. 백사장으로 내려가서 물가를 걸었다.

발자국을 지우며 따라오던 파도는 헛바닥을 밟자 거품을 물고 사라졌다. 파도는 사라지면서 구불구불한 금을 그어 자기가 차지한 땅을 표시했다. 뒤에 밀려오는 파도와 땅따먹기를 하는 것 같았다. 덕이에게 바다를 보여 주겠다고 약속한 것이 다시 떠올랐다.

"언니야, 다음에는 동생들 데리고 오자."

"그래야지."

언니는 짧게 말하고 몇 걸음 앞서 갔다. 나는 언니를 따라가며 물었다.

"곗돈은 부어서 뭐할 건데?"

"뭐하기는. 목돈 만들어야 뭐라도 하지. 생각해 봐라. 할배가 오래 살겠나? 복이는 고등학교까지는 보내야지. 또 밑에 국이는? 덕이는? 줄줄이 달렸다. 또……."

말을 멈춘 언니는 허리를 숙여 주운 것을 내밀었다. 동그란 구
멍이 뚫린 조개껍질이었다.

"우리도 시집가야지. 집에 이불 한 채라도 바랄 수 있겠나. 우리
가 장만해야지."

"뭐, 시집?"

웃음이 터졌다. 언니가 시집갈 생각을 하다니.

"언니야, 언니 이름은 이희남, 이제 열일곱 살이거든. 열아홉 살
정영숙이 아니고. 남들 고등학교 일 학년 나이거든."

"얘가 왜 이래? 이래도 내가 직장 생활이 4년이야."

언니가 되받은 말에 가슴이 뜨끔했다. 그렇구나. 언니는 벌써 4
년 넘게 밥하고 빨래하고 일하고 혼자 살았구나. 언니는 먼 바다
를 보고 우두커니 서 있었다.

언니가 식모살이 할 집을 정하고 부산으로 떠나기 하루 앞날
밤이 떠올랐다. 언니가 처음이자 마지막으로 졸업식을 한 며칠 뒤
였다.

"이 엿가락 같은 팔로 식모살이 간다꼬."

아버지는 언니의 손가락을 하나하나 만지고, 팔과 어깨를 만지
다가 와락 끌어안고 오래 울었다. 아버지도 첫째인 언니에게는 살
가울 때가 더러 있었다. 엄마는 부엌에서 무릎에 얼굴을 묻고 울
었다. 나는 와락 울음을 터뜨린 국이를 데리고 마당으로 나왔다.
마당에서 서성대고 있던 복이와 살짝을 나섰다. 뜨거운 것이 볼에
흘러내렸다.

그날 밤 엄마와 밤새 훌쩍거린 언니는, 다음날 아침 퉁퉁 부은 얼굴로 대문을 나갔다. 새벽에 엄마가 끓여 낸 계란국을 마시는 둥 마는 둥 한 뒤였다. 책보보다 더 큰 분홍색 보따리 하나가 짐의 전부였다. 새벽에 어디론가 나가 버린 아버지를 대신해서 엄마가 역까지 따라갔다. 나는 방앗간까지 따라가다가 돌아섰다. 내가 돌아서자 언니가 다가와 내 손을 잡으며 말했다.

"니는 괜찮을 거야. 알았제?"

언니의 눈을 바로 보지 못하고 발끝만 봤다. 갈색털이 둘러진 털신. 엄마가 빨리 집에 가서 동생들을 챙기라고 재촉하지 않았다면 기어이 소리 내어 울고 말았을 것이다.

"언니야, 짜장면 어때? 오늘은 내가 사 줄게."

언니는 손으로 햇살을 가리고 한참 동안 답이 없었다. 언니의 대답을 기다리면서 발바닥을 찍어 꽃무늬를 만들었다. 대답을 기다리던 내가 "오늘만."이라고 하자 그때서야 언니가 돌아서며 말했다.

"월급 탔다고 간이 배 밖에 나왔네. 짜장면 한 그릇이 라면 다섯 개 값인데, 맘대로 쓰면 한 달 못 산다. 집에 가서 라면 끓여 먹자. 계란 풀어서."

백사장 밖으로 나가려는 언니의 손을 잡아끌며 검지를 세웠다. 언니는 피시식 웃고 말았다. 그날은 첫 번째인 것이 많았다. 처음 본 바다와 외국인, 그리고 첫 짜장면.

해동반점은 찻길을 사이에 두고 배를 가둔 포구와 마주보고 있었다. 짜장면은 짭짤하고 달달하고 고소하고 쫄깃했다. 언니는 비싼 외식을 했다며 투덜댔다. 이런 걸 외식이라고 한다는 것도 처음 알았다.

다시 바다와 마주섰다. 은빛 부스러기가 흩날려 수평선은 흐릿해 보였다. 바람이 옷 속으로 파고들었다. 등줄기가 시원했다. 주머니 속에서 엄지와 검지로 거슬러 받은 동전을 확인하며 이제부터는 곗돈을 알뜰히 모아야겠다고 생각했다.

복이에게서는 한 달에 한 번 꼴로 편지가 왔다. 간혹 국이가 쓴 것도 있었다. 복이의 편지는 짧았고 국이가 쓴 편지가 길었다. 국이는 말이 없는 복이와는 달리 곰살맞은 데가 있었다. 아마도 내가 하던 부엌일은 국이가 맡았을 것이라고 생각했다.

국이는 여러 가지를 써 보냈다. 염소 마구간을 나눠 닭을 다섯 마리 키우는데, 염소가 달걀 먹는 것을 봤다는 이야기. 도시락에 달걀 반찬을 싸 갈 때는 누나 생각이 난다거나, 밭에 참외 농사를 짓는다며 여름 방학에 누나 집에 갖고 가고 싶다는 등의 이야기를 써 보냈다. 그리고 곧 전기가 들어올 것이라 지붕을 개량하고 전봇대를 세우고 있다고도 했다. 또 우리는 이상복, 이상국, 이상덕인데 누나들은 왜 정영숙, 정영자인지를 묻기도 했다.

편지에서는 연기가 들어찬 방에 엎드려서 편지를 쓰는 국이의 모습이 환히 떠올랐다. 아버지는 마당에 덜 마른 쑥으로 모깃불을 피우고, 엄마는 할배 빨래를 할 것이었다. 늪에서 불어오는 눅눅한 비 냄새도 맡아졌다.

편지를 받으면 주로 내가 답장을 썼다. 엄마와 아버지, 너무 힘들게 일하지 마시라고. 방도 안전하고 주인집도 친절해서 아무 걱정 없다고. 또 집 뒤에 대밭이 있어 집에서 듣던 바람소리와 새소리를 들을 수 있어서 좋다고 했다. 월급도 빠지지 않으며 계도 잘 붓고 있다고 했다. 저녁밥을 먹은 뒤 국이가 큰소리로 읽어 줄 것이었다.

편지를 쓴 뒤 언니에게 읽어 주면 언니는 희미하게 웃으며 한 마디씩 던지곤 했다.

"쓴 대로 살아지면 뭔 걱정이 있겠노?"

얼음물 콩국수를 처음 먹어 본 것은 7월 월급 뒷날이었다. 샘물에다 사카린을 넣어 아껴 먹던 냉국수를 이야기하며 언니는 웃었다. 콩국물이 입에 맞았다. 국물을 더 달래서 먹었다. 그런데 집에 와서 탈이 났다. 아랫배가 울퉁불퉁하더니 곧 찌르는 것처럼 아팠다. 언니가 소금을 한 숟갈 떠 주며 그대로 삼키라고 했다. 그래도 소용이 없었다.

밤새 화장실을 들락거렸다. 새벽에는 노란 쓴물을 거푸 토했다. 목구멍이 타는 것 같았다. 언니는 결근하라고 했지만 그럴 수 없었다. 내 자리의 일을 대신할 수 있는 사람이 없다는 걸 뻔히 알고 있었다. 우리 조에서 일이 밀리면 다음 조가 버거웠다. 게다가 월말이었다. 방바닥이 몸을 빨아들이는 것 같았지만 언니가 타 주는 설탕물을 마시고 출근했다.

보자마자 눈이 쑥 들어갔다며 언니들이 걱정했지만 나는 괜찮

다고 했다. 그러나 숙였다가 일어서면 목에 쓴물이 오르내려 견딜
수가 없었다. 귀도 왱왱거렸다. 쪼그리고 앉았는데 윤소복 언니의
소리가 점점 멀어졌다.

"정 양아! 정신 차리라. 야가 왜 이렇노? 이 땀 좀 봐라! 정 양
이거 안 되겠다. 사람 잡겠다."

정신을 차려 보니 낯선 긴 의자에 누워 있는 나를 언니가 걱정
스럽게 내려다보고 있었다. 보리차를 마시자 정신이 조금 들었다.
결국 언니의 손에 이끌려 집에 와서 누웠다. 언니는 약을 사서 머
리맡에 두고 땀도 식히지 못한 채 다시 공장으로 갔다.

언니가 가고 난 뒤 기어 나와 흰죽을 끓였다. 내일은 일어나야
했다. 죽을 끓이면서도 몇 번이나 구역질을 했다. 흰죽을 몇 술 떠
먹고 가루약을 털어 넣었다. 그러곤 쓰러져 잠이 들었다.

꿈에서 물속을 헤엄치고 있었다. 사방이 산으로 둘러싸인 저수
지였다. 발은 땅에 닿지 않고 팔은 마음대로 저어지지 않았다. 물
이 코로 들어오면 고개를 돌리며 숨을 쉬었다. 앞에 긴 나무 막대
가 떠가고 있었다. 손을 뻗어 잡으려고 하면 막대는 물살에 밀려
멀어졌다.

산 그림자가 저수지 한쪽을 덮어 왔다. 반대쪽으로 몸을 돌려
헤엄쳤다. 나무 막대는 또 손이 닿지 않을 거리에서 떠가고 있었
다. 일렁거리는 물결이 코를 막을 때마다 고개를 돌리며 피했다.
누워서 헤엄쳐야겠다고 생각했다. 몸을 뒤집어 얼굴은 물 밖으로
나왔는데 왼팔이 물속에서 나오지 않았다. 팔을 빼려고 안간힘을
썼다.

"야가 왜 이라노? 구남아!"

언니가 이마에 수건을 얹어 두고 왼손을 잡고 있었다. 천천히 정신이 들었다. 등이 축축했다. 다리를 오그렸다 폈다. 물 밖임이 확실했다.

"언니야."

"이제 정신이 드나?"

"언니야, 나는 이구남이가 아니고 정영자다."

"아이구 이것아! 정신부터 차려라. 약 먹게 밥 먹자."

마른 낯을 훔친 언니가 물을 내밀었다. 앉아서 물을 마시자 언니는 부엌에 나가 남은 흰죽을 떠 왔다. 깨소금을 얹은 간장 종지도 옆에 있었다. 내가 숟가락을 들자 언니는 그때서야 냄비에 정부미를 씻어 안쳤다.

"그냥 이거 같이 먹자. 쌀 얼마 안 든다."

"나는 죽 먹고는 못 산다."

언니의 말에 나는 피식 웃고 말았다.

조퇴라는 것을 해 보니 더 공장 사람이나 도시 사람이 된 것 같았다. 흰죽을 먹고 누워서 언니가 밥 먹는 걸 봤다. 열무김치 냄새에 침이 조금 고였다. 다시 일어나 숭늉을 마시고 가루약을 먹었다. 바람을 맞고 싶었다. 부엌에 내려서자 부엌 바닥이 물렁한 듯했다. 벽을 짚고 서서 머리를 흔들었다. 대밭에서 여름 산의 냄새가 밀려왔다. 숨을 크게 쉬자 땅은 점점 굳어졌다. 문을 열고 하늘을 올려보았다. 드문드문 별이 보였다.

여름철 가는골의 밤하늘에는 은빛 별이 쏟아졌다. 은하수는 물별이 흘러가는 강물이었다.

"아! 엄마, 저것 좀 봐."

길을 멈추고 은하수를 가리키면 엄마는 머릿수건을 벗으며 말했다.

"젖은 바가지에 깨가 발린 것 같네. 저것이 쌀로 쏟아지모 천지 사방에 배곯는 사람이 없을 낀데."

방으로 돌아오려는데 주인집에서 앓는 소리가 났다. 꺽꺽 하다가 푸푸거렸다. 방바닥을 주먹으로 때리는 소리도 났다. 주인아저씨가 울고 있었다.

방으로 들어와 언니에게 일렀다.

"으이구, 몇 달 잠잠하더니 또 시작됐군. 잘 들어 봐라. 노래부터 시작할걸."

벽에 귀를 대자 정말 노래 소리가 들렸다. 언니는 이불을 뒤집어썼다.

국민 여러분!

월남에서 돌아온 다리 빙신이 노래 한 자리 하겠십니다.

맹호부대에, 맹호부대! 하낫, 둘, 셋, 넷.

자유통일 위해서 조국을 지키시다 조국의 이름으로 님들은 뽑혔으니 그 이름 맹호부대 용사들아.

흑흑. 아이고, 내 다리야. 와 그때 나를 말리지 않았십니꺼. 오메!

방바닥을 탁탁 치는 소리. 코 푸는 소리.

일천구백 칠십일 년 유월 부산항에서 군악대는 울었다.
나도 울었다.
송카우야, 다스톱브야, 내 다리 내놔라. 내 청춘 내놔라. 내 돈 내놔
라. 내 다리 팔아먹은 내 돈 내놔라. 이 도둑놈들아. 미군한테 받은
내 돈 내놔라. 내 다리 내놔라. 아이고, 아이고.

방바닥을 치며 다시 노래가 이어졌다.

그 이름 맹호부대 용사들아.
가시는 곳 월남 땅 하늘은 멀더라도 한결같은 겨레 마음 님의 뒤를
따르리다. 한결같은 겨레 마음 님의 뒤를 따르리다.
아이고, 껄껄, 아이고오오.

구호와 노래와 울음이 섞이더니 점점 울음소리만 남았다.
"누구에게 못 받은 돈이 있는가?"
"배상을 다 못 받았다 하더라. 월남전에 가서 저리 됐으니 마음
이 오죽하겠나? 아줌마가 술을 안 사 준다 하던데 어디서 구했
는 갑다. 혹시라도 아저씨가 술 사 달란다고 사다 주면 안 된다.
오늘밤은 좀 시끄럽겠다. 아줌마 오기 전에 어서 자자."
언니 옆에 나란히 누웠다. 껄껄거리던 아저씨의 울음이 점차로

잦아들었다. 대숲에서 고양이 울음소리에 이어 푸드덕거리는 소리도 났다. 왱왱거리던 풀벌레 소리가 뚝 멎었다. 다시 잎이 사각거리는 소리, 대밭의 소란이 문득 반가웠다. 문틈으로 대숲의 바람이 밀려왔다. 무슨 냄새가 섞였나 킁킁거려 보았으나 분간할 수 없었다. 점점 속은 편안해졌다.

3

추석을 앞두고 공장은 정신없이 돌아갔다. 잔업을 며칠이나 이어서 계속하다가 처음으로 철야를 하게 되었다. 밤을 샌다는 말에 조금 설레기도 했다. 식당에서 저녁을 먹고 나오자 조장 언니가 조원들에게 알약을 하나씩 줬다. 뭐냐고 물었더니 윤소복 언니가 잠이 오지 않게 하는 약이라고 했다. '날밤이'라고 불렀다.

꼬박 밤을 새고 화장실에서 세수를 하는데 코피가 주루룩 흘렀다. 조장 언니가 다가와 뒷목을 눌러 주었다.

"이제 정 양도 공순이 다 됐다."

코피를 훔치고 거울을 보자 이상하게 뿌듯한 마음이 생겼다. 조퇴를 했을 때보다 더 공장 사람이 된 것 같았다.

처음으로 회사 식당에서 아침밥을 먹었다. 언니도 철야한다던데, 언니도 식당 어디에 있을 거란 생각에 둘러보았다. 밥이 모래알 같았다. 씹히지 않고 구석으로 도망가는 밥알을 혀끝으로 잡으러 다니다 식당 입구에 들어오는 언니를 보았다. 언니가 앉은 자리를 확인하고 남은 밥을 국에 말아 마셨다.

언니는 내가 다가가자 손을 들었다.

"잠은 안 오나? 무거운 것 들다가 떨어뜨려 발등 깨는 수가 있다. 조심해라. 철야할 때는 정신 바짝 차려야 한다이."

"언니도 조심해라. 오늘도 잔업하나? 나는 점심 먹고 집에 가라 더라."

"오후까지 근무다. 집에 가면 다 놔두고 잠부터 자라. 밤에 보자."

알았다며 물러서려는데 언니가 작업복을 당겼다.

"이게 뭐고?"

"뭐가?"

언니는 작업복 끝에 묻은 얼룩을 손톱으로 긁으며 말했다.

"코피 났나?"

"코피는 무슨. 나는 코피 안 난다. 밥 먹다가 반찬 국물이 흘렀 겠지 뭐. 어서 가서 밥이나 먹어라."

언니 손을 떼어 내고 돌아섰다. 오전 근무 시작 시간이 지나고 있었다. 일하는 오전 내내 귀가 멍멍했다. 마치고 집에 와서 씻지도 못하고 나무둥치처럼 쓰러졌다.

아침에 눈을 뜨니 옆에서 언니가 죽은 듯 잠들어 있었다. 밥을 안쳐 두고 걸레로 방을 훔치다 못 보던 약병을 봤다. 원기소가 네 병이나 있었다. 원기소라니. 밥상을 차려 놓고 언니를 흔들었다.

"언니야, 밥 먹고 더 자라."

부스스 앉은 언니에게 웬 원기소냐고 물었다.

"추석 때 동생들 주려고 사다가 한 병 더 샀다. 아침마다 먹어라. 니는 덩치만 컸지, 아직 아이 몸이다."

"언니가 먹어라. 언니는 나이만 들었지, 덩치는 아직 아이다."

내가 킥킥대자 언니도 따라 웃었다. 웃는 언니의 눈 밑이 거뭇했다.

"힘대로 하면 공장에서는 못 견딘다. 눈치 보고 적당히 해라. 니가 안 설쳐도 공장은 잘만 돌아간다. 코피나 흘리지 말고."

"코피를 흘리기는 누가 흘려?"

"시끄럽다. 니캉 내캉 자맨 걸 아는 사람은 다 안다. 숨어도 보이고 귀를 막아도 다 들린다."

"그러고 보니 추석이 며칠 안 남았네?"

"말 돌리지 말고 몸조심해라. 너그 조가 하는 일이 전에는 남자들이 하던 일이었다. 개새끼들이 싼 맛에 남자 일을 여자한테 시키고."

"언니 욕도 잘하네."

"공순이가 느는 것은 욕이고, 남는 거는 빙신이라 안 카더나. 나는 오후에 나가서 또 철야다. 내일 아침에 올 거다."

언니는 세수도 않고 밥상을 당겼다.

몇 번의 잔업이 더 있었고, 철야도 두 번 더했지만 코피는 나지 않았다. 추석 상여금이 나왔다. 언니는 오십 프로, 나는 삼십 프로였다. 언니가 시키는 대로 적금을 들었다. 엄마와 아버지의 속옷과 내복을 샀다. 동생들 겨울옷도 한 벌씩 샀다. 집 떠나온 뒤 처음 가는 집이라 생각하니 잠이 오지 않았다. 지붕을 슬레이트로 바꾸고 전기가 들어온 집이 궁금했다. 사흘 휴가였다.

군북역 마당까지 복이가 자전거를 타고 마중을 나와 있었다. 복이는 키도 조금 컸지만 무엇보다 어깨가 다부져 보였다. 언니가 쓰다듬는 복이의 어깨를 보며 일을 많이 했구나 싶어 마음이 짠해졌다. 역에는 우리와 비슷한 만남이 여러 곳에서 이루어지고 있었다.

복이가 짐칸에 가방을 싣고 앞장섰다. 역에서 시장통 골목으로 들어서자 대목 장의 끝물이 와자했다. 중학교 교복을 입은 몇이 지나갔다. 나도 모르게 언덕 위의 중학교로 눈길이 돌아갔다. 학교 위에 조개껍질이 뿌려진 것 같은 구름이 펼쳐져 있었다.

엄마는 닭을 손질하고 있었다. 복이가 키우던 것을 두 마리나 잡았다고 했다. 한 마리는 저녁에 국을 끓이고, 한 마리는 탕국에 넣을 것이라고 했다. 머릿수건을 벗어 손을 닦는 엄마는 야위어 보였다. 아버지는 헛간에서 절구질을 하고 있었다. 철이 올들어 새 쌀로 메를 지을 수 있다며 웃었다. 국이와 덕이는 내 뒤를 졸졸 따라다녔다.

옷을 갈아입고 할배 방에 들어갔다. 헛간 냄새가 났다. 언니는 할배의 등 밑으로 손을 넣으며 어른 흉내를 냈다. 나는 할배의 손을 만졌다. 나뭇가지에 헝겊을 감아 놓은 것 같았다. 할배는 내 손을 당겨 가슴께에 댔다. 도드라진 갈비뼈가 느껴졌다.

"할배, 우리는 잘 있다. 밥도 잘 묵고, 돈도 잘 벌고, 아픈 데도 없다. 그렇게 할배는 아무 걱정 말고 어서 일어나도록 하시이

소, 예?"

언니는 일부러 큰소리를 냈다. 할배가 다른 손으로 언니의 손을 끌어 내 손 위에 포갰다. 포개진 두 손을 할배는 자꾸만 쓸었다.

"너그가 욕본다. 우짜든지……."

할배는 할 말을 다 못 하고 고개를 돌렸다.

마루에 나오자 고소한 냄새가 났다. 복이가 쇠죽솥 부엌의 잔불에 냄비를 얹어 닭발과 내장을 볶고 있었다. 언니가 아버지를 불렀다. 국이와 덕이가 먼저 달려왔다. 엄마가 작은 상을 차렸다. 똥집을 생으로 썰어 접시에 담고 참기름에 소금을 얹은 종지를 냈다. 절구통을 쓸어 담아 키질할 수 있게 해 둔 아버지가 머리를 털며 마루에 걸터앉았다. 복이는 볶은 것을 접시에 담아 들고 할배 방으로 갔다. 국이가 사이다 병을 들고 따라갔다.

"가실은 가실이다. 올해는 십 리 안에 천석을 감한다는 처서 비가 많이 와서 걱정을 했는데 다행히 뒤에 큰 비가 없었다. 앞으로 보름만 쨍쨍 쪼아 주면 나락은 걱정이 없을 끼다. 이거 한 모타리 묵어 봐라. 꼬시다."

아버지가 닭똥집을 참기름장에 찍어 언니한테 내밀었다. 언니가 젓가락을 빼앗아 아버지 입에 넣었다. 언니가 엄마에게도 내밀었으나 엄마는 손사래를 쳤다. 내게도 내밀었다. 나도 물러났다. 돌리던 그것은 마침 할배 방에서 나오던 복이 입에 들어갔다. 할배 방에서 물린 닭발을 양손에 들고 있던 국이와 덕이도 한 점씩 먹었다. 엄마가 눈치를 주자 둘은 닭발을 물고 키득거리며 마당으로 내려갔다.

복이가 아버지와 마주앉아 있을 동안 저녁밥이 뜸이 들었다. 작은 솥에는 닭국이 끓고 있었다. 마루에 저녁상을 폈다. 백열등이 상 위에서 빛났다. 나는 가지나물이 달았다. 언니는 겉절이에 비빈 밥을 두 그릇이나 먹었다. 엄마는 언니와 내가 먹는 모습을 보며 자주 눈가를 찍어 냈다.

상을 치우고 마당에 내려섰다. 감나무 그림자가 삽짝 밖으로 자라 태수네 지붕에 가지를 얹어 두고 있었다. 음식 냄새에 들뜬 도둑고양이들이 골목을 내닫자 이집 저집에서 개들이 컹컹댔다. 아이들이 뿌뿌거리는 것을 불며 뛰어가면 난데없이 장닭이 홰를 치기도 했다. 유전늪 위의 하늘에는 고속도로를 달리는 차들이 만든 빛기둥이 보였다가 사라졌다.

"작은누야는 일이 할 만하나?"

어느 새 복이가 뒤따라 나와 있었다.

"언니도 하는데 뭐. 니는 공부가 잘 되나?"

"그냥 그대로 한다……. 태수보다는 낫다. 히히."

복이가 말끝을 돌렸다.

"태수는 학교 잘 다니나? 말썽 안 피우고."

"학교 가는 날은 잘 다니고, 안 가는 날은 잘 놀고. 그러지 뭐. 히히."

"문디 자슥! 내가 그럴 줄 알았다."

"누야는 태수 엄마 소문 모르제?"

"내가 우째 아노? 뭔 일이 났나?"

"바람나서 딴살림을 차렸다고 하더라. 집에도 안 온다."

"……."

대문 밖에서 덕이 우는 소리가 들렸다. 덕이는 오른쪽 무릎을 잡고 절뚝거리며 내게로 왔다.

"국이 형아가 빨리 가서 잡으러 가다가 자빠졌다."

바지를 걷어 올려 상처를 봤다. 피가 조금 보였다.

"피다! 이제 큰일 났다. 달밤에 자빠져서 다리에 피가 나면 다리가 하나 더 난다더라. 니 우짤래?"

덕이는 눈을 동그랗게 떴다. 복이가 킬킬대며 거들었다.

"덕이는 다리가 세 개가 돼서 자전거도 못 타겠네."

덕이를 들쳐 업었다. 두 손에 쥐어진 볼기짝이 알맞았다. 쥔 손에 힘을 주었다. 덕이가 다리를 세우며 목을 끌어안았다.

"학교 다니는 놈이 이리 업혀서 되겠나? 내가 덕이 선생님한테 편지를 써야겠다. 선생님요, 우리 덕이는 아직 아가야라서 원조 빵도 주면 안 되고 공부도 가르쳐 주면 안 됩니다. 엄마 젖을 더 멕여서 보내야겠습니다."

덕이가 두 손으로 등을 탁탁 때렸다. 달걀만 한 주먹의 크기가 느껴졌다. 다시 추켜올렸다.

"작은누야, 근데 원조 빵이 아니고 급식 빵이다."

"그래? 누가 가르쳐 줬는데?"

"선생님이."

"너그 선생님 좋나?"

"음……, 여잔데, 좀 예쁜데, 그런데 무섭다. 대 작대기로 탁탁 때린다."

"니도 맞아 봤나?"

"……."

"이눔의 시키. 뭘 잘못해서 맞았노?"

"그기 아니고……, 선생님한테 가까이 가면 좋은 냄시가 난다. 손도 보들리 보드리하고."

"그래서 냄새 맡을라고 일부러 맞았나?"

"음, 딱 한 번만 맞았다. 엄마한테 이르지 마."

"왜 맞았는데?"

"짝지 가시나 궁디를 차뿄다. 그 가시나가 내가 방구 낐다고 일 러바치고 또 까불거든. 그래서 변소 갈 때 따라가서 궁디를 차 고 토꼈다."

"뭐? 이눔의 시키, 혼이 나야겠네."

"누야?"

"와?"

"누야는 바다 봤나?"

"그럼, 봤지. 참, 누야가 바다 보여 준다고 했제?"

"응."

"누야, 바다서 고래도 봤나? 그레이하운드보다 큰 배가 있다는 거는 거짓말이제? 바다로 가면 미국도 가겠네? 또 바다가 간장 보다 짭나?"

"한참에 말 못 한다. 담에 꼭 봐라. 이제 짝지 궁둥이 차지 마라. 알았제?"

마당을 한 바퀴 더 돌자 덕이는 등에 얼굴을 묻었다.

"누야한테서도 좋은 냄시가 난다. 인자 엄마한테 가자."

정지방에는 가방이 열려 있었다. 언제 왔는지 국이도 한자리를 차지하고 있었다. 국이와 덕이는 새 옷을 입어 보고 입이 귀에 걸렸다. 엄마는 언니가 공장에서 받아 온 부엌칼과 과도의 날을 손가락으로 밀어 보고 콩기름 병을 장독에 넣었다. 아버지 코 고는 소리가 들렸다. 엄마가 언니의 손을 잡았다.

"니가 구남이까지 챙긴다고 욕본다. 인자 명절이라도 이런 거 사 오지 마라. 여기는 여기대로 다 살아가게 돼 있다. 너그 살아 갈 궁리해라. 우리는 이름만 부모지, 뭐 하나 해 줄 끼 없다. 원망해도 다 들을꾸마. 인자 돈이 사람보다 중한 세상이 됐다. 촌에도 돈이 할배다. 우짜든지 몸 상하지 말고 야무지게 해라. 너그한테 할 말이 없다."

엄마는 또 울음으로 말을 마쳤다.

4

촌에 다녀올 때마다 명장동의 방이 점점 편해졌다. 퇴근하고 들어서면 훅 달려드는 시멘트 냄새와 눅눅한 공기도 익숙해졌다. 처음에는 마당이나 들판이 생각나서 답답함에 가슴이 벌렁거렸는데, 어느새 좁은 방에 갇힌 느낌이 편안해졌다.

공장의 일은 갈수록 고만고만해졌다. 눈치껏 쉬는 시간을 만들기도 했다. 그 사이에 월급도 올라 잔업과 철야를 몇 번 하면 4만

원이 넘을 때도 있었다. 국이가 중학교에 들어갔다. 언니가 할배방에 둘 라디오를 사라며 돈을 보내기도 했다.

옥귀는 함안여상에 진학했고, 취업보다는 대학 진학을 노릴 거라고 했다. 전문대학이라도 꼭 가서 여대생이 될 것이라고 했다. 여대생이 되어도 나와는 영원히 친구 사이가 될 거라며 증표로, 말린 네잎 클로버를 편지지에 붙여 보내기도 했다.

나는 키가 더 컸다. 공장에서 나보다 큰 여자를 보기가 어려웠다. 공경자 언니는 선을 몇 번 봤다고 했고, 윤소복 언니는 남동생이 좋은 고등학교에 들어갔다며 조원들에게 짜장면을 사기도 했다. 공장 생활도 2년이 넘어가고 있었다.

박미순 언니가 결근을 했다. 4월 월급을 받은 다음날이었다. 퇴근하고 동상동 시장에 가서 군것질을 하기로 약속했기 때문에 다들 무슨 일인가 걱정했다. 공경자 언니가 과장에게 보고하고 나오며 고개를 갸웃갸웃하는 표정이 꺼림칙해 보였다.

퇴근 후에 동상동 시장에 가기로 한 것은 그대로 한다고 했지만 일하는 내내 다들 표정이 밝지 않았다. 윤소복 언니는 나를 보며 무슨 일이냐고 묻는 듯 눈을 크게 떴다. 나는 고개를 가로저을 뿐이었다.

퇴근하고 동상동 시장에서 순대와 떡볶이를 시키고 공경자 언니가 긴 숨을 내뱉으며 말했다.

"아무래도 과장, 그 새끼가 이상해. 내가 아침에 박 양이 몸살로 결근했다고 하니까 '몸살은 무슨 몸살' 이러더니, 제 말에 제가 놀란 듯이 갑자기 말을 확 바꾸더라니까.”

윤소복 언니가 다가앉으며 물었다.

“그러면 과장은 박 양이 결근한 이유를 알고 있다는 말이에요?”

“잘 생각해 봐라. 나만 그리 생각했는지 모르겠지만, 박 양이, 과장이 오면 좀 다르지 않더냐? 둘이 썸싱이 있었던 거 아니야? 혹시 들은 것 없어?”

윤소복 언니가 고개를 갸웃거리며 작은 소리로 말했다.

“그러고 보니까 좀 그러네. 과장이 올 때마다 박 양이 헤벌레 웃던 것이 뭔 사단이 날라고 그랬나?”

그러자 공경자 언니가 대뜸 받았다.

“그봐, 니도 그리 생각했제?”

박미순 언니가 보기만 해도 헤벌레 웃었다는 과장은 여공들 사이에서 인기가 좋았다. 소문으로는, 사장의 친척이며 아직 총각이라고 했다. 주로 사무실에서 일을 했으나 일손이 달릴 때는 트럭이나 지게차 같은 것들을 몰기도 했다.

박미순 언니는 월요일에 출근했다. 공경자 언니가 따로 불러내 잠시 이야기를 하고 돌아왔다. 내가 다가가서 괜찮으냐고 묻자 희미하게 웃으며 고개만 끄덕였다. 얼굴은 수척해 보였다. 점심도 먹지 않았다.

다음날 또 박미순 언니는 출근하지 않았다. 공경자 언니는 어금니를 자꾸만 깨물었다. 그러다가 점심시간이 다 돼 갈 무렵이었다. 과장이 불쑥 나타났다. 공경자 언니가 입을 꾹 다물더니 과장을 따라 나갔다. 곧 밖에서 큰소리가 났다.

"과장님, 그러는 게 아니에요. 사람이 그라면 못써요!"

공장 구석에서 들리는 말은 평소에 듣던 말이 아니었다. 날이 선 말이었다. 윤소복 언니가 일어섰다. 나도 따라 밖으로 나갔다. 공경자 언니가 울먹이며 과장에게 대들고 있었고, 과장은 주위를 두리번거리며 달래는 듯 보였다. 과장은 우리를 보더니 공장 안으로 들어가라며 손짓을 했다. 공경자 언니도 우리 쪽을 보고 큰소리를 질렀다.

"니들도 여 와서 들어봐. 과장이 박 양을 갖고 놀았다네. 그러면 책임을 져야지, 저리 내쳐 버리면 박 양은 어쩌란 거여? 이래도 되는 겁니까?"

공경자 언니가 달려들자 과장은 실실 내빼더니 사무실로 도망가고 말았다.

공경자 언니가 울음을 터뜨려 우리가 부축했다. 공장 안으로 들어와 자리에 앉아서도 언니는 한참을 울먹였다. 나는 이러지도 저러지도 못하고 눈치만 살폈다. 점심시간에도 우리는 아무도 일어나지 않았다. 공경자 언니가 그간의 일을 말했다. 어제 직접 들은 이야기라고 했다.

박미순 언니는 과장을 좋아했다. 그동안 공장 밖에서 여러 번 만나 둘만의 시간을 보냈다. 월급을 받은 날 저녁에도 과장을 만났다. 와이셔츠를 선물하기 위해서였다. 과장을 믿었고 결혼도 할 것이라고 생각했다. 그런데 이야기 중에 어쩌다 과장이 선을 보고 있다는 것을 알게 되었다. 과장에게 따지자 과장은 능청스럽게 말했다.

"야! 너, 꿈도 크다. 내가 공순이에게 장가들 줄 알았나?"

그 말을 듣고 돌아선 박미순 언니는 집으로 가는 길에 보이는 약국마다 들러 수면제를 사 모았고, 집에 가서 한 번에 먹어 버렸다. 토요일 아침, 출근 준비를 하지 않는 것을 이상하게 생각한 집주인 할머니가 방문을 열었을 때는 반죽음이 돼 있었다고 했다.

결국 박미순 언니는 공장으로 돌아오지 않았다. 마산의 자유수출 공단으로 갔다고 했다. 과장은 그대로 과장이었고, 간혹 지게차를 몰았다.

빈자리엔 김미자가 새로 들어왔다. 김미자는 누가 묻지도 않았는데 연년생인 남동생이 고등학교에 들어가자 다니던 학교를 그만두었다며 겁먹은 눈으로 말했다. 나이가 같아 찔끔했지만 아무런 말도 하지 않았다.

'김 양'이 된 김미자는 싹싹하고 힘도 좋았다. 넉살도 좋아 잘 웃지 않던 우리를 종종 웃기기도 했다. 첫 월급을 타서는 손수건을 포장해서 돌리기도 했다. 공장의 분위기는 시나브로 제자리를 잡아 갔다. 졸병이 생겼지만 무거운 것을 들어 옮기는 일은 여전히 내 일이었다.

더워지기 시작하던 오월 말, 퇴근을 준비할 때 언니가 뛰어왔다. 언니가 들고 온 전보에는 '조부졸급래요망'이라고 적혀 있었다. 마음속에서 쿵, 하는 소리가 들렸다. 언니와 급히 집으로 왔으나 시골로 내려갈 방법이 없었다. 밤새 뒤척이며 울먹이던 언니는 새벽이 되자 "할배는 오래 아팠고……, 엄마는 고생이 길었다."라며 마음을 다잡았다.

다음날 첫 버스를 탔다. 평일 아침이라 빈자리가 많았다. 의자에 기대어 "할배가 돌아가셨구나!" 하고 혼잣말을 했으나 분명한 느낌이 떠오르지 않았다. 낯선 일을 앞에 둔 느낌이었다. 집에 가면 언제나처럼 작은방에 누워 있을 것만 같았다. 언니도 별 말이 없었다. 창가를 보며 가끔 눈물을 찍어 낼 뿐이었다.

동네 입구에 들어서자 이고 든 아지매들이 오가며 집 주위가 부산했다. 마당 가운데에 친 천막 밑에는 동네 어른들이 모여 있었고, 마루에는 집안 아재들이 두건을 쓰고 둘러앉아 있었다. 언니는 삽짝을 들어서며 곡을 시작했다. 나도 언니 옆에 서서 따라 했으나 곡소리가 언니처럼 나오지는 않았다.

헛간을 치우고 차린 빈소에는 아버지와 엄마가 상복 차림으로 문상객을 맞고 있었다. 그 뒤에 동생 셋이 삼베옷을 입고 멀뚱멀뚱 서 있었다. 동생들을 보자 그때서야 눈물이 왈칵 솟았다. 방에는 언니와 내 상복이 준비돼 있었다.

상주가 아버지 혼자인 빈소는 허전했다. 복이는 아버지 옆에 서 있고 국이와 덕이는 잔심부름을 하며 들락날락했다. 집안 아지매들이 문상객을 맞았지만 나와 언니도 음식상을 들고 날랐다. 그날 밤에 상여가 세발트럭에 실려 왔다. 상여를 보자 비로소 할배가 돌아가신 게 실감이 났다. 밤이 늦도록 마당은 부산했다.

다음날 아침, 앞소리꾼의 신호에 상여가 움직였다. 상여가 움직일 때 아버지는 쉰 목소리로 울었다. 상여꾼은 아버지의 울음이 멈출 때까지 기다렸다. 아버지가 상여에서 물러나자 엄마가 상여를 붙잡고 매달렸다. 집안 아재들이 엄마를 천천히 떼어 냈다. 상여꾼이 발을 맞춰 걷기 시작했다. 상여의 꽃송이가 흔들렸다.

상여가 동네를 벗어나 가는골 입구에 들어서자 아까시나무가 소복을 입고 마중을 나왔다. 물을 잡은 논에서는 개구리 소리가 왁자하다가 뚝 그쳤다.

묘는 가는골 고구마밭 뒤의 문중 산에 썼다. 관이 땅속으로 들어갈 때 아버지가 "아배!" 하고 피울음을 울었다. 봉분을 쌓고 다독일 동안 고구마밭 언덕에서 상여를 태웠다. 꼬물꼬물 이어지던 연기는 천제봉 꼭대기 위에서 뻐꾸기 소리를 따라 흩어졌다.

산에서 내려온 뒤, 집안 사람들은 마당에 덕석을 펴고 둘러앉았다. 대소변을 받아 내며 병수발을 한 엄마를 칭찬하는 이야기가 많았다. 빈 빈소에서도 아버지는 많이 울었다. 아버지의 울음에 엄마도 울었다. 엄마가 울자 덕이가 울고, 덕이가 울자 국이가 소리 내어 울었다. 복이는 엎드린 채 소리 없이 어깨만 들썩였다.

아버지는 술에 취하면 간혹, "어디서 맞아 죽어도 말려 줄 형제간이 없는 홀홀단신의 팔자"를 한탄하곤 했다.

있는 집 자식들은 돈 쓰고 잘도 빠지는 군대를 독자임에도 끌려갔던 이야기, 전쟁 때 동네에 불쑥 나타난 인민군이 입대를 권할 때 할배가 울면서 말렸다는 이야기, 딸만 내리 둘을 낳자 아들을 바란다는 뜻으로 희남이, 구남이라고 이름을 짓고는 며칠 동안 말도 않았던 할배 이야기, 못 하나 꽂을 땅이 없어 물려받은 빚을 갚아야 하는 살림살이 이야기. 원망과 설움을 토하다가 자식들에

게는 죽어도 빚을 물려주지 않겠다는 다짐을 몇 번이나 하고서야
잠이 들곤 했다.

그럴 때면 아버지를 말리던 엄마는 마루로 나가 삐걱거리는 소
리를 내며 걸레질을 하거나 다듬이질을 했다. 할배 방에서는 복이
가 이런저런 이야기를 시작했다. 나는 모로 누워 창밖의 소리를
들었다. 감나무 이파리가 툭툭 떨어지는 소리나, 소가 파리를 쫓
으며 내는 요령 소리나, 대나무 숲에서 퍼덕거리는 산비둘기 소리
를 들었다.

다음날, 부산으로 오는 내내 둘 다 말이 없었다. 나는 눈을 감고
있었지만 잠이 들지는 않았다. 부산역에 도착하기 전에 언니가 뜬
금없는 말을 했다.

"구남아, 이제 너 혼자 살 수 있겠제?"

갑작스런 언니의 말에 나는 벙벙해서 아무 말도 할 수 없었다.
한참 지나서 무슨 말이냐고 되물었으나 언니는 지나가는 말로
"아니야, 그냥 해 본 소리야." 하고는 창밖을 볼 뿐이었다.

5

여름방학의 끄트머리 토요일에 복이가 동생들을 데리고 부산
으로 왔다. 그동안 편지로 시간을 맞춘 날이었다. 퇴근하고 부산
역에 가자 시계탑 아래에 까까머리 둘과 더벅머리 하나, 셋이 보

따리 두 개를 가운데 두고 묏등처럼 모여 앉아 있었다. 복이와 국이는 중학교 교복을 입고 있었다. 언니가 복이를 부르자 덕이가 먼저 뛰어왔다.

"누이야, 부산 동네 억수루 크다. 차도 많고. 이이야!"

덕이는 둥그런 눈으로 사방을 돌아보며 입을 다물지 못했다. 셋 다 멀미를 했는지 얼굴이 하얬다. 저녁으로 라면을 세 번이나 끓여 먹고 엄마가 싸 보낸 참외를 먹었다. 좁고 더운 방에서도 동생들은 쉽게 잠이 들었다.

일요일 아침에 남포동으로 영화를 보러 갔다. 〈엄마 없는 하늘 아래〉. 주인공 김영출 또래인 국이가 먼저 울었다. 동생을 밧줄에 묶어 놓고 일을 하는 장면에서 기어이 울음이 터지고 말았다. 복이가 뭐라고 나무랐지만 국이는 울음소리를 참지 못했다. 덕이도 따라 울기 시작했다. 언니도 소리 죽여 울고 있었다.

결국 관리 완장을 찬 아가씨가 다가와 국이를 데리고 나가라고 했다. 내가 국이의 손을 잡고 극장 밖으로 나왔다. 극장 밖에서도 국이는 한참을 서럽게 울었다. 내가 건넨 손수건을 다 적시고서야 국이는 울음을 그쳤다. 곧 덕이와 복이도 언니를 따라 나왔다.

국제시장까지 말없이 걸었다. 신발 한 켤레씩과 축구공을 하나 샀다. 축구공을 안고 다니던 국이는 짜장면을 다 먹고 밥을 또 시켜 복이와 나눠 먹고서야 얼굴에 장난기가 돌아왔다. 곧장 해운대 해수욕장으로 향했다.

해수욕장에는 사람들로 가득했다. 덕이는 말릴 틈도 없이 입은 채로 물에 뛰어들었다. 백사장에서 복이와 공을 차던 국이도 옷을 홀홀 벗더니 팬티만 입고 덕이를 잡으러 들어갔다. 복이는 바짓가랑이만 걷고 서서 두 동생을 보고 웃고 있었다. 국이의 옷을 챙겨 언니와 모래밭에 나란히 앉았다.

"구남아, 할배 장례 치르고 오던 날, 기차 안에서 내가 한 말 기억하나?"

언니가 손바닥으로 편편하게 고른 모래를 다지며 말했다.

"혼자 살 수 있겠냐는 말? 그 말이 참말이가?"

언니는 고개를 들어 나를 바라보고 천천히 말했다.

"그날, 할배 장례 치르고 밤에 엄마하고 아버지가 하던 말 들었나?"

"무슨 말?"

"장례에 빚이 더 늘었다더라. 묵은 빚에다 빚이 또 늘면 복이도 고등학교 보내기가 힘들어진다. 곧 국이도 올라가는데. 이대로 가면 아버지가 영영 빚을 갚을 길이 없다. 이자가 불면, 휴, 남의 살림 사는 거다. 그래서……."

언니는 편편하게 다진 모래에 손가락을 세워 콕콕 점을 찍었다.

언니의 손가락을 보다가 고개를 들며 물었다. 복이도 결국 체육복 바지를 적시고 있었다.

"우리가 따로 산다고 무슨 방법이 생기나?"

"들어 봐라. 내가 공장을 옮겨서 기숙사가 있는 데로 가면 방법이 있지 싶다. 내가 공장을 옮기면 퇴직금이 나올 거다. 퇴직금에다가 우리가 부은 적금을 깨면 목돈이 좀 될 거다."

언니는 돈을 셈하는 것처럼 중간에 쉼을 두며 말했다.

"시집갈 준비해야 한다며?"

"우리야 또 무슨 수가 생기겠지."

"어디로 갈 건데?"

"아직 정해진 데는 없다. 공장마다 생산직도 중졸 이상을 뽑아서 골라서 갈 입장은 아니다. 그래도 알아보면 어디에 자리가 있겠지……. 하드나 사 갖고 올게. 동생들 잘 보고 있어라."

언니는 점을 찍던 모래판을 저어 버리며 일어섰다. 볕이 뒷목을 찔렀다. 그때 언니 말이 농담이 아니었구나. 갑자기 언니가 무서워졌다.

셋은 축구공을 던지고 받으며 놀고 있었다. 복이와 국이는 제법 헤엄질도 했다. 덕이는 추운지 밖으로 나왔다가 들어가기를 반복했다. 언니가 하드 봉지를 흔들자 셋이 한꺼번에 달려왔다. 셋 다 입술이 파랬다.

"덕아, 바닷물 짭더나?"

입술을 달달 떠는 덕이를 내 앞으로 당기며 물었다.

"응, 억수루 짭더라."

달달 떨면서도 하드는 잘도 빨았다.

"간장보다 짭더나?"

"간장은 까만색인데 바닷물은 그냥 물하고 똑같더라. 그래도 짭더라."

모래로 다리를 덮으며 까만 눈알을 데굴거렸다.

"바다물은 파란색인데? 저기 봐라. 전부 파랗잖아."

"근데, 손바닥에 떠 보니까 우리 동네 물하고 똑같더라."

"근데 저 바닷물은 왜 파랗지?"

"복이 형아가 그러는데, 파도가 바위에 박치기를 해서, 멍이 들어서 그렇다 카더라."

"뭐?"

덕이의 말에 모두 웃고 말았다.

동생들은 다시 물에 들어갔다가 나오기를 계속했다. 언니는 동생들을 바라보거나 먼 데를 보며 나와 눈을 맞추지 않았다. 나도 애써 언니에게 말을 붙이지 않았다. 국이가 등이 따갑다며 그만 놀겠다고 했을 때는 그림자가 제법 길어져 있었다.

밤에 국이는 잠들지 못했다. 씻을 때 보니 등이 발갛게 익어 있었다. 언니가 숟가락으로 감자를 갈아서 발랐다. 엎드린 국이는 낑낑대며 잠들었다가 깨다를 반복했다. 복이와 덕이는 깊이 잠들었다. 국이 옆에 모로 누워 부채질을 계속했다. 주인집의 새들도 조용했다. 대밭도 조용했다. 나는 잠이 오지 않았다. 일어나 무릎을 싸안고 앉았다.

'언니는 정말로 가려고 하는 것일까?'

'이 방에서 나 혼자 살 수 있을까?'

'아버지가 빚을 갚지 못하면 어떻게 될까?'

아침에 얼굴을 마주한 언니는 말이 없었다. 동생들을 역까지 데려가서 기차에 태워 보냈다. 집에 돌아와서도 내내 그 생각뿐이었다.

추석을 지내고 오자마자 언니는 정말로 사표를 냈다. 서울로 갈

것이라고 했다. 기숙사가 있는 전자 회사이며, 가면 납땜을 하게
될 거라고 했다. 납땜은 할 줄 모르지만 배우면 못 할 것도 없다고
다짐하듯 말했다.

"어디에 가도, 나는 살아갈 자신이 있다. 여기보다 더하겠나?
내 걱정은 하지 마라. 이제 니도 혼자 살아 보면 사회를 좀 더
알게 될 거다. 사회라는 것도 별것 아니니까."

언니는 몇 번이나 사회라는 말을 했다. 사회생활, 사회사람, 사
회 물정. 나는 듣고만 있었다.

다음날 퇴근하고 오니 언니는 미장원에 다녀왔는지 뽀글뽀글
한 파마머리를 하고 있었다. 퇴직금이 나오면 촌에 다녀올 것이라
고 했다. 해운대에서 말한 대로 할 모양이었다.

일주일 뒤 언니는 촌에 내려갔다. 손수건으로 싸고 보에 또 싸
서 허리에 감고 간 그 돈은, 언니의 퇴직금과, 나와 함께 부은 적
금을 깬 것이었다. 급한 빚은 갚을 수 있을 거라고 했다. 언니답다
고 생각했다.

촌에 다녀온 사흘 뒤 언니는 거짓말처럼 서울로 갔다. 짐이라고
는 큰 가방 하나가 전부였다. 부산역까지 함께 갔다. 언니는 역에
도착할 때까지 아무 말이 없었다. 나는 무슨 말인가 해야겠다고
생각했으나 낱말들만 머리에 떠돌 뿐 말이 만들어지지 않았다.

기차가 출발하기 전에 언니의 주머니에 봉투를 넣어 주었다. 서
울에 도착해서 보라고 했다. 용돈을 아껴서 만든 2만 원이었다. 언
니도 웃으며 내게 봉투 하나를 내밀었다. 집에서 꼭 지켜야 할 것

을 적었으니 집에 가서 보라고 했다. 언니를 꼭 안아 주었다.

"주소를 알게 되면 편지……."

언니가 말을 다 못 했다.

방에 들어서며 언니의 신발이 없는 신발장을 보자 눈물이 났다. 비어 버린 화장대 거울에 언니 얼굴이 떠올랐다. 반이나 비어 버린 옷장을 열다가 왈칵 눈물을 쏟았다. 방문을 잠그고 쪼그리고 앉아 한참 울었다. 언니가 준 봉투를 꺼냈다. 얼룩이 번진 글자가 여러 군데 있었다.

구남아,

그동안 내가 하자는 대로 따라 주어서 고맙다.

내가 동생들을 돌봐야 한다고 생각했지만 힘이 달리더라.

우리, 엄마 말 잊지 말자.

기억하제?

밥 굶지 말고, 아프지 말고 견디다 보면 옛날 이야기하면서 살아갈

날이 오겠지.

구남아.

같은 공장에 다니는 바람에 니 이름도 제대로 못 불렀다.

이제부터는 우리도 진짜 이름을 부르자.

주소를 알게 되면 편지할게.

잘 있거라.

못난 언니가.

봉투 안에는 작은 봉투가 또 들어 있었는데, 꼬깃꼬깃 접힌 5천 원짜리가 여섯 장이나 들어 있었다. 나 혼자 보내는 첫 밤이 새고 있었다.

3장

말로 만들어지지 않는 말

1

언니가 서울로 간 뒤부터 눈물이 많아졌다. 잔업하고 돌아와 방문을 열면 깜깜한 어둠의 덩어리에 밀려 눈물이 났다. 쉬는 날 아침에 수저가 달랑 하나만 놓인 밥상을 보면 또 눈물이 났다. 밤에 대나무 이파리가 서걱거리는 소리도 무서움보다는 혼자뿐이라는 마음을 긁었다. 몸살 기운이 있어도 눈물부터 났다.

한 달쯤 지나서 언니에게서 편지가 왔다. 언니 이름이 쓰인 봉투를 한참 바라보았다. 네 명이 한 방에서 생활하는 기숙사 생활은 불편하지 않으며 납땜도 그새 익숙해져서 거의 불량을 내지 않는다고 했다. 서울은 물가가 비싸서 밖에 잘 나가지 않지만, 그래도 듣고 보는 게 많다고 했다.

답장을 쓰려고 하니 온갖 말들이 한꺼번에 몰려나와 머릿속이 와글거리기만 했다. 결국, 내 걱정은 말고 언니나 밥 잘 챙겨 먹으라는 시큰둥한 말만 쓰고 말았다. 봉투에 쓴 내 이름이 낯설어 한참 내려다보았다.

가을을 보내면서 방을 옮기기로 마음먹었다. 언니와 있을 때는 몰랐지만 주인집과 뒤돌아 앉은 집이 점점 무서워졌다. 마음을 가라앉히던 대밭의 바람 소리도 무서워졌다. 무서움은 외로움과 만나 점차 그 힘이 세졌다. 어떻게 되든 사람들이 많은 곳으로 가야겠다고 생각했다.

방을 옮기기로 마음을 먹자 마음속에서 어떤 기운이 솟았다. 열어 보고 싶은 문을 발견한 느낌이었다. 마음을 굳히자 달리기를 하려고 출발선에 선 것 같았다. 언니와 시장을 보러 다니던 동상동을 마음에 두고 있었다.

집주인에게 말을 했다. 팔걸음으로 거실에 나온 주인아저씨가 십자매 새장을 가리키며 말했다.

"새든 사람이든 어른이 되려면 부모형제라도 따로 사는 것이 맞다. 나는 다리가 이래서 나다니지 못하지만 성한 사람들이야 어디를 못 가겠나. 언니가 가 버리고 혼자 살기에는 그 방이 외돌아져서 마음이 쓰이더라."

"이사는 가더라도 자주 놀러 와. 그동안 잘 챙겨 주지 못해서 미안해."

아줌마가 내 손을 잡고 눈물을 글썽이며 말했다. 언니가 없으니 내가 무슨 말이라도 해야겠다고 생각했다. 그러나 말을 하려고 하면, 목이 막히고 눈시울이 뜨거워져 아무 말도 못 했다.

퇴근하고 동상동을 돌아다녀 사흘 만에 방을 구했다. 금사공단이 가까운 동상동과 서동에는 혼자 살 수 있는 방이 많았다. 길거리에도 나와 비슷하게 보이는 사람들이 많았다.

버스가 다니는 길에서 산 위로 올라갈수록 방 값이 쌌다. 아래에서부터 층을 이룬 산복도로를 1차 도로, 2차 도로, 3차 도로, 순서대로 불렀는데, 내가 구한 방은 4차 도로 옆이었다. 철문을 열고 계단을 내려가서 방문을 여는 반지하방이었다. 주인집은 전자 제품을 수리하거나 팔았다.

길 옆이라 시끄러울 것 같았지만 철문을 닫으면 거짓말처럼 조용했다. 무엇보다 길가에 있어 외지지 않았다. 방에 들어가서 하나뿐인 뒷창을 열면 철망 밖으로 뒷골목을 지나는 구둣발이 보였다.

이사는 공장 언니들이 도왔다. 짐 정리는 물론 방 정리까지 두 시간도 걸리지 않았다. 집 정리가 끝나고 다 돌아갔지만 공경자 언니는 남았다. 낯설고 무서울 거라며 첫날밤을 옆에서 자 주겠다고 했다.

방에 누워 언니의 이야기를 들었다. 언니는 고향이 전라남도 광주라고 했다. 강원도 탄광에서 일하다 몸을 다친 아버지는, 공사판을 따라다니며 여는 엄마의 식당에서 소일한다고 했다. 오빠와 남동생은 서울로 가서 소식이 뜸하다고 했다.

"니는 말이 없는데, 내가 공장에서 왈왈거리니 보기가 싫지야? 그런데 어쩌겠냐? 가만히 있으면 깔보고 사람 취급을 안 하는데. 전라도 출신인데다가 낯짝도 얽었지야, 그렁께 내가 울매나 만만하것어. 싸우듯이 살다 보니까 내가 이리 되어 버리더라고. 흐흐."

처음 듣는 언니의 말투였다.

"나는 똑 부러지게 말하는 언니가 좋아 보이기만 하더라. 속이 시원해!"

"오호, 이것이 말도 잘하네. 이제 혼자 살아도 되겠어. 어서 자자, 공순이는 잠이 보약이여."

이사한 집에서 공장까지는 걸어서 30분 거리였다. 출퇴근 시간에는 골목이 사람으로 가득 찼다. 골목은 좁기도 해서 마주 오는 사람이 있으면 벽에 등을 붙이고 있어야 했다. 벽에 등을 기대고 아래를 보면 작은 도랑물이 큰 도랑으로 구물구물 흘러가는 것 같았다.

방에는 볕과 바람이 잠시도 들지 않아 빨래가 마르지 않았다. 옥상에 빨랫줄을 만들었다. 집집마다 옥상에 파랑색이나 노란색의 커다란 물통이 있고 그 사이에 빨랫줄이 있었다. 옥상에서 빨래를 팍팍 털 때 아래를 보면 기분이 좋았다. 속옷은 모아 두었다가 목욕탕에 가지고 갔다. 벽을 보고 돌아앉아 수건을 빠는 척하며 빨아 방에서 말렸다. 목욕탕에서 눈치껏 빨래를 할 때마다 도시에서 살아가는 기술이 느는 것 같았다.

월말이 되면 골목은 시끄럽고 더 비좁았다. 월급을 받은 금사공단 사람들은 동상동 사거리 근방의 술집으로 모여들었다. 밤이 깊으면 골목에는 싸우는 소리가 끊이지 않았다. 방에 누워서 싸움에 이어질 소리를 맞추는 재미도 있었다.

라디오를 샀다. 주인집 아저씨가 싸게 팔겠다며 중고를 권했다. 카세트테이프를 넣을 수 있는 것이었다. 며칠 기다렸다가 한 대를 더 샀다. 새로 산 것은 팝송 테이프 몇 개와 함께 복이에게 보냈다. 언니가 있어도 그렇게 했을 거라고 생각했다.

라디오를 켜면 매일 대학생들의 데모 소식이었다. 서울과 부산에서 큰 데모가 자주 일어나고 대학생들이 잡혀갔다고 했다. 북한이 다시 밀고 내려올지도 모른다고 했다.

대통령을 반대하는 대학생들은 어떤 사람일까?, 대학생 중에는 열아홉 살도 있을 텐데……. 나도 공장에서 열아홉처럼 보이려면 대통령을 반대해야 하나? 하는 생각이 들기도 했다.

두부를 반 모씩도 잘라서 파는 의령상회가 단골집이 되었다. 길 건너의 가까운 거리이기도 했지만 무엇보다 주인아주머니의 익숙한 말투 때문이었다.

"음식이라 카는 기 쪼매 해도 게미*가 있어야지. 사서 먹잖고 꼬박꼬박 해 먹는 기 기특해서 그러니까 암 말 말고 받어."

주인인 의령댁은 내가 혼자 사는 줄 알고부터 갈 때마다 덤을 얹어 주었다. 두부를 사면 조개를 몇 개 주거나, 콩나물을 사면 붉은 고추를 한두 개씩 끼워 주었다. 어떨 땐 지나가는 나를 불러 누룽지 봉지를 주기도 했다.

두세 번 갔을 때 성과 고향을 물었다. 엄마의 나이를 듣고 의령댁이 환히 웃었다.

"함안이나 의령이나. 이름이사 언 놈들이 지었든지 말든지, 한 구름에서 생긴 비를 받고 살았네. 같은 물을 먹고 살았어. 그라고 일만 하다가 죽는 팔자라고, 나도 소띠다. 옴마랑 갑이니까

---

* 음식의 고유하고 독특한 맛.

같이 대해라. 나이는 몇고?"

"열…, 음, 아홉……."

하마터면 열일곱이라 할 뻔했다.

"그람 우리 큰아캉 동갑이네. 아이구 더런 년, 이리 고생함서 사는 아아도 있는데, 우리 집에 사는 년은 호강에 받쳐 요강에 똥싼다꼬, 가시나를 고등과에 보내 놨더니 하란 공부는 않고, 만날 싸돌아 댕기기만 하고."

"예……."

큰 딸이 열아홉이란 말에 움찔했다. 나이와 이름이 두 개씩인 것이 훔친 무엇을 가지고 다니는 것처럼 느껴졌다.

출퇴근 할 때는 제법 썰렁해졌다. 아침에 출근하다 보니 남자들이 지게차 옆에 모여서 웅성거리고 있었다. 작업복으로 갈아입지도 않은 채 모두들 어두운 표정을 짓고 있었다.

작업복으로 갈아입고 바닥을 비질할 때 윤소복 언니가 들어왔다. 언니는 다가오더니 다짜고짜 대통령이 죽었다고 했다. 박정희가 졸병이 쏜 총을 맞고 죽었다고 했다. 그러고는 못할 말을 한 것처럼 주위를 두리번거렸다. 나는 무슨 소린가 했다. 대통령이 죽다니. 대통령은 박정희고, 박정희는 대통령인데, 죽다니. 그러면 대통령은 누가 하나?

그런데 사실이었다. 김미자는 출근하자마자 대통령이 죽었다며 울었다. 또 김일성이 곧 쳐내려올 거라고 했다. 그러면 남자 어른들은 군대에 다시 가고, 남자 고등학생들도 잡혀 갈지 모른다고 했다. 고등학생들이 교련을 받는 이유가 이럴 때 군대에 가기 위한 것이라고 했다. 육이오 전쟁 때도 그랬다며 울먹거렸다. 김미자의 울음을 본 윤소복 언니도 얼굴이 굳어졌다. 둘을 보던 공경자 언니가 말했다.

"전쟁이 그리 쉽게 나나? 쓸데없는 걱정하지 마."

나는 눈만 껌뻑거렸다. 일하는 내내 우스개도 한 번 없었다.

퇴근길의 사람들은 쫓기는 것처럼 빨리 걸었다. 거리에는 예비군복을 입은 사람들이 뛰어다니고 트럭이 줄지어 군인들을 싣고 달렸다.

'만약, 전쟁이 나면 서울에 있는 언니는? 서울은 북한과 가까운데. 아니야, 언니는 아버지 말대로 절벽에 매달아 놔도 살아나올 사람이니까 괜찮을 거야.'

온갖 생각들이 꼬리를 물고 일어났다. 어서 방에 가서 라디오를 들어야겠다고 생각했다.

주인집 가게 앞에 사람들이 모여 있었다. 평상에 내놓은 텔레비전으로 뉴스를 보고 있었다. 무리와 떨어져 섰다. '서거'라는 말을 처음 들었지만 곧 알아들었다. 다들 묵묵한 표정이었다.

"박통이 해도 너무 오래 해 묵었지."

누군가가 혼잣말을 했다. 아버지 나이쯤의 새마을 모자를 쓴 사람이었다. 둘러선 몇이 말을 한 사람을 쳐다보았다. 갑작스런 눈길이 부담스러운지 새마을 모자는 뒤로 주춤주춤 물러나더니 가버렸다.

"유신만 안 했어도 괜찮았을 낀데. 욕심이 너무 많았어."

또 누군가가 말했다. 그러자 누군가가 말을 이었다.

"지 혼자 다 해 물라 카이 그렇지. 엥간했으모 델꼬 댕기는 졸병이 쌌겠어?"

내 옆에 선 누군가가 되받았다.

"이 사람들이 빨갱이 겉은 소릴 하네. 박정희가 묵고 살게 해 줏더이 딴소리를 하네."

그러자 먼저 말한 쪽에서 큰소리가 났다.

"누굴 보고 빨갱이라 카노? 그라고 입은 째져도 말은 바로 하라꼬, 누가 묵고 살게 해 줏다고? 월남 가서 죽고 빙신 된 기 누군데? 우리 목숨 팔아서 돈 벌어 온 거 아니야?"

"그래도 박정희 덕분에 우리가 이리 사는 기야. 옛날에 배 안 곯아 봤어?"

"와? 영삼이는 그리 못 하는가? 대학생들은 굶어 죽자고 박정희 반대하는가?"

가게 앞은 싸움판이 되어 갔다.

의령댁은 방문턱에 걸터앉아 다리만 가게로 내어놓고 눈은 안방의 텔레비전에 박고 있었다. 나를 보고 옆에 자리를 내었다.

"요 앉아서 뉴스나 봐라. 왕이 죽었단다."

"왕이 아니고 대통령인데."

"왕이나 대통령이나, 젖마개나 부라자나."

의령댁이 웃으며 말했다.

"오늘 웃는 사람 처음 봤습니다."

"와 나도 울까? 저기 저저, 방앗간 할매는 아까부터 울어 쌓더라만."

"할머니가 왜요?"

"내가 아나. 박정희하고 똥물이라도 튀는지? 하이고야, 달도 차면 기운다 카더이 시상에나, 저리 한 방에 갈 거를. 쯔쯔."

"그래도 전쟁이 난다고 하니까 겁나요."

"와? 난리가 나모 뭐 아까울 끼 있나? 집 없는 껄뱅이는 석 달 열흘 비가 와 봐라, 걱정할 끼 있는가."

"그래도……"

"전쟁이사 안 나야제. 근데 머리 껌은 사내 짐승은 배고프면 싸우고 배부르면 노름을 할라꼬 설치니 모를 일이기는 하다. 여서 밥이나 묵고 가라. 전쟁은 다음 일이고, 오늘 저녁은 때 넘기모 평생 몬 찾아 묵는다."

"아지매는 태평입니더."

"태평이고 개평이고 들어오이라. 혼자 밥 묵기 심심한데 잘 됐다. 우리 집 두 년은 터지지도 않은 전쟁을 하러 갔는지 오지도 않는다. 서울 사는 지 오래비가 알몬 다리 몽댕이가 뿌사질 끼다. 영감은 또 오데서 술퍼 묵고 있것지. 욕해 쌓던 박정희가 죽었응께 속이 썬하겄다. 으이구, 영감탱이."

의령댁이 밥상을 차리며 중얼댔다. 상추쌈에 빡빡하게 조린 된장이 입에 맞았다.

대통령은 죽었지만 전쟁은 나지 않았고, 겨울이 오는 것도 변하지 않았다. 대중이가 어떻고 영삼이가 어떻고 종필이가 어떻다 하며 웅성거리던 말들이 사라졌다. 대신 전두환이 텔레비전에 매일 나오기 시작했다. 껄떡대다가는 쥐도 새도 모르게 어딘가로 잡혀간다는 소문만 찬바람처럼 낮게 돌아다녔다.

2

반지하방의 겨울은 추웠다. 연탄을 피웠지만 아침이면 방 안의 걸레가 얼었다. 그 방으로 옥귀가 찾아왔다. 해가 바뀌고 열여덟 살이 된 2월의 중순이었다.

청바지를 발라 입은 옥귀는 예뻤다. 양갈래로 묶어 뒷가리마가 하얗게 빛났다. 잘록한 허리 위에 하얀 털실 스웨터도 가벼웠다. 입술을 붉게 칠해서 여대생 같았다. 부산역에서 만나자마자 자고 갈 거라고 선수를 쳤다.

역에서 바로 남포동으로 갔다. 나는 빌려 두었던 사진기를 확인했다. 토요일 저녁의 남포동은 골목마다 사람들로 붐볐다. 새 골목을 만날 때마다 찬바람이 먼저 몰려왔으나 옥귀는 아랑곳하지 않았다. 어릴 때 아버지와 여러 번 와 본 곳이라며 익숙한 것처럼 이곳저곳으로 나를 끌고 다녔다. 용두산 공원의 리어카에서 실반지를 하나씩 사서 새끼손가락에 끼었다.

"좋아하는 사람 생기면 말하기. 그때는 이 반지를 빼도 된다. 그때까지는 빼기 없기. 자, 약속."

옥귀가 반지 낀 새끼손가락을 내밀었다. 가는 손가락이 예뻤다.

옥귀는 팔을 흔들며 재촉했다. 손가락을 걸었다.

"무슨 일 있나? 와, 안 하던 짓을 하노?"

"일은 무슨 일, 그냥 니캉 내캉 이러고 싶었다. 편지 보내고 난 뒤부터 생각했던 거다. 기차 타고 올 때도 계속 생각했다. 아직 할 일이 하나 더 남았다."

뭐냐고 묻기도 전에 옥귀가 손을 잡아끌었다. 용두산 공원으로 오르는 계단을 뛰어올랐다. 용머리 앞에서 소원을 빌어야 한다고 했다. 손을 마주잡고 머리를 맞댔다.

"두 가지 소원을 빌자. 하나는 자기만의 소원, 또 하나는 우리 둘의 우정이 변하지 않도록 하는 소원. 알았지?"

옥귀가 내 눈을 똑바로 보고 말했다.

"으이구, 하여튼 별스럽기는."

웃는 옥귀를 보며 언니가 잘 살기를 빌어야겠다고 마음먹었다.

"우리가 또 언제 이러겠니? 빨리 시키는 대로 해라."

머리를 맞댄 중에 살짝 눈을 떠 보니 옥귀는 입술을 다물고 볼우물이 생기도록 입을 빨아들이고 있었다. 옥귀가 이마를 뗄 때까지 기다려 주었다.

국제시장 쪽으로 내려가는 길을 잡았다. 그때 골목 끝에서 큰소리가 났다. 여자 목소리였다. 옥귀가 가 보자며 앞장섰다.

"우리는 부산의 대학생연합입니다. 부산 시민 여러분! 이제 군사독재를 끝장내야 합니다. 저의 구호를 따라해 주십시오. 군부 독재 타도하고 민주 정부 수립하자! 대통령을 내 손으로! 전두환은 물러가라! 민주 시민 단결하여 민주주의 쟁취하자!"

머리띠를 묶은 여학생이 주먹 쥔 팔을 뻗으며 큰소리로 외치자 앉은 학생들이 따라했다. 구경하는 사람들 중에서도 따라하는 사람들이 있었다. 퇴근길에 주인집의 텔레비전에서 자주 본 모습이었다.

잠시 뒤, 큰길 쪽에서 호각 소리가 들렸다. 얼굴을 가리고 방패를 든 이들이 줄을 지어 달려왔다. 구경하던 무리 중에서 누군가가 "학생들이 피신하도록 길을 터 줍시다!" 하고 외치자 사람들이 순식간에 골목 쪽으로 길을 텄다. 연습이라도 한 듯했다. 학생들은 종이를 공중으로 뿌리며 골목의 사람들 속으로 흩어졌다. 옥귀와 나는 길을 트는 사람들에게 밀려 전봇대 옆에 붙어 서 있었다. 사람들 속에 있어선지 무섭지는 않았다.

돌아오는 버스 안에서도 옥귀는 놀란 표정이 남아 있었다.

"우와! 말로만 듣던 데모를 처음 봤다. 넌 자주 봤나?"

"아니, 나도 가까이서 보는 것은 처음이다. 공순이가 나다닐 시간이 있어야지."

옥귀가 발로 내 발끝을 살짝 밟았다. 그러고는 입을 귓가로 당겨 작은 소리로 말했다.

"공순이, 공순이 하지 마라."

"걱정하지 마라. 너는 내 옆에 있어도 공순이처럼 안 보인다. 나는 아니라고 이마에 써 붙이고 다녀도 다 그리 본다."

옥귀는 눈을 동그랗게 뜨고 고개를 가로저었다 그러는 옥귀가 귀여워서 나는 웃고 말았다.

옥귀는 방으로 들어가기 위해 계단을 내려가면서 자꾸 뒤돌아보았다.

"뱀은 없으니까 너무 겁먹지 마라."

방에 들어서며 불을 켰다. 차가운 방바닥과 쾌쾌한 냄새가 신경 쓰였다.

옥귀는 선 채 방안을 두리번거리며 말했다.

"혼자 살기에는 조용하니 좋겠네. 아! 나도 혼자 살고 싶다."

"춥나? 연탄 갈면 잘 만하다. 이불 속에 들어가 있어라."

연탄재를 버리기 위해 밖으로 나오자 술 취한 남자 둘이 어깨동무를 하고 비틀거리며 지나갔다. 오늘은 창가에 오줌을 싸지 말아야 할 텐데…….

연탄을 갈고 와도 옥귀는 이불 밖에서 발을 포개고 서 있었다.

"지붕 안 무너진다. 앉아라. 둘이서 자려니까 이상하네. 화장실은 열쇠 들고 밖으로 나가면 된다. 가고 싶으면 말해라. 내가 따라갈게."

"구남아! 아까, 용두산에서 소원 빌 때 뭐 빌었어?"

옥귀가 가까이 당겨 앉으며 물었다.

"나? 뭐 그냥, 별로 빌 게 없더라. 너는?"

"나? 크크, 나는 음, 비밀……. 알고 싶어? 살짝 말해 줄까?"

"아니, 별로 안 궁금해."

"뭐? 내 인생에 기록 될 큰 사건이 있는데도 안 궁금해?"

"뭔데? 어서 말해 봐."

"있잖아……."

옥귀는 영어 교생을 좋아하고 있었다. 영어 교생도 자기를 좋아한다며 군대에 갔다 오면 대학생이 된 옥귀와 진지하게 사귀기로 약속했다고 했다. 그래서 옥귀의 꿈은 경남대학교 영어영문학과로 정해졌다. 나를 만나러 오는 것도 영어 교생에게 허락받았다고 했다.

"거기다가 왜 허락을 받아? 아버지도 아닌데."

"그러게, 이상하게 그리 되더라니까. 좋아하니까 그런가 봐. 호호. 참, 사진 볼래?"

"사진도 갖고 다니나? 어디 보자. 어떤 놈이 옥귀를 구워삶았는지 보자."

"구워삶은 게 아니고 우리는 운명적으로 서로 좋아한다니까."

옥귀가 벌떡 일어나 들고 온 가방을 뒤져 영어 책을 털었다. 사진이 떨어졌다. 친구들과 학교 화단의 단풍나무를 배경으로 찍은 사진이었다. 장발머리를 가운데 두고 다섯 명의 옥귀들이 웃고 있었다. 옥귀는 장발의 왼팔에 팔짱을 끼고 붙어 있었다.

"잘생겼네. 둘이 제법 어울린다야."

"그렇지? 그렇지? 다들 그래. 우리 둘이 잘 어울린대."

"잘해 봐."

"너는 좋아하는 사람 없어?"

옥귀가 사진을 도로 책갈피에 끼우며 물었다.

"공순이는 잠자기도 바쁘거든. 어서 잠이나 자자."

들떠서 재잘대는 옥귀가 싫지 않았다. 이 방도 놀랐을 것이다. 방은 내가 들어오고 난 뒤에 사람의 소리를 가장 많이 들었을 테

고, 나는 태어나서 말을 가장 많이 한 날이었다. 옥귀가 조용해지
자 가슴에 허전한 느낌이 남고 목이 아팠다.

나는 어릴 때부터 말이 없었다. 내가 말을 배울 때부터 할배는
복이를 얼렀고, 언니는 엄마를 따라다녔다. 혼자 마당을 기어 다
니며 닭똥을 주워 먹었다는 이야기는 지금도 종종 듣는다. 학교에
다니면서부터는 틈날 때마다 산에 나무하러 다녔다. 산길도 나무
도 말을 씹히지 않았다. 차차로 소나무 밑에 누워 먼 하늘을 보는
것이 좋았다.

공장에서도 꼭 필요한 말이 아니면 하지 않았다. 김미자가 오고
부터는 말을 꺼내기가 더 겁이 났다. 몇 살로 말을 해야 하는 것인
지 헷갈려 되도록 입을 다물었다.

그러나 속으로도 말을 하지 않은 것은 아니었다. 답답한 것이
쌓이면 혼자 중얼거렸다. 공장에 다니면서부터 이전보다 더 자주
그랬다. 아마도 나이와 이름 때문인 것 같았다.

그럴 때면, 내가 몇 살인지 분명히 정할 때가 되었다는 생각이
들기도 했다. 2년을 건너뛰어 사는 것은 2년을 잃어버린 것 같기
도 하고, 2년을 더 산 것 같기도 했다. 나이를 내가 정해야 하다니.
어쨌든 나이를 생각하면 멍멍해졌다.

이름도 생각해 보았다. 남들이 정영자라고 부르면, 내 속에서
새로운 사람이 하나 더 생기는 것 같았다. 새로 생긴 그가 뭐라고
말을 하려고 하면 겁이 났다. 그는 내가 아니라는 생각은 분명히
있었기 때문이었다.

그래도 굳이 비교하자면 두 개의 이름으로 사는 것이, 두 개의 나이로 사는 것보다는 편했다. 그것은 어릴 때부터 여러 가지 이름으로 불려 봐서 그런 것이라 생각했다.

나는 태어나자마자 '원통이'가 되었다. 언니에 이어 딸로 태어난 것이 원통해서, 할배가 그리 부른 것이었다. 이듬해에 복이가 태어나자, 할배는 나를 '복명이'로 불렀다. 터를 잘 팔아 복 받은 이름이라고 했다. 이어 국이가 태어나자 비로소 구남이가 되었다. 그러다 덕이가 나고부터는 '구찬이'가 되었다. 부르기도 귀찮다는 뜻이었다고 엄마가 웃으며 말한 적이 있었다.

3학년 땐가? 구구단을 배우고 난 뒤, 남자애들끼리 나를 '십팔 남'으로 부른다는 것을 알았다. 18이라는 수만 나오면 나를 곁눈 질하며 키득거리던 이유였다. 시작한 이를 찾아보니 일상이었다. 집에 가는 길에 일상을 따라가서 코피를 내 버렸다. 입만 살아 있는 일상은 이미 나무하러 다니던 내 상대가 아니었다. 다음날 나는 담임의 회초리질을 손바닥으로 받았다. 손바닥을 맞고도 울지 않자 남자애들도 더 놀리지 않았다.

어쨌든 옥귀가 다녀간 뒤부터 말이 많아졌다. 마음속에서 입 밖으로 나오려는 것을 말리기 힘들 때가 많아졌다. 남포동에서 무리를 이끌며 구호를 외치던 여대생을 본 까닭인지도 모르겠다. 그 여대생은 몸집도 작고 목소리도 떨렸지만 당차게 주먹을 내지르며 무리를 이끌었다.

옥귀에게 표를 내지는 않았지만, 그 여대생이 중간에 말을 이어

가지 못할까 봐 애가 탔다. 그녀가 연설을 마쳤을 때는 내가 무슨 도움이라도 준 것처럼 찌르르하게 가슴을 울리는 것이 있었다.

말도 해 보니 그리 겁나는 것이 아니었다. 말이 끌고 나가서 생긴 마음속의 빈자리가 시원하게 느껴졌다. 어금니를 뺄 때와 비슷했다.

공장에서는 스무 살로 살기로 다시 다짐했다. 김미자에게 말을 걸 때는 마음을 단단히 먹어야 했지만. 일부러 말을 많이 했다.

조장의 일이었던, 사무실에서 장갑과 토시를 받아 오는 일도 내가 나섰다. 받으러 간 김에 사흘간 사용하는 마스크도 이틀만 사용해야겠다고 말하고 더 받아 왔다. 공경자 언니가 나잇값을 한다며 웃었지만 윤소복 언니는 고개를 갸웃거리기도 했다. 김미자는 내게 더 싹싹하게 굴었다.

3

설을 보내고 오더니 공경자 언니는 표가 나게 우울해 보였다. 며칠 지난 뒤 퇴근길에 언니와 둘이 되었을 때 어디가 아프냐고 물었다.

폐병을 앓는 언니의 아버지는 치료를 하지 못해 병이 더 깊어졌다고 했다. 동생은 군대에 갈 때를 기다리며 엄마 식당일을 돕고 있지만, 서울 간 오빠는 이번에도 내려오지 않았다고 했다. 오빠가 노조 운동을 하다가 쫓기고 있다는 소문을 엄마와 아버지만 모른다고 했다.

"집안 일만 생각하면 피가 마른다."

언니는 돌아서서 눈물을 찍었다. 나는 아무 말도 보탤 수 없어 공장 담장에 기대 선 언니의 어깨를 잠시 안아 주었다.

윤소복 언니가 사표를 내고 마산으로 갔다. 마산상업고등학교에 입학한 동생을 거두며 공장에 다녀야 했기 때문이었다. 김미자는 새해부터 산업체 학교에 들어갈 것이라며 잔업이나 철야에서 빠질 것이라고 말했다.

공장은 더 바빠졌다. 제2 공장을 짓는다는 말도 들렸다. 게다가 윤소복 언니가 나간 자리에 사람이 들어오지 않아 잔업이 늘었다. 김미자는 눈치를 보면서도 학교는 포기하지 않았다. 토시를 받으러 사무실에 가서 사람이 더 필요하다고 했지만 사무실의 답은 언제나 같았다. 봄이 돼야 사람을 구할 수 있다고 했다. 한 주에 철야 근무를 두 번이나 할 때도 있었다.

3월이 끝날 무렵에야 사람이 들어왔다. 남해에서 고등학교를 졸업하고 온 정순애였다. 반장이 정순애라고 소개했지만 곧 정 양이 되었다. 인사가 끝나자 공경자 언니가 나를 보고 말했다.

"정 양아, 정 양 왔다. 앞으로 너는 큰 정 양, 얘는 작은 정 양이라 부르자."

정순애는 키가 작았다. 언니와 비슷했다. 단발머리에 얼굴이 까무잡잡했다. 윤소복 언니의 자리에 섰다.

"하이고, 키가 좀 큰 사람을 보내 주지."

웃자고 한 말이었는데, 정순애의 얼굴이 붉어졌다.

"높은 데서 숨 쉬는 사람이 아랫사람을 잘 봐줘야지. 같은 성씨끼리 그러면 되나, 서로 잘해 봐."

공경자 언니의 농에 정순애는 내게 고개를 숙였다. 고개를 숙이는 것을 보고 내가 스무 살 티를 너무 냈나? 잠시 생각했다. 다시 단단히 마음을 먹었다. 나는 스무 살, 정영자다.

"공 양 언니, 오늘 우리 회식해요. 정 양이 둘이 된 기념으로."

"우리 큰 정 양이 요새 너무 용감해졌다. 좋지. 우리도 생맥주 한잔 할까?"

생맥주란 말에 김미자의 눈이 커졌다.

"그래요, 맨날 떡볶이나 순대만 먹을 수는 없잖아. 오늘은 동상동 시장이 아니라 동상동 사거리로 진출!"

생맥주란 말에 나도 놀랐지만 선수를 치고 나갔다. 따지고 보면 생맥주를 못 마실 이유도 없었다. 스무 살이니까.

생맥줏집은 2층이었다. 들어서자 담배 연기 때문에 눈이 따가웠다. 여자 넷이 자리를 잡자 눈길이 몰렸다. 큰소리 친 것이 후회되었다. 오징어와 생맥주 네 잔을 시켰다. 나는 반 잔만 마셨다. 광고하는 것처럼 시원하지 않았다. 김미자는 한 잔을 다 마셨지만 정순애는 잔을 가운데로 밀고 말없이 오징어를 찢었다.

"와! 바닷가 실력 나온다. 오징어 찢는 기술이 다르네."

두 잔을 마시고 얼굴이 발개진 공경자 언니의 칭찬에 정순애는 더 겁먹은 표정이었다.

정순애는 남동생만 셋을 둔 맏이였다. 원래는 졸업하자마자 남해읍에 있는 농협에 가기로 돼 있었는데 갑자기 다른 사람이 뽑혔다고 했다. 아버지가 가서 따졌지만, 조합장의 '빽'이라는 말에 술만 마시고 돌아왔다. 고등학교에 들어가는 동생 때문에 급히 일자리를 찾다가 공장과 가까운, 안락동에 사는 외삼촌 집에 오게 된 것이었다. 외사촌 동생의 공부도 봐 주면서 먹고 잔다고 했다.

"아이고! 이리 치이고, 저리 치이다가 몰리고 몰린 년들이 모인 곳이 여기구나. 다 좋은 부모 밑에서 여자로 태어난 덕이다."

얼굴이 발개진 공경자 언니가 정순애의 손을 잡고 말했다. 정순애도 언니의 말에 언니만큼 눈가가 발개졌다.

밖에 나오니 빗방울이 날렸다 김미자와 정순애를 보내고 돌아서려는데, 공경자 언니가 내 팔을 잡았다.

"비 오니까 썰렁한 집에 혼자 들어가기 싫다. 우리 집에 가서 자자. 자고 내일 아침에 같이 출근하자."

처음 있는 일이라 무슨 일인가 했다. 방바닥에 펴 두고 나온 빨래가 걱정이 되었지만 뿌리칠 수 없었다.

언니의 집은 교대 옆, 산 중턱에 있었다. 이사 오기 전에 살았던 대밭집과 비슷했다. 교대 정문에서 왼편에 산을 두고 좁은 오르막 길로 접어들며 언니는 긴 숨을 내쉬었다.

"정 양아, 이 학교 졸업하면 선생님이 된다더라……. 그래서 여기서 산다."

"엥?"

"이렇게 공순이로 늙어 가지만, 나도 한때는 풍금치고 소풍 가는 선생님이 되고 싶었다. 퇴근하고 이 길로 올라오면 가끔 풍금 소리가 들려. 그러면 일부러 천천히 걸어. 마음속으로 소풍도 가고, 노래도 하고, 운동회도 하고……. 아! 꿈이다. 꿈."

팔짱 긴 팔을 당겼다. 언니의 머리가 어깨에 닿았다.

언니의 집도 문 하나가 한 집인 집이었다. 내 방보다는 넓어 보였다. 윗목에 펴진 상 위에는 대입 검정고시 문제집이 볼펜을 중간에 끼운 채 덮여 있었다. 책 뒤에 정성들여 쓴 언니의 이름이 있었다.

"이렇게 보니까 언니 이름 예쁘다."

"야, 관둬라! 나도 내 이름을 언제 들었는지 모르겠다. 언제나 공 양이지. 아니 모르지, 지금도 속으로는 곰보 양이라고 부르는지?"

"누가 그래요? 언니 예쁘기만 한데."

"에고, 이것아. 내가 거울도 안 보는 줄 아냐?"

"아뇨, 정말요."

내가 책을 펼치려 하자 언니가 낮은 소리로 말했다.

"정 양아, 너는 뭘 하고 싶어? 언제까지나 공순이로 살 건 아니잖아? 아니야, 너는 예쁘니까 좋은 데 시집가야지. 그럼 됐지. 여자가 꿈은 무슨 꿈."

"시집이요? 나는 시집 안 갈 건데요."

"여자가 시집을 안 가고 어찌 살려고?"

언니의 말끝이 점점 시들어 갔다. 방바닥에 털썩 주저앉으며 긴 숨을 내쉬고 시들시들하게 말을 이었다.

언니는, 아버지의 성화에 선을 몇 번 봤지만 결혼은 하고 싶지 않다고 했다. 얼굴 얽은 공순이를 누가 좋아하겠느냐며 피식 웃었다. 나중에라도 유치원에서 일을 하고 싶어 공부를 하긴 하는데 그게 되겠냐며 다시 한숨을 쉬었다. 언니의 한숨은 먼저 한 말을 지우는 지우개 소리처럼 삭삭거렸다. 그러다 곧 잠이 들었다. 방이 천천히 데워졌다. 나는 낯선 방이라 쉽게 잠들지 못했다.

집 입구에 달아낸 양철 지붕에 떨어지는 빗소리를 셌다. 또다단 따다단 또다단 따다단, 다다다단, 규칙이 있다가 한 번에 휘몰아 들리기도 했다.

뒤척이던 언니가 이불을 찼다. 하얀 발이 이불 밖으로 나왔다. 발은 한 뼘 크기였다. 이불을 끌어 언니의 발을 덮으며 이 발로 걸어 다녔을 곳곳을 생각했다. 공장 주변을 뱅뱅 돌며 아직도 꿈에 묶여 있는 발.

사람이라면 꼭 되고 싶은 것이 있어야 할까? 나는 뭐가 되고 싶다는 생각을 해 본 적이 없었다. 조금 전에 언니가 물었을 때 아무 말도 할 수 없었다. 생각해 봐도 딱히 되고 싶은 것도 없었다. 내가 할 일은 항상 정해져 있었다. 심지어 이름이나 나이도 내 생각과는 아무런 관계도 없이 정해지지 않았나. 이런저런 생각이 꼬리를 물고 일어났다.

시나브로 빗소리는 그쳤다. 그런데 어금니가 아플 때와 비슷한 것이 가슴 밑바닥에 아리아리하게 자리를 잡는 것을 느꼈다. 나는 무엇이 되고 싶은 것일까? 내가 하고 싶은 것은 무엇일까?

공경자 언니의 집에서 하룻밤을 자면서 들었던 생각은, 혼자 있는 시간이 되면 불쑥불쑥 떠올랐다. 내가 뭘 하고 싶어 해도 될까? 나도 하고 싶은 뭔가가 있어야 할까? 나는 나중에 무엇이 될까? 생각이 날 때마다 고개를 흔들어 내치려고 했지만 그 생각은 쉽게 떨어지지 않았다.

김미자가 야간 학교에 입학하자 잔업 시간이 늘어났다. 잔업 지시가 떨어지면 정순애만 얼굴이 밝았다. 촌뜨기라며 말을 안 듣는 사촌동생과 만나는 시간이 짧아서 좋다고 했다. 공경자 언니는 사람을 더 주지 않는다고 사무실 쪽을 보고 궁시렁거렸지만 잔업에는 빠지지 않았다.

잔업을 한 날도 쉽게 잠들지 못했다. 라디오를 켜면 매일 전두환이 한 일과 대학생들의 데모 소식을 알렸다. 골목에는 남포동에서 본 종이와 비슷한 것이 자주 뿌려졌다.

서울에 간 언니는 조장이 되었다고 했다. 먼저 들어온 사람들은 다 빠져나갔다고 했다. 납땜을 하는 라인에는 오래 근무하지 않는다고 했다. 같은 시기에 입사한 사람들 중에서 가장 먼저 조장이 되었다고 기뻐했다. 조원들과 간 야유회에서 찍은 사진을 편지에 넣어 보내왔다. 유명한 서울 남산이라고 했다. 다음에 꼭 같이 가보자고 했다.

나는 공장일이 재미없다는 이야기를 쓸까 말까 고민했다. 재미가 없어진 이유를 풀어서 쓸 수가 없었다. 또 마음속에 새로 들어앉은 답답함도 무어라고 설명할 길이 없었다. 이사한 집과 만들 줄 알게 된 반찬 이야기를 주절주절 쓰고 말았다. 뒤숭숭한 머릿속이었다.

공장에서는 뒤숭숭한 모습을 보이고 싶지 않았다. 점심시간을 큰소리로 알리거나 별로 무겁지도 않은 것을 엄살을 떨며 들기도 했다. 별것 아닌 것에도 큰소리로 웃었다.

공경자 언니 방에서 자고 온 뒤에 생긴 마음은 아예 똬리를 틀고 마음속에 눌러앉았다. 속에서 끓어오르는 것은 분명히 있는데, 그것은 말로 만들어지지 않고 나뭇가지에 걸린 연실처럼 엉켜 버렸다.

4

그 연실의 끝을 모질게 잡아당긴 것은 정말로 엉뚱한 일이었다. 석유 파동으로 절절맨다던 공장이 제2 공장을 짓는다는 소문이 나더니 5월이 되자마자 난데없이 창사 10주년 기념으로 '미스 대한실업'을 뽑는다는 공고가 붙었다.

김미자와 정순애가 나를 힐끔거리며 헤헤거릴 때 공경자 언니가 끼어들었다.

"야들아, 큰 정 양이 우리 공장에서 젤 늘씬하고 예쁘긴 하제?"

둘은 기다렸다는 듯이 한소리로 말했다.

"그럼요."

뒤이어 김미자가 말을 보탰다.

"미인은 다 키가 커요. 누가 봐도 최고예요."

내가 어처구니가 없어 멍한 틈에 그들끼리 각자 할 일을 정해 버렸다. 심사복인 한복은 정순애가 외숙모 것을 가지고 오기로 하고, 머리 손질은 공경자 언니가 맡기로 했다. 김미자는 화장품을 가지고 온다고 했다. 내일 입어 보자고 했을 때, 그러면 결근하겠다고 해도 모두 웃기만 했다.

퇴근하고 방에 누워서 낮에 오간 말을 곰곰이 생각해 보았다. 공경자 언니가 왜 갑자기 끼어들었지? 빗소리를 셌던 밤에 내게 했던 말과 무슨 관계가 있을까?

온갖 생각이 뒤엉켰다. 나가 볼까? 내가 남들 앞에 서서 나를 봐 달라고 손을 흔드는 짓을 할 수 있을까? 끝까지 나가지 않겠다고 하면 어떻게 될까? 나는 왜 절대로 나가지 않겠다고 더 강하게 말하지 않았을까? 내 마음속에 조금이라도 나가고 싶은 마음이 있는 것일까?

머릿속이 뒤죽박죽인 채로 잠이 들었다.

일주일 내내 어영부영하다가 그날이 되고 말았다. 사회자가 시키는 대로 함빡 웃으며 손을 흔들고, 무대 위를 한 바퀴 돌고, 사방을 향해 고개를 숙였다. 심사 결과를 발표할 때까지 음악에 맞춰 몸을 흔들었다. 나를 포함해 일곱 명이 똑같은 짓을 했다. 내 밖으로 나간 내가 뭔가에 홀린 듯 움직였다. 진선미 셋을 뽑았는데, 나는 선으로 뽑혔다.

월요일, 창사 기념 파티에 가기 전에 김 과장이 뽑힌 셋을 사무실로 불렀다. 진과 미는 아랫배에 손을 모으고 고개를 숙였다. 나도 얼른 따라했다.

"지금부터 내가 하는 말 잘 들어. 미스 진 이 양과 미스 미 권 양은 사무실에서 근무하니까 됐고. 정 양은 두 사람을 잘 보고 따라해야 해. 현장에서 일하는 티를 내서는 곤란하다는 말이야."

내 밖으로 나간 내가 나를 빤히 바라보았다. 나는 눈빛으로 그 눈빛을 누그러뜨렸다. 김 과장이 셋을 훑어보고 천천히 일어서며 말했다.

"첫째, 화장하고 치마와 블라우스를 입을 것. 둘째, 차려진 음식을 함부로 먹지 말 것. 셋째, 소리를 내지 말 것, 거기서 니들 소리가 들려서는 안 돼. 미소만 지어. 그래서 예쁜 애들을 뽑은 거 아니겠어? 넷째, 간부들이 움직이면 눈치껏 자리를 비켜. 너희들이 편히 앉아 있을 자리가 아닌 줄은 알겠지? 그리고 다섯째, 어른들 손이 몸에 닿아도 싫은 표정을 짓지 말 것. 오늘 행사에 돈이 얼마나 들어가는 줄 알아? 그리고 마지막, 매너 없이 화장실에 쫌 가지 마라. 그러니까 식장에서는 뭘 주워 먹지 말라는 거야. 여섯 시에 사무실 앞으로 와. 전무님 차 타고 갈 거니까 시간 늦지 말고. 어이! 미스 리, 니가 잘 델꼬 가."

자꾸만 나를 바라보며 더 할 말을 숨기는 것 같은 김 과장의 눈빛에, 속에서 뭔가가 뭉치는 듯했지만 말로 만들어지지 않았다. 머릿속만 들쑤신 벌집이나 검불이 날리는 타작마당 같았다.

파티 장소는 온천장이었다. 기다리고 있던 양복쟁이가 차에서 내리자마자 길을 안내했다. 가정집처럼 생긴 기와집이었다. 담장에 붙은 향나무가 집을 에워싸고 있었다.

안으로 들어서자 긴 잔디밭이 있고, 잔디에는 한걸음 거리로 다듬잇돌이 박혀 있었다.

방 가운데에 식탁이 이어져 있고, 앞쪽에는 무릎 높이의 무대가 천정에서 쏟아지는 색색의 불빛을 받고 있었다. 무대 뒤에는 마이크와 악기들이 서 있었다. 구멍 난 양말을 신고 남의 집에 들어간 것처럼 발가락이 오그라들었다.

잠시 뒤에 대문 쪽이 왁자해졌다. 미스 진이 사장 일행의 뒤에 서며 눈짓으로 미스 미와 나를 불렀다. 미스 진은 경찰복 뒤에, 미스 미는 사장 뒤에 섰다. 내 앞에 선 구청장의 가리마가 불빛에 빛났다.

잔잔한 음악이 깔리자 음식이 들어왔다. 음식을 든 종업원이 가까이 올 때마다 저절로 몸이 일어서려고 했다. 몇 번 엉덩이를 들썩거리자 미스 진이 눈짓으로 가만히 있으라고 했다.

차려진 음식은 낯설었다. 낙지는 살아서 꿈틀거렸고 큰 접시에 누운 생선은 배 위에 깔린 제 살점과 오이나 당근으로 변한 지느러미를 보며 눈을 껌뻑거렸다. 회 접시 둘레에는 갖가지 고기 요리들이 담긴 접시가 놓여 있었다.

총무부장이라고 자기를 소개한 사람이 마이크를 잡고 내빈 축사를 부탁했다. 동래경찰서장은 "동래구민의 치안 유지와 법질서 확립, 그리고 불순 세력 척결에 불철주야로 노력하겠다."며 "건배!" 했고, 이어서 나온 동래구청장은 "동래구민의 소득 증대와 조국의 선진화를 위해 불철주야로 노력하겠다."며 같은 모양으로 건배를 외쳤다. 그러고는 술잔이 돌았고 건배를 외친 순서대로 노래를 불렀다.

미스 진은 서장이 일어서거나 앉을 때마다 능숙하게 의자를 빼고 넣었다. 나는 구청장의 의자를 빼고 넣었다. 술잔은 점점 빨리 오갔다. 미스 진은 간혹 생선 옆구리를 집어 경찰서장의 접시에 두기도 했지만 그것은 따라하지 않았다. 눈이 마주치면 힘껏 웃기만 했다. 점점 입 꼬리가 얼얼해졌다.

"미스 정이라 했나?"

구청장이 고개를 내 쪽으로 돌리며 물었다.

"네. 미스 선, 미스 정입니다."

생각지도 않았던 대답이 불쑥 나왔다.

"미스 선이면 선이고, 정이면 정이지, 미스 선, 미스 정이 뭐꼬?"

구청장이 웃으며 한 말에 여럿의 눈길이 내게로 날아와 얼굴이 확 달아올랐다.

"곱구먼. 자, 내가 한 잔 주지."

나는 선뜻 잔을 받지 못했다. 미스 진이 식탁 아래로 발을 뻗어 발등을 밟았다. 잔을 받아들자 구청장이 맥주를 따랐다. 잔을 들고 미스 진을 보았다. 그녀는 천천히 고개를 끄덕였다. 고개를 옆으로 돌리고 맥주를 마셔 버렸다.

"잘 마시네. 자, 내가 안주도 하나 집어 주지."

구청장이 뼈가 붙은 고깃덩어리에 눈을 두고 말했다. 그러다 구청장이 손수건으로 이마의 땀을 닦는 사이에 젓가락을 잡았다. 퍼뜩 낙지를 집었다.

집었는데, 그것이 접시에서 떨어지지 않았다. 두어 번 당기다가 포기하고 접시 시울에 동그랗게 놓인 녹두색 안주를 슬며시 집어 입에 넣었다. 마늘 한 쪽만 했다.

쿠욱! 그것은 입에 들어가자마자 입천장을 뚫었다. 삼켜 버리려고 했으나 목으로 넘어가지 않고 입천장에서 콧구멍으로 쏟아져 들어갔다. 다시 목젖을 눌러 힘을 주자 눈알 뒤로 올라갔다. 밖으로 나갔던 나와 내가 순간적으로 하나가 되었다. 입을 틀어막고 벌떡 일어났다. 구청장이 눈을 동그랗게 뜨고 나를 쳐다봤다.

"그게 와사빈 줄 몰랐어요?"

따라와 등을 두드리던 미스 미가 희미하게 웃으며 물었다.

"그걸 왜 몰라요? 맥주 마신 게 갑자기 올라와서 그래요. 이제 괜찮으니까 먼저 들어가요."

일부러 힘을 주어 평평하게 말했다. 미스 미가 나간 뒤 거울을 봤다. 거울에 비친 얼굴이 낯설었다. 눈가로 검은 물이 번져 있었다. 다시 밖으로 나간 나를 보고 내가 말했다.

'왜 여기서 이러고 있나?'

자리에 돌아와 다시 힘주어 웃었다. 웃을 때마다 둘이 된 내가 서로 다투었다. 나는 어느 한편의 내가 아니었다.

경찰서장 옆자리로 옮겨 가는 사장이 좀 비틀거렸다. 사회를 보던 총무부장이 다가가 사장과 귀엣말을 주고받았다. 사장이 고개를 끄덕이고 말했다.

"서장님, 우리가 이러고 있으니 아랫사람들이 불편하답니다. 여기는 저 사람들에게 물려주고 따로 나가시죠? 구청장님과 따로 모시겠습니다."

미스 진이 잽싸게 일어나 서장의 윗옷을 가지고 왔다. 나도 애써 입 꼬리를 올리며 구청장의 윗옷을 챙겼다. 전무가 앞장서서 셋을 데리고 나갔다. 부장급들은 모두 일어서서 양옆으로 나누어 서서 박수를 쳤다. 박수를 받고 걸으며 내 속의 둘은 또 다투었다. 또박또박 힘주어 발을 내딛었다.

셋이 탄 차가 빠져나가고 난 뒤, 전무가 마당 구석으로 미스 진을 불렀다. 어깨를 툭툭 치더니 누런 봉투를 내밀었다. 미스 진을 바라보다 눈을 피한 곳에 미스 미가 하늘을 올려다보고 있었다. 나도 하늘을 봤다. 하늘은 별 하나 없이 검었다. 목에 쓴 맛이 남아 있었다. 몇 번 큰 숨을 몰아쉬자 향나무 냄새가 났다. 향나무 가지 사이에는 거미줄이 불빛을 붙들어 흔들고 있었다.

전무가 들어가자 미스 진이 화장실로 들어가며 둘을 불렀다.

"자, 이거. 오늘 수고비. 이제 가도 돼요."

미스 진은 누런 봉투 안에서 흰 봉투 두 장을 꺼내 미스 미와 내게 하나씩 내밀었다. 나는 봉투를 접어 주머니에 넣었다. 누구에게라도 간다고 해야 할 것 같았으나 마땅히 누구에게 해야 할지 떠오르지 않았다.

슬쩍 대문을 나와 버렸다. 식당 골목을 빠져 나오자 버스길이었다. 온천장사거리 쪽으로 걸었다. 온천극장 매표소 앞 인도에는 방패를 옆에 세워 둔 전투경찰이 줄지어 앉아 있었다.

동상동으로 가는 버스를 타자 배가 고팠다. 비로소 밖으로 나갔던 내가 돌아와 나와 하나가 되었다. 종일 아무것도 먹지 못했다는 것을 알았다. 조금 전 식탁에 깔렸던 많은 음식들이 생각났다. 헛웃음만 나왔다. 헝클어진 머릿속 연줄은 완전히 꼬여 버려 한쪽도 끝을 찾을 수가 없었다.

5

일요일엔 땀을 쏟았다. 파티에 입고 갔던 옷을 빨고 방과 계단을 걸레질했다. 보이는 대로 박박 닦았다. 목욕을 다녀와도 헝클어진 연줄은 끝이 보이지 않았다. 오히려 거품에 잠긴 듯 모양도 흐릿해졌다.

월요일에 출근하니 공경자 언니가 결근을 했다. 입사 이후에 한 번도 결근하지 않았다는 언니의 결근은 놀라운 일이었다. 사흘째 결근하자 김 과장이 나를 따로 불러 들은 게 없냐고 물었다. 나는 모른다고 했다. 지난 주, 광주에서 무슨 일이 일어났다는 뉴스를 듣고 언니에게 살짝 물었을 때, 언니는 자기 집에는 아무 일도 없을 거라고 말했던 터였다.

언니는 아무 연락도 없이 일주일째 나타나지 않았다. 일요일 저녁에 언니의 방에 찾아갔다. 신발을 확인하고 문을 두드리자 놀란 얼굴을 내밀었다. 언니는 울고 있었다.

"그렇잖아도 너한테 갈 생각이었어. 이유는 묻지 말고 이거 사무실에 갖다 줘."

내가 방에 들어서자 언니는 고개를 모로 돌린 채 봉투 하나를 내밀었다.

"이게 뭐예요?"

"사표야. 이제 공장을 그만둬야 해."

"아니, 왜요? 무슨 일이에요?"

벽을 보고 있던 언니가 고개를 돌려 나를 보고 말했다.

"뉴스 봤지? 광주. 그때 아버지가 사라졌어."

"아버지가 사라져요?"

언니는 다시 천장을 바라보고 한참 동안 말을 잇지 못했다

"그날, 엄마 식당에 군인들에게 쫓기던 학생들이 숨어들어 자고 갔대. 엄마는 밥을 해 줬고. 그 일 때문에 군인들이 아버지를 끌고 갔어. 그 뒤로 소식이 없어. 어디로 갔는지 아무도 몰라. 내가 가서 아버지를 찾아야 해. 더 묻지 마. 그리고 지금 가 줘. 혼자 있고 싶어. 미안해."

언니는 급히 말을 쏟아 내고 앉으며 무릎에 고개를 묻었다. 언니의 손을 잡았으나 꿈쩍도 하지 않았다. 그냥 방을 나올 수밖에 없었다.

집에 와 그대로 누웠다. 잠도 오지 않았다. 언니 집에 무슨 일이 생긴 것일까? 아버지가 사라지다니? 편찮으시다고 했는데. 무슨 일일까?

언니에게서 받아 온 사직서를 꺼내 보았다.

'본인의 원에 의해 사직하고자 합니다. 공경자.'

간단한 한 줄이었다.

글자 하나하나를 썼을 언니의 마음을 생각했다. 언니는 꿈을 버

리지 않기 위해 살았던 교대 옆의 방에서, 검정고시 책을 받침으로 삼고 사직서를 썼을 것이다. 꿈이 사라지는 소리를 들었을 것이다. 마음이 착 가라앉았다. 방에 물이 스멀스멀 차오르는 것 같았다. 일어나 밖으로 나왔다.

의령댁이 불빛 아래에 감자 포대처럼 나앉아 있었다.
"정 양아! 일로 와! 말동무나 하자. 손님도 없고 영감도 딸년도 다 밖으로만 싸돌아 댕기니께 집에 있는 년은 입에 거미줄 치겠다. 어여 와!"
나도 잘됐다 싶었다. 의령댁의 입심이면 마음이 좀 나아질 것 같았다. 걸상을 당겨 옆에 앉았다.
"아지매는 꿈이 뭐였어요?"
"뭐?"
의령댁이 뭔 소리냐는 듯 고개를 들었다.
"꿈요."
"꿈?"
"예, 꿈."
"하이고, 야가 꿈 같은 소릴 하네. 여자가 꿈이 어딨노?"
"왜요? 여자라고 꿈도 없어요?"
"꿈꿀 틈이 없다. 하루하루 애댕기는* 대로 살기도 바쁜데."
"그래도 하고 싶은 게 있었을 것 아입니꺼?"

---

* 애댕기다. 마음에 끌리다.

"허, 야가 오늘 와 이라노? 내가 하고 싶은 기 있는지 생각도 못한 늙은 년 복장을 긁을라 카네. 하고 싶은 대로 하고 사는 기 몇이나 되겠노?"

의령댁은 나를 한번 힐끔 보더니 다시 말을 이었다.

"하기사, 요새는 다르제. 우리사 버부리* 인생이지. 에릴 땐 딸년이라서 말 못 하고, 커 감서는 일한다고 말 못 하고, 시집가서는 며느리라 말 못 하고, 아 낳곤 어미라서 말 못 하고, 아아들이 크면 겁이 나서 말 못 하고, 손자들이 나면 무식해서 말 못 하고, 영감한테 대들면 밥상 던질까 말 못 하고, 그라다 보면 힘이 없어 말 못 하고……, 더 하까?"

"아이고! 아입니더. 아지매는 안 말리면 끝이 없겠다."

"니 덕분에 나는 쎗바닥 운동은 했다만 씰 데 없는 소리니까 니는 귀를 씻고 자거라. 그나저나 니는 꿈이 머꼬?"

"일이 바빠서 말 못 합니더."

"어쭈!"

의령댁은 돌아서는 나를 보고 히죽거리며 손을 흔들었다.

월요일 아침에 사무실에 가서 김 과장에게 공경자 언니의 사직서를 내밀었다. 김 과장은 봉투를 보더니 놀라는 표정도 없이 말했다.

"잘됐네. 그렇잖아도 해고자를 추려야 하는데. 어디서 벌어먹으

---

* 버부리. '벙어리'의 사투리.

려고 일을 관두는고?"

"갑자기 좋은 사람이 나타나서 결혼한대요. 직접 말씀드리지 못해서 죄송하다고 전해 드렸어요."

내 말에 과장은 눈을 동그랗게 떴다.

"뭐? 결혼? 허 참, 별일이야. 공 양이 결혼을 해?"

"네, 좋은 사람을 만났대요. 그쪽에서 결혼을 서둘러서 그리 됐대요."

괜한 말을 보탰다고 생각했지만 눈을 크게 뜨는 과장을 보고 몇 마디를 더 보태고 말았다.

"형부가 될 사람이 언니 공부도 시켜 준대요. 언니의 꿈이 선생님이었거든요."

"선생님?"

헛웃음을 짓는 김 과장을 바라보며 일부러 천천히 사무실을 나왔다. 언니의 소식을 들은 김미자와 정순애가 결혼식에 가자며 호들갑을 떨었다.

"언니 고향이 어딘 줄 알아? 광주야, 전라도 광주."

내 말에 둘의 얼굴이 급히 굳어졌다.

공경자 언니가 가 버리자 공장의 일들이 시들해졌다. 연이 떨어진 얼레를 감거나 쭉정이를 까부르는 것 같았다. 매일 만지던 쇠뭉치의 기름 냄새가 역겨웠다. 출근길에 공장 정문에 서면 컴컴한 굴속으로 빨려 들어가는 것 같았다.

결국 나도 사직서를 썼다. 공경자 언니의 사직서를 전하고 한 달이 지난 뒤였다. 역시 월요일, 아침에 출근하다가 벼락같은 감정을 이기지 못하고 돌아와서 써 버렸다. 공장을 그만두는 데는 역시 글자 몇 개만 필요했다.

'본인의 원에 의하여 사직하고자 합니다. 정영자.'

정영자라고 쓰면서 잠시 손이 떨렸다. 버겁게 이고 온 짐을 내리는 것 같았다. 어깨가 들리도록 깊게 숨을 들이마셨다. 내가 데리고 살았던 스무 살의 정영자, 안녕 정영자. 이제 영영 이별이다. 나는 이제 열여덟 살, 이구남이다.

봉투를 받아 든 김과장의 헛웃음 소리를 귓등으로 들었다. 봉투를 내밀고부터 이구남이 머릿속에 가득 차서 어떤 소리도 들리지 않았다. 김미자와 정순애에게 간단히 인사했다. 마지막이라는 생각에 나이와 이름을 밝힐까도 잠시 생각했지만 참았다. 그때는 그때였으니까.

공장의 철 대문이 오가는 레일을 밟고 섰다. 새로운 문 앞에 서는 기분이었다. 은행잎을 흔드는 바람이 더웠다. 레일을 밟은 다리에 힘을 주었다.

6

미장원에 가서 머리를 자르고 대청소를 했다. 계단도 쓸고 닦았다. 벽도 물걸레로 닦았다. 비닐 옷장도 안팎을 닦았다. 이불도 있는 대로 꺼내서 빨았다. 이틀 내내 땀을 쏟았다. 마음에 빈 곳이 보이면 습관처럼 하는 일이었다.

들바람을 쐬고 싶었다. 교대 앞에서 구포로 가는 버스를 탔다. 유월의 들판은 살아서 꿈틀댔다. 나무도 풀도 자기들끼리 웅성대느라 구름이 흘러가는 것 따위는 못 본 척했다. 구포둑에서 내려 논이 있는 곳으로 걸어갔다. 봇도랑에서 미꾸라지를 잡는 아이들 몇이 소쿠리를 짚고 서서 구름이 짓는 모양을 힐끔힐끔 쳐다보고 있었다.

운동화를 사기 위해 미꾸라지를 잡으러 다니던 일이 떠올랐다. 이어서 골대 안을 쓸던 일도 생각났다. 복이는 고등학교에 잘 다니고 있을까? 태수는? 옥귀는 교생과 아직도 연락을 주고받을까? 영곤이는? 돌아올 때는 한결 마음이 가벼웠다.

어두워질 때를 기다려 의령댁을 찾아갔다. 공장을 그만두었다고 말하고 사람 구하는 곳을 알아봐 달라고 했다. 의령댁은 빤히 바라보기만 할 뿐 공장을 그만둔 이유를 묻지 않아서 고마웠다. 이틀 뒤, 의령댁은 내 방의 철문을 두들겨 갈빗집을 소개했다. 그날 저녁에 바로 가 보기로 했다.

정원가든은 동상동 고개에서 부곡동으로 넘어가다 오른쪽으로 꺾어 5분쯤 걸어 들어간 곳에 있었다. 크고 작은 두 개의 단층 건물이 잔디밭으로 이어져 있었다. 누구를 찾아온 사람처럼 오가며 식당 안을 살펴보았다.

두 건물은, 손님들이 음식을 먹는 곳과 음식을 장만하는 부엌과 창고가 달린 곳이었다. 손님을 받는 큰 건물에는 걸상에 앉는

식탁이 있는 홀과 홀을 빙 둘러 여러 개의 방이 있었다. 방 안에
는 앉아서 고기를 구워 먹는 식탁이 길게 깔려 있었다. 두 건물 사
이의 소나무 아래에도 열 명 정도 앉을 수 있는 평상이 세 군데나
있었다. 방과 홀과 밖이 다 차면 백 명은 족히 앉을 수 있을 것 같
았다.

'이런 곳에 이렇게 큰 식당이 있다니! 일부러 이런 곳까지 밥을
먹으러 오는 사람들이 이렇게나 많구나.'

생각하지 못했던 일이었다. 구경하는 사이에도 사람들은 수시
로 들락거렸다.

다음날 아침을 먹고 다시 정원가든에 갔다. 의령댁 소개로 왔다
고 하고 홀 안을 이곳저곳 둘러보았다. 음식을 만드는 사람이 둘
이고 홀과 방으로 음식을 나르는 아줌마도 둘이었다. 식탁을 정리
하던 여자가 안쪽을 보고 "사장니임!" 하고 크게 불렀다. 한참 뒤
에 나온 아줌마는 턱이 두 개였다. 사장 사모님이라 했다. 아래위
를 훑어보더니 일하는 걸 보고 할 만하다 싶으면 내일부터 출근
해도 좋다고 했다.

홀 입구에는 아버지뻘의 남자가 전화기가 놓인 책상 앞에 앉아
있었다. 사장이었다. 인사를 하고 나와서 부엌을 둘러보았다. 부
엌에는 처음에 못 봤던 남자도 있었다. 고기를 칼로 다듬고 있었
다. 각을 뜬 돼지의 반쪽이었다. 뼈를 발라내던 남자와 눈이 마주
쳐 깜짝 놀랐다. 부엌의 뒷문에는 오토바이 한 대가 서 있었다.

아직 불 위에 고기를 얹어 구워 먹어 본 적이 없다는 생각이 들
었다. 고기는 항상 국을 끓였다. 아버지나 복이가 잡아 온 산토끼

나 꿩도 국을 끓여 먹었다. 고깃국을 달게 먹는 동생들을 애닯게
바라보던 엄마는 종종 말했다.

"우리도 언젠가는 고기 구워 놓고 둘러앉아 옛날 이야기할 날
이 있을 끼다."

그랬었지! 식당 입구를 빠져 나왔다. 동상동 시장으로 들어가
는 좁은 골목 앞에서 오기 같은 게 슬슬 생겼다. 해 보자. 출근하
다가 사표를 쓰려고 돌아서던 날 아침에 생겼던 마음과 비슷한
것이었다. 그 마음을 단단히 잡았다.

4장

내
가

만
드
는

나

1

　몸을 써서 하는 일은 어디서나 비슷했다. 첫 출근 날, 식탁에 가위를 왜 두느냐고 물어서 잠시 이상한 눈빛을 받은 것 말고는 눈치 받지 않고 일을 익혔다. 갈비는 손으로 잡고 통째로 뜯어 먹는 것인 줄 알았다는 말은 하지 않았다.

　숯불을 피우거나 양념갈비를 타지 않게 굽는 것도 쉽게 익혔다. 국물이 담긴 그릇을 빽빽이 얹은 쟁반을 이고 다니는 것이 제일 늦게 몸에 익었다. 남는 시간에는 주방일도 거들었다. 마늘이나 양파를 까다가 일손이 달리면 채를 썰기도 했다. 그런데 뜻밖에도 주방일이 재미있었다. 일을 겁내지 않자 모두가 싹싹하다며 싫지 않게 대해 주었다. 해가 바뀌자 식당에 들어오는 사람들의 모습만 보고도 돼지갈비인지 소갈비인지 얼추 맞추었다.

　갈비를 구워 먹는 사람들도 비굴하게 웃으며 머리를 조아렸고, 멱살을 잡고 쌍욕을 하며 싸우는 것도 봤다. 별 사람 없었다. 다들 먹고사는 일에 안달복달할 뿐이었다. 손님들이 남긴 고기를 버리는 것도 갈수록 예삿일이 되었다.

의령댁과 이전보다 자주 만났다. 간혹 사모님이 손님들이 남긴 고기를 싸 주었는데 그때마다 의령댁과 나눠 먹었다. 의령댁은 큰딸 때문에 매일 불퉁해 있었다. 나를 만나면 만날 사람 만났다는 듯이 쏟아 내기 일쑤였다.

그날도 그랬다. 단체 손님이 많았던 날이었다. 소갈비를 시킨 손님들이 술에 취해서 싸우다가, 불판 위에 올리지 않은 고기에 반찬 그릇이 엎어져 버렸다. 사장이 그 고기를 돌려 두었다가 싸 준 날이었다.

프라이팬에 고기를 굽던 의령댁은 또 딸에게 할 말을 나에게 쏟아 냈다.

"가시나가, 지 에미가 이리 묵고 사는 꼬라지를 보고도 서울로 갈라 카네. 서울에서 누가 기다리는 거 맹키로 기를 쓰고 갈라 카네. 자슥이 아이라 웬수다 웬수."

"뜻이 있어 갈라고 하겠지요. 고등학교 공부까지 했는데."

"고등학교를 마쳤으면 뭐 하노. 밤낮 거울만 들다보는 년이. 서방 복 박복한 년이, 자슥 복이라꼬 있을까마는, 고마 내가 시키는 대로 조리사 자격증이나 따서 이왕 할 일, 대접 받고 쪼매마 하다가 시집이나 가지. 뭔 짓을 할라꼬 저카는지 모르겠다."

"얼굴이 고우니까 뭔 일이라도 찾겠지요."

"그년이 고우면 미쓰 대한실업 한 니는?"

"아이고 아지매, 그 이야기는 또 왜 합니꺼. 그 생각하면 아직도 얼굴이 뜨겁고만."

"하이튼 가시나나 무시는 속에 바람이 들어삐모 아무 짝에도 쓸모가 없는 기다."

"근데 아지매, 조리사 자격증, 그게 뭡니꺼?"

"뭐기는. 밥하고 반찬 만드는 기술자 자격증이지. 그걸 따모 대접받고 일할 수 있다 카더라. 참, 니도 식당에서 일하는 짐에 그거나 해 봐라."

"자격증 따는 공부를 내가 우찌 합니꺼?"

"와 못 해? 사람이 하는 일이 별일이 있는 줄 아나? 맘만 독하게 묵으모 못 할 끼 어딨노?"

"그래도 내가 공부를 우찌 합니꺼."

갑자기 말끝이 낮아졌다. 낮아진 말끝이 굴러가다가 돌아서서 나를 보는 것 같았다. 중간에 들어앉은 '어찌'라는 말이 물에 던진 짚단처럼 천천히 가라앉고 있었다. 내가 공부를? 어찌? 눈치를 챘는지 의령댁이 앞질렀다.

"아이고, 하라꼬 노래를 불러도 귓등으로만 듣는 년은 서울로 갈라 카고, 진짜로 할 년은 요게 있네."

집에 와서 누웠는데 의령댁의 말이 생각났다.

'해 볼까? 그런데 내가 공부를 할 수 있을까?'

이런저런 생각은 결국, '하다가 안 되면 때려치우지 뭐.'에서 멈췄다.

하다가 그만둬도 손해 볼 것이 없다는 생각이 들었다. 내가 하는 일을 내가 정한다는 것이 겁이 났지만, 그것도 해 보니 별일이 아니었다. 이사를 하고, 사표도 썼다. 그럴 때마다 내가 단단해지는 느낌이었다.

밤늦게까지 빈자리가 없었던 망년회 손님을 치르고 집에 들자
마자 뻗어 버린 열아홉 살의 마지막 밤이 지나니 스무 살이었다.
"스무 살!"이라고 혼잣말을 해 보았다. 누운 채 온몸을 만져 보았
다. 달라진 것은 없었다. 이미 2년이나 먼저 살아 본 스무 살이어
서 그런지도 몰랐다.

2

나는 자고 일어나 문득 스무 살이 되었지만 옥귀는 병원에서
스무 살을 맞았다. 새해 인사나 한다고 한 전화에서 옥귀의 소식
을 전한 옥귀 언니의 말은 젖은 솜처럼 무거웠다. 땅이 꺼져라 내
쉬는 한숨 때문에 귀에 쇳소리가 왱왱거렸다. 마침 쉬는 날이라
옥귀가 입원한 마산의 병원으로 갔다.

나를 본 옥귀는 병상에 누운 채 눈물바람으로 말했다. 옥귀는
예비고사를 통과하지 못했다. 옥귀가 영원한 사랑에게 그 소식을
전하고 난 뒤 받은 답장에는 찬바람이 돌았다. 며칠을 고민하다가
학교에 찾아갔을 때, 그는 친구들이 마련한 입영 환송회에 가던
참이었다.

얼굴을 보면 다를 거라는 옥귀의 기대와 달리 영원한 사랑은
쌀쌀했다. 그래도 옥귀는 기다리겠다고 수줍게 말했다. 옥귀의 말
을 들은 그는 머리를 뒤로 쓸어 넘기며 "왜?"라고 되물었다. 어시
장으로 가던 골목길에서였다.

"왜?"라는 말은 옥귀의 눈과 귀를 막아 버렸다. 옥귀는 돌아서서 뛰었다. 그 길로 방에 박혀 사흘을 울었다. 결국 형부가 끌어내어 병원에 입원시킨 것이었다.

"옥귀야, 할 수 없는 것은 할 수 없는 것이다."

그 말밖에 할 말이 떠오르지 않았다. 옥귀는 아무 말도 하지 않았다. 옥귀의 시간이 그렇게 가야 한다고 생각했다. 이런 모습도 살아가는 모습 중의 하나라고 생각했다.

갈수록 마음속에 조리사 자격증이 자리를 잡아 가고 있음을 느꼈다. 팔이 머리 위로 올라가지 않을 만큼 손님이 많았던 날이나, 계산에서 빠진 술병 때문에 사장의 언짢은 소리를 들은 날에도 그것을 생각하면 마음이 상하지 않았다. 그것은 마음속에 있는 것만으로도 힘이 되었다. 생전 처음 든 느낌이었다. 그런 마음을 가진 내가 점점 좋아졌다.

그러다 마음속에만 있던 그것이 기어이 밖으로 나오고 말았다. 송홧가루가 날려 바깥 테이블에 손님을 받지 못하던 날이었다. 예약 전화를 내가 받았는데, '금사야학'이라고 했다. 그쪽은 밖의 자리를 부탁했으나 내가 안 된다고 하며 이야기가 길어졌다. 야학이라는 말을 몇 번 듣고는 마음속에서 뭔가가 꿈틀하는 걸 느꼈다.

금사야학은 그날 가장 늦은 손님이었다. 양복을 입은 한 사람이 먼저 와서 돼지갈비를 주문하고 기다렸다. 내가 상을 차리고 날랐다. 상차림이 끝나자 곧 작업복 차림들이 "선생님! 축하해요." 하며 우르르 몰려왔다. 내 아래나 또래도 있었고, 위로 보이는 이도 두셋 있었다. 양복 입은 사람이 야학 선생님이었는데, 회사에 취직했다고 한턱 내는 자리였다. 오가며 들리는 말 중에 검정고시라는 말이 마음을 부추겼다. 설거지를 하면서도 눈길은 그들 주변을 맴돌았다.

왁자하던 그들이 일어서고 난 뒤 식탁을 치우면서 그들을 살폈다. 양복이 주춤거리며 계산대에 다가가고 있었다. 설거지를 하다가 식당 입구로 갔다. 누가 등을 떠미는 것 같았다. 잠시 후 양복이 나왔다.

"저기, 혹시, 조리사 검정고시도 있나요?"

"예?"

양복은 놀란 듯 말했다.

"아까, 검정고시 이야기를 해서 물어보는 건데, 혹시 조리사 검정고시……."

"아, 예. 우리는 고입, 대입 검정고시 이야기였는데."

히죽 웃는 양복의 얼굴을 보자 아차 싶어 얼굴이 화끈했다.

"아, 내가 잘못 들었나 봐요."

마음을 비집고 나간 무엇이 물에 닿은 숯불처럼 피시식 꺼지는 소리를 냈다. 부엌 쪽으로 돌아서는 걸음이 휘청했다.

"잠깐만요."

돌아보니 양복이 우뚝 서서 나를 보고 있었다.

"조리사는 검정고시가 아니고 따로 자격시험이 있습니다. 우리 학생들 중에도 준비하는 애가 있고요. 알아봐 드릴까요? 민태야, 이리 와 봐!"

양복이 내가 대답하기 전에 앞선 일행 중의 누군가를 불렀다. 괜히 마른 손을 앞치마에 닦았다.

"민태야, 야학에 조리사 자격시험 요강 있제? 이분께 하나 갖다 드려라."

민태라 불린 장발이 고개를 끄덕였다.

"아니, 저어기, 괜찮은데······."

어깨동무를 한 그들 무리가 부곡동 쪽으로 사라지자 드디어 무슨 일을 만들고 말았다는 걱정이 몰려왔다.

기다리지 않았다면 거짓말이지만, 없었던 일이 될 거란 생각도 들었다. 그 다음날 저녁 무렵 장발이 봉투를 들고 다시 찾아왔을 때까지 그랬다.

봉투를 들고 가게로 들어서는 장발을 봤을 때, 술독을 안고 변소에 앉았다가 가마니를 걷은 면서기를 만났을 때만큼 가슴이 철렁했다.

"일부러 오셨네요. 이러지 않아도 되는데."

봉투는 받아 들었지만 눈 둘 곳이 없어 소나무 가지만 쳐다봤다. 가루를 내보내고 풀어진 소나무의 빈 꽃이 흔들리고 있었다.

"조리사 자격증, 그거 따기가 쉽지 않습니다. 마음 단단히 먹고 준비하세요. 혼자 공부하기 힘들면 우리 야학에 오세요. 우리 야학에도 준비하는 학생이 있습니다."

"예, 고맙습니다. 때가 됐는데 저녁밥이라도······."

"아닙니다, 수업 시간이 다 돼서······."

장발은 선걸음에 뒤돌아 뛰어갔다.

집에 와서 봉투를 열 때 손이 떨렸다. 숨을 크게 내쉬었다. 이 봉투가 지금까지 내 앞에 나타난 문 중에서 가장 큰 문이라고 생각했다. 내 발로 다가선 처음의 문이기도 했다.

실기와 필기로 나누어 치르는 시험은 식당 일을 하면서 준비하기에는, 장발의 말대로 쉽지 않을 것 같았다. 시험 과목들은 들어보지 못한 말의 덩어리였다. 게다가 합격률도 높지 않았다. 아! 이 문도 빛을 자르며 닫히고 말 것인가? 세운 무릎을 끌어안았다. 여기서 돌아설 것인가?

야학에도 준비하는 이가 있다고 했다. 그도 나와 비슷할 것이다. 공장에서 일하는 그들보다 식당에서 일하는 내가 더 나은 조건일 것이다. 칼질을 연습해도 내가 더 할 수 있으니까. 나는 안간힘을 써 본 적이 있었나? 몇이든 되는 사람이 있으니까 시험을 보는 것 아닌가? 그게 내가 될 수 있을까? 무릎을 다시 당겨 안았다. 스멀스멀 오기가 생기는 것을 느꼈다. 마음속에 생기는 간지럼 같았다. 봉투를 옷장에 넣어 두었다.

옥귀에게서 편지가 왔다. 그동안 옥귀는 영원한 사랑을 영원히 잊었다며 말마다 나풀거리는 치맛자락 소리를 냈다. 영원한 사랑은 영원히 잊어야 영원한 것이라며 깔깔댔다. 마치 새로 태어난 것 같았다. 그러더니 마지막에 태수의 소식을 보탰다.

태수는 부림 시장에서 자전거로 채소나 생선을 배달했는데, 갑자기 소식이 끊기더니 이상한 소문이 들린다고 했다. 태수는 가출한 여자애와 동거를 했고, 그 여자가 임신을 하는 바람에 만나는 사람마다 돈을 빌려 달라고 한다는 것이었다. 혹시 나에게도 연락을 할지 모르니 알고 있으라고 했다.

임신이라니? 자전거를 타고 씩씩거리며 개고개를 오르던 태수가 아버지가 된다고? 피식 웃음이 나오다 멍멍해졌다. 하! 스무 살이면 있을 수 있는 일인가? 이유 없는 답답함이 가슴을 눌러왔다.

여름에는 냉면만 먹고 가는 손님이 많았다. 냉면에는 채 썬 것들이 많이 들어갔다. 오이나 무나 배를 채 썰며 칼질을 새로 배웠다. 제대로 배우자고 드니, 여태 거들던 것과는 칼자루를 잡는 법부터 달랐다.

여태 안 보이던 음식 재료들도 자주 눈에 띄었다. 알고 있던 이름과 다른 것도 많았다. 그럴 때마다 주방 아줌마들에게 물어보았다. 그러자 내가 조리사 시험을 준비한다는 소문이 퍼졌다. 차라리 잘됐다고 생각했다. 소문이 나면 마음을 다잡는 데 도움이 될 것이라 생각했다.

누구에게나 대놓고 묻는 것도 점차 부끄럽지 않았다. 오토바이를 타고 주방 뒷문으로 채소를 싣고 오는 그 사람에게도 그랬다. 보통 음식 재료는 사장이 챙기며 잔소리를 보태는데, 그날은 몇가지 안 된다며 나에게 챙겨 두라고 한 것이었다.

열무김치에 넣을 제피가루 봉지에 초피라고 적힌 것을 보고 되물은 것이, 처음으로 붙인 말이었다. 주방 안에서 일하는 아무나에게 묻던 것처럼 눈도 마주치지 않고 봉지를 들며 이게 제피가루가 아니냐고 물었던 것이다. 그러자 엉뚱한 말이 돌아왔다.

"거기는 고향이 오데요? 우리 동네서도 제피라 카는데."

고개를 돌려 보니 키가 큰 남자가 짐칸으로 만든 뒷자리에 고무 밧줄을 감고 있었다. 눈을 마주치자 너무 가까이 서 있다는 것을 알았다. 그도 내게 눈을 오래 두지 못했다. 몇 걸음 물러나서 봉지를 코에 대 보았다. 틀림없는 제피였다.

"부산 사람들은 산초라 카는데, 그게 본 이름이 초피라요. 산초는 따로 있고. 나도 이 일 함서 알았소."

말을 마치더니 오토바이에 올라탔다. 시동도 걸지 않고 내리막으로 미끄러져 내려간 오토바이는 부곡동으로 꺾어지는 길 가까이에서 쿨럭쿨럭 기침 소리를 내다가 곧 달달달 규칙적인 소리를 남기고 사라졌다. 감색 해가 먼 산 뒤로 빠지고 있었다.

며칠 뒤 저녁 설거지를 하고 있는데 사장이 주방 뒤로 가 보라고 했다. 손을 훔치며 뛰어갔더니 그 사람이 서 있었다. 까만 비닐 봉투를 들고 있었다. 급히 걸음을 멈추다가 몸이 앞으로 쏠려 잠시 비틀거렸다.

"조리사 시험 준비한다면서요. 예전에 괜히 샀다가 보지도 않고 있었는데, 버릴라 캤는데, 마침 잘됐소."

봉투를 내밀고 머리를 뒤로 쓸어 넘겼다. 얼굴과 달리 이마는 하앴다.

"아니, 그건 어찌 알고……."

"소문이 다 났더만요……. 갑니다."

봉투를 받아 들자 머릿속에 안개가 가득 차 버렸다. 안개 속에서 오토바이는 내리막으로 미끄러져 내려갔다. 사장이 부르는 소리를 듣고서야 안개가 걷혔다.

"태식이, 그 총각이 전부터 니가 뭐하는 사람이냐고 자꾸 물어
쌓더라. 일하지 뭐해! 했더니, 그거 말고 진짜로 뭐하는 사람이
냐 해서 내가 말해 줬다."

사장은 희미하게 웃으며 묻지도 않은 말을 했다. 별안간 낯이
뜨거워지며 가슴에서 쾅쾅거리는 소리가 났다.

그날 일을 어찌 마쳤는지 모르겠다. 집으로 오는 걸음이 공중
을 딛는 것 같았다. 평소에 다니던 길이 아닌, 가로지르는 지름길
로 걸었다. 방에 들어서자마자 봉투를 열었다. 봉투 안에는 두툼
한 책이 들어 있었다. 책은, 깔깔한 새 책이었다.

새 책의 냄새에 눈물이 핑 돌았다. 낯선 감정에 놀라 책을 내려
놓고 허둥지둥 세수를 했다. 수건으로 얼굴을 훔치고, 선 채로 다
시 책을 들었다. 책장을 넘기자 하얀 봉투가 툭 떨어졌다. 그 사람
이 쓴 편지였다.

이태식. 의령댁과 고향이 같으며 먼 친척이라고 했다. 의령댁에
게서도 내 이야기를 들었다며 열심히 공부해서 꼭 합격하길 바란
다고 했다. 편지를 읽는 동안 누가 엿보는 것 같아 빈 방을 둘러보
았다.

의령댁에게 밉보일 일을 한 적은 없는지, 오토바이에서 보이는
곳에서 실수한 적은 없었는지도 생각해 보았다. 생각할수록 가슴
만 방망이질을 쳤다. 다시 편지를 천천히 읽어 보았다. 책에 내 이
름을 또박또박 썼다. 새 책에 내 이름을 쓴 것은 처음이었다.

아침에 한 시간 일찍 일어나고, 집에서는 밥을 먹지 않기로 했다. 식당에 가서 눈치껏 이른 점심을 먹으면 될 것이었다. 밥상에 흰 종이를 깔고 비닐을 덮었다. 책을 쌓아 놓고 볼펜과 연필을 깎아서 앉으니 마음이 차분해졌다.

오랜만에 언니에게 편지를 썼다. 미스 대한실업에 뽑힌 일과 온천장 식당에서 있었던 와사비 사건을 쓸 때는 남의 이야기를 하는 것 같았다. 정영자의 이야기라서 그렇다고 생각했다. 비로소 정영자가 내 몸에서 완전히 빠져나간 것 같았다.

공장을 그만두고 식당에서 일을 시작했으며, 하는 김에 조리사 자격시험을 준비하겠다는 이야기도 썼다. 이태식의 이야기는 몇 번이나 망설이다가 끝내 쓰지 않았다. 아침에 우체통에 편지를 넣으며 편지를 읽을 언니의 표정을 생각했다. 마음이 개운해졌다.

공부는 제법 재미가 있었다. 집에 와서 책을 꺼낼 때부터 마음이 설레었다. 아니, 더 정확히 말하면 일을 마치고 정원가든을 나올 때부터 책을 펼치고 싶었다. 공부가 재미있다니. 희한한 일이었다.

이태식, 그 사람은 하루걸러 가게에 왔다. 물론 이전부터 오가는 것은 같았지만 책을 받은 뒤부터는 다른 사람으로 오갔다. 오토바이 소리가 들리면 가슴이 쿵쿵 울리고 얼굴에 열이 올랐다. 고맙다는 말을 하고 싶었으나 막상 만나면 우물쭈물하다가 돌아서기만 했다.

간혹 집에 오는 길에 의령상회에 들러 일부러 시간을 끌기도 하고 실없이 이것저것 물어보기도 했다.

"요새 채소는 싱싱한 게 들어옵니꺼?"

"이런 거를 때 맞춰 배달할라모 쉬운 일이 아니겠다 그지예?"

의령댁은 나를 빤히 바라보며 말했다.

"우리 집사 태식이가 맡아 놓고 갔다 주니 맘 편히 장사한다. 갸가 갈롱*이라꼬는 모르고 죽을 똥 살 똥 욕본다. 서울서 대학 공부하는 동생을 거둔다고, 지 살 요량은 하는지 몰겄다."

"아! 그런가예?"

"와? 관심 있나? 태식이도 지나가듯이 물어보더니만."

"엥? 관심은 무슨."

그에 대한 조그만 이야기라도 들으면 마음이 환해지는 나와는 달리 이태식은 이전과 다르지 않았다. 오토바이 뒷자리에 싣고 온 채소를 내리고 주방 안으로 들어와 상한 것은 없는지 몇 마디 묻기만 할 뿐, 나와는 따로 눈을 마주치지 않았다. 가까이 오면 내가 얼버무리며 물러나니 오히려 이전보다 멀어진 듯했다.

그래도 일하러 가는 시간이 즐거웠고, 밤과 새벽에 하는 공부도 재미났다. 외워지지 않는 것을 외우는 방법도 알아냈다. 그것은, 이태식이 선생님이 되어 내게 물으면 내가 답을 한다고 생각하는 방법이었다. 그러니 글자들 하나하나가 불을 밝힌 듯 눈에 들어왔다. 알 수 없는 일이었다. 새해가 다가오고 있었다.

---

* 일부러 꾸미고 뽐내는 일.

3

　설에는 언니가 불쑥 꺼낸 말 때문에 한바탕 소동이 일어났다. 설 앞날, 저녁밥을 먹은 뒤 온 식구가 둘러앉은 때였다.

　"아버지, 나, 시집갈게요."

　언니는 당돌하게 말을 꺼냈지만 금방 눈물을 훔쳤다. 눈이 휘둥그레진 엄마나 아버지만큼 나도 놀랐다. 주고받은 편지에서도 기미조차 없던 이야기였다. 그러나 말을 하는 투는 언니답다고 생각했다. "갈지도 모르겠어요."나 "보내 주세요."가 아닌 것이 언니다운 것이었다.

　한참 뒤, 숨을 고른 언니는 그간의 일을 말했다. 작년에 아는 사람이 누굴 좀 만나 보겠냐고 했다. 그때 언니는 어림도 없는 소리 하지 말라며 거절했다. 그런데 가을쯤에 또 다른 사람이 누굴 소개하겠다고 했다. 그런데 둘이 하는 말을 모아 보니, 세상에! 같은 남자였다. 언니는 별일이라고 생각하고 어떤 사람인지나 알아볼 요량으로 만났다고 했다.

　그 사람은 귀화하지 않은 재일동포이며, 할아버지가 함안에 살고 있었다. 언니는 함안이란 말에 이상한 느낌이 왔다고 했다. 첫 만남 뒤 남자는 언니를 계속 만나자고 했고, 언니는 말이 잘 통하지 않지만 만날수록 편안해지는 것이 신기하기만 했다.

　몇 번을 만난 뒤, 남자는 일본으로 돌아갔다. 그 뒤로는 편지로 소식을 주고받았다. 편지는 아버지가 남자의 말을 받아 써 보낸다고 했다. 만날 때를 위해 한글과 한국말을 배우고 있다고 했다. 그러다가 함안에 살고 있는 할아버지를 통해서, 언니가 효부상을 받은 집안의 사람이라는 사실을 알게 되었다며 결혼하고 싶다는 뜻을 전했다.

엄마가 반대하고 나섰다. 말도 통하지 않는 곳에서 어찌 사느냐고, 울음 섞인 말을 쏟아내기 시작했다. 그러나 언니는 단호했다. 하루 이틀 생각한 것이 아니며, 이런저런 생각을 안 해 본 것이 아니라고 야무지게 말했다. 정은 살면서 들면 된다며, 아무도 모르는 곳에서 힘대로 살아 보겠다고 했다. 일본에 가서도 잘 살 자신이 있다고 언니도 지지 않고 말했다.

"못해 준 거만 생각날 낀데, 니를 물 건너로 보내고 내가 살아지겠나?"

"엄마가 못해 준 거 없어요. 엄마도 힘대로 살아온 거 알아요. 그래도 나는 엄마처럼 살고 싶지 않아요. 내가 어찌 사는지 두고 보세요. 내 새끼들은 남의 이름을 달고 살지 않도록, 남들만큼, 아니, 대학 공부도 시킬 거예요. 그리 살려고 마음먹은 거니까, 엄마, 걱정 마요. 내가 누구요? 일곱 살에 황소 끌고 소 먹이러 다녔잖아요."

미안하다는 말만 반복하는 엄마의 등을 쓸며 언니도 울었다. 아버지는 아무 말도 하지 않았다. 나는 마당으로 나와 천천히 걸었다. 몸만 가면 된다는 언니의 말에 해운대에서 언니가 한 말이 떠올랐다. 열일곱 살 때부터 시집을 가기 위해 곗돈을 모아야 한다던 언니.

차례를 모신 뒤 언니는 나를 끌고 성못길에도 따라 나섰다. 언니가 할배 산소에 가서 할 말이 있을 거라고 생각했다. 언니는 변하지 않을 결심을 한 것이었다. 할배 산소에서 언니는 길게 엎드려 있었다. 한참 만에 고개를 들고 꿇어앉은 채로 중얼거렸다.

"할배, 나는 이제 언제 올지 모릅니더. 우리 동생들 공부 잘 하도록 돌봐 주이소, 할배."

언니의 어깨를 잡고 일으켰다.

언니는 5월에 결혼식을 올렸다. 식을 올린 뒤 일본으로 들어가기까지는 촌에서 일을 거들며 책을 사서 일본말을 배울 것이라고 했다. 언니는 집안사람들의 걱정하는 말들도 당차게 이겨 냈다.

결혼식 때문에 정신이 없었기도 했지만 나는 처음 본 필기시험에서 떨어졌다. 처음 본 시험에서 붙을 것이라고는 생각하지 않았지만 막상 떨어지고 나자 마음이 횅했다. 더 단단한 마음이 필요했다. 언니에게 결혼 선물로 합격 소식을 전하고 싶었다. 또 이태식에게 고맙다는 인사도 합격하고 난 뒤에 하고 싶었다.

책을 읽다가 뜻을 알 수 없는 말이 나오면 책장을 접어 두었다가 야학에 갔다. 처음 야학에 갈 때는 뒤에서 누군가가 잡아당기는 것 같았지만 그것도 한두 번이었다. 야학에서 가르치는 대학생 선생들이나 배우는 학생들도 오래 본 사람처럼 대해 주었다. 게다가 시험에 도움이 될 만한 여러 이야기도 해 주어서 공부 방법을 더 알 수 있었다. 보이는 길은 어디든 갈 수 있다고 생각했다.

두 번째 시험에서도 떨어졌다. 점수는 처음보다 올랐으나 합격점수에는 닿지 못했다. 야학 선생은 말뜻을 제대로 이해하지 못하고 고집스럽게 외우려고만 한 탓이라고 나무랐다.

다시, 처음부터 시작했다. 야학에서는 주로 낱말의 뜻을 물었다. 말을 아는 것이 공부였다. 그러다가 우연히 새로운 공부 방법을 찾아냈다. 그것은 내가 식당을 한다면, 하고 생각하는 것이었다. 그래서 나 같은 사람에게 일을 시키려면 어떻게 설명을 해야 할까? 라고 생각하자 어렵다고 생각했던 말의 뜻이 조금씩 이해가 되다가, 어느 순간 실타래처럼 풀렸다. 신기한 일이었다. 내가 식당 주인이 된다는 것은 꿈같은 이야기지만, 어쨌든 생각을 바꾸자 또 다른 세상이 보인, 특별한 경험이었다.

네 번째 시험에서 합격했다. 필기시험 합격 후 실기 시험은 한 번에 합격했다. 〈산업인력관리공단〉의 게시판에 붙은 '한식 조리사 자격시험 최종 합격자 명단'에 있는 이구남! 저게 나인가? 손을 뻗어 만지고 싶었다.

뭉텅이 같은 것이 가슴속에서 올라왔다. 피부가 한 겹 벗겨지고 새살이 돋는 듯했다. 바람이 새 살갗을 어루만지며 지나갔다. 살갗의 솜털들이 바람을 일으켜 몸이 가벼워지는 것 같았다. 내가 만든 처음의 나였다. 스물두 살 된 해의 봄이었다.

4

합격증을 받은 다음날, 오토바이를 기다렸다. 오르막을 올라오는 오토바이 소리가 유난히 크게 들렸다. 마음이 요동쳤다. 고마

움을 전하며 밥을 사겠다고 했다. 다음 주 일요일이 같이 쉬는 날
이었다.

식물원 앞에서 만나자마자 책을 줘서 고맙다고 말했다. 책을 사
주어서 고맙다고 말하려고 했는데 말이 그렇게 나오지 않았다. 그
는 피식 웃으며 앞서 걸었다. 점심을 먹으면서 보니 눈을 자주 깜
박거렸다. 오토바이를 타면서 생긴 버릇이라고 했다. 나보다 세
살이 많았다. 다음 쉬는 날에는 자기가 밥을 사겠다고 했다. 헤어
질 때쯤에 오빠라고 불렀다.

일하는 자리가 바뀌었다. 주방에서 반찬을 담당하던 아주머니
가 그만둔 날이었다. 그 일을 맡았다. 사장은 내가 승진했다고 직
원들을 모아 놓고 말했다. 부르는 이름도 이 양에서 이 실장이 되
었다. 자격증의 힘이었다. 사장은 내 자격증을 복사해서 액자에
넣어 계산대 뒤 벽에 걸었다. 월급도 올려 주었다. 옷도 흰색으로
바뀌었다.

하는 일이 하나로 정해지자 일의 순서가 한눈에 들어왔다. 주방
에서 일어나는 일들이 내 일 같아졌다. 사장은 내 말을 대부분 그
대로 따라 주었고 식재료 창고의 열쇠도 복사해 주었다. 채소를
들이며 오빠와 몇 마디씩 주고받는 재미는 뜻밖의 것이었다.

놀라운 것은, 그 일들을 마치 준비한 것처럼 해내는 내 모습이
었다. 새로운 밑반찬을 계획하고 필요한 재료를 주문하는 일은 재
미있었다.

쉬는 날에 오빠와 함께 다른 식당에 가서 밥을 먹는 것도 하나

의 일처럼 생각되었다. 색다른 반찬이 나오면 조리법을 물어보기도 했다. 서면 해남식당의 파김치와 온천장 남도식당의 시락국은 특히 기억에 남았다.

해남식당의 파김치를 흉내 내어 한 달 뒤에 내놓았다. 조기젓갈에 푹 삭힌 것이었다. 손님들에게는 구운 고기를 싸먹는 곁들이 반찬으로 권했다. 곧 반응이 나타났다. 고기를 먹고 가면서 파김치만 따로 사겠다는 사람도 있었다. 겨울에는 시락국에 들깨가루와 홍합 다진 것을 넣어서 내놓았다. 역시 찾는 사람이 많았다. 사장은 설 보너스를 따로 챙겨 주었다.

5

국이가 대학교에 들어갔다. 붙어살던 일가붙이들 중 처음 있는 일이었다. 아버지는 취할 때마다 자랑했지만 엄마는 그때마다 입막음을 했다. 고등학교를 졸업하고 창원의 공장에 자리를 잡은 복이가 물려준 염소를 팔아 등록금에 보탰다고 했다. 학비가 싼 대학을 골라 갔기 때문에 빚을 내지는 않을 거라고 했다.

언니는 역시 언니답게 살았다. 시부모를 모시는 살림에 두 아이를 키우면서도, 김치를 만들어 알음알음으로 팔았다. 그렇게 번 돈을 형부 몰래 아버지께 보내기도 했다. 어쨌거나 손을 잠시도 놀리지 않았고, 그렇게 나대고 산 덕분에 몇 달 만에 일본 사람들과 말을 통했다. 놀란 사람들이 비결을 물으면 "입은 손을 따라 다니더라."고 한다고 했다.

사진 속에서 아이를 안고 있는 형부는 행복해 보였다. 아이를 내려다보며 웃고 있는 모습은 양지쪽에 앉은 민들레 같았다. 형부는 언니가 쓴 편지 밑에 구불구불한 글자를 덧붙이기를 좋아했다. 형부가 일본말로 하고 싶은 말을 하면, 언니가 한글로 써 주고, 그걸 베껴 쓴다고 했다. 일본에 놀러 오라고. 맛있는 거 사 주겠다고. 이제 와사비는 잘 먹느냐고. 언니가 독해서 무섭다고. 아이가 예쁘다고.

일요일이면 자취하는 국이가 종종 놀러 왔다. 반찬을 얻어 가고 시골 소식도 전해 주었다. 옥귀와는 편지가 끊어진 지가 오래되어 국이가 전해 주는 소식은 반가웠다. 옥귀는 여전한 듯했다. 간혹 일상이와 영곤이 이야기도 들었다. 사관학교 제복을 입은 일상이 촌에 오면 아이들이 졸졸 따라다닌다고 했다. 태수의 소식이 궁금했지만 국이도 아는 게 없다고 했다. 다들 제 앞에 놓인 이십 대를 살아가고 있다고 생각했다. 추석에 촌에 가서 듣지 말아야 할 소식을 듣기 전까지는.

자전거포로 시작해서 농기구까지 취급하며 제법 돈을 번다고 소문이 났던 영곤이의 형인 일곤은 무슨 바람이 불었는지 갑자기 목장을 하겠다고 했다. 자전거포만 영곤이에게 따로 떼어 주고 가게를 정리한 뒤, 빚을 내어 뒷산을 빌리고 축사를 짓고 소를 넣었다. 울타리를 치고 창고를 지어 사료 포대를 쌓았다. 산을 일구어 옥수수와 사료용 풀을 심고 트럭을 몰고 다녔다. 쇠똥을 이웃에게 나눠 주며 인심도 썼다. 소마다 이름을 지어 사람을 부를 때처럼 불렀다.

동네 어른들은 일곤이의 낯선 씀씀이를 걱정하기도 했으나 겁 없이 덤비는 젊음을 부러워했다. 어쩌다가 공술이라도 얻어먹은 날에는 딸을 고등학교에 보낸 것을 후회하기도 했다.

그러다가 덜컥 일이 터졌다. 사들인 소가 새끼를 한 배도 낳기 전이었다. 일 년을 먹인 소 값이 들일 때의 반값에도 못 미쳤다. 사료 값은 오르기만 했다. 소문에는 대통령의 동생인가 형인가가 외국 소를 수입하여 생긴 일이라고 했다.

일곤이에게 돈을 댄 사람들이 눈치를 채고 죄어 오기 시작했다. 몇은 축사 앞을 지키고 밤을 새웠다. 동네 사람들도 일곤이의 집에 드나들지 않았다. 빚을 내어 빚을 막길 여러 번, 일곤은 어느 날 방문을 닫고 들어앉아 버렸다. 다음날도 바깥출입이 없었다. 끼니마다 밥을 방에 넣었으나 빈 그릇이 나오지 않았다. 끙끙 앓는 소리로 살아 있음만 알렸다.

이틀이 지난 밤, 일곤은 방문을 열고 나와 축사로 갔다. 아버지는 초저녁부터 홧술에 녹아 방바닥에 눌어붙은 날이었다. 엄마는 어쩌나 싶어 아들을 따라갔다. 아들은 꼬리를 흔들며 아는 체하는 소의 목덜미를 말없이 손으로 쓸었다. 그런 뒤 축사 창고 안으로 들어갔다.

엄마는 얼빠진 듯 후적후적 걷는 아들이 마음에 걸렸으나 정신을 차리고 일을 시작한 것이 장하다고 생각했다. 내려오면 먹을 국밥이라도 끓여야겠다고 생각하고 먼저 집으로 내려왔다. 그러나 아무리 기다려도 아들은 내려오지 않았다. 한참을 기다리다 축사로 갔다.

"곤이 아부지! 곤이 아부지! 동네 사람들아! 이 일을 우짜꼬, 이 일을 우짜꼬! 일곤아! 일곤아! 아이고, 곤아! 곤아!"

찢어지는 쇳소리가 어둠을 찢자 동네 사람들이 달려갔다. 창고의 문은 안에서 잠겨 있었다. 장도리로 자물통을 부수고 들어갔을 때는 이미 손을 쓸 수가 없었다. 사료 창고 바닥에 토사물을 뒤집어쓰고 굳어 버린 아들을 안고 정신을 놓아 버린 일곤이 엄마를 누구도 일으킬 수가 없었다. 술이 덜 깬 아버지는 불에 덴 듯 울부짖으며 아들을 잡고 흔들었지만 아들은 거품을 거푸 토할 뿐이었다. 셋이 엉겨 붙은 사료 창고에는 크라목손 냄새가 가득했다.

구장이 오토바이를 타고 학교 뒤 동회관까지 가서 파출소에 전화를 했고, 곧 경찰 오토바이 두 대와 병원차가 들이닥쳤다. 경찰관 둘이 일곤 엄마를 떼어 내 동네 사람들에게 맡기자 땅바닥에 풀썩 주저앉아 팔다리를 푸들푸들 떨었다.

일곤은 하얀 천에 둘둘 말려 병원차에 실려 갔다. 영곤이가 따라갔다. 차가 떠나자마자 일곤의 아버지가 헛간으로 달려갔다. 경찰관 둘도 따라 달려갔다. 곧 헛간에서 와장창 부서지는 소리가 났고 경찰관과 엉킨 셋은 덩어리가 되어 마당으로 굴러 나왔다. 경찰관 둘이 팔다리를 눌러 손에 쥔 농약병을 떼어 내고 있었다. 눈치를 챈 남자들이 달려들었다.

일곤의 아버지는 경찰관에게 두 팔을 잡힌 채 말문을 닫았다. 새벽이 돼서야 경찰을 따라 갔다가 다음날 저녁이 돼서야 동네로 왔다. 아들은 마산의 병원에 도착하기 전에 숨이 졌다고 했다. 일곤이 아버지는 아들의 방을 뒤져 종이 한 장을 들고 나와 구장에게 내밀며 읽어 달라고 했다. 구장은 종이를 받아 들고 먼 산을 한참 본 뒤 천천히 읽었다.

아버지, 어머니, 죄송합니다. 돈에 한이 맺혀 죽을 똥 살 똥 살았습니다. 하면 될 줄 알았습니다. 아재들 미안합니다. 불쌍한 우리 부모와 동생들을 도와주세요. 나는 화장해서 축사 뒤에 뿌려 주세요. 미안합니다.

영곤의 식구들은 허깨비가 되어 장사를 지냈다. 동네 사람들이 다 나섰다. 영곤이 장례 중간에 "전두환이 개새끼!"라고 고래고래 울부짖으며 곡괭이로 사료 포대를 찍어 대자 구장이 끌어안고 입을 막았다. 일곤은 유서대로 뒷산에 뿌려졌다.

장례를 마친 뒤 영곤이 나서 집안을 추스르고 부모를 달랬다. 소를 전부 팔아 급한 빚을 갚았다. 사료는 물론 목장에서 돈이 되는 것은 모두 내다 팔았다. 그래도 못 갚은 빚은 영곤이 받아 안았다. 영곤의 자전거포를 잡겠다는 사람도 있었으나 그것은 동네 사람들이 나서서 막았다. 외줄로 남은 밥줄마저 끊어 버리면 줄초상이 난다며 떼로 나섰다. 영곤이는 그 사람들 앞에 한나절이나 꿇어앉아 죽을 때까지라도 갚겠다고 약속했다.

며칠 뒤 영곤이는 엄마만 남겨 두고 아버지와 여동생 둘을 데리고 동네를 떠났다. 꺽꺽대며 다시는 촌에 들어오지 않을 거라며 동네 사람들 앞에 다시 무릎을 꿇었다. 두어 마지기 논농사의 가을걷이가 끝나면 엄마도 함께 갈 것이라고 했다. 여동생은 살림을 살고 아버지는 마산으로 출퇴근하며 변소 푸는 일을 할 거라고 했다.

"게가 구멍이 크면 죽는 법인데…… 산 목심은 그래도 살아야 한담서 식구들을 챙기는, 니 또래, 갸를 보고 사람들이 안심을 했다. 우짜겠노? 산 목심은 살아야제. 갸가 속으로 철이 다 들었더라."

엄마는 눈꼬리를 훔치며 말했다.

부산으로 돌아오는 기차 안에서는 내내 영곤이 생각만 났다. 내 육성회비를 훔쳤다고 의심받아 아이들에게 둘러싸였을 때, 소처럼 눈물이 그렁그렁하던 눈, 수시로 콧물을 닦아 반질반질하던 소매 끝. 공중으로 고무신을 차올리며 매바위로 갔던 소풍. 매바위 둑 풀밭에서 벌어진 씨름판에서 일상이에게 깔리고도 히죽 웃어 드러났던 누런 이. 기름때가 낀 손톱.

목이 차올랐다. 차라리 예전처럼 어리숙해서 욕이나 먹는다면 덜 슬플까? 철이 들었다는 말에 더 목이 뜨거웠다. 철이 들어 형을 묻는구나. 고향을 떠나는구나. 영곤아!

추석을 보내고 부산에 오자 침을 삼키기 힘들었다. 불을 넣고 겨울 이불을 꺼내 덮어도 한기는 가시지 않았다. 뜨거운 설탕물을 마시고 이불 속에 들었지만 잠은 오지 않았다. 자는 것도 아니고 아닌 것도 아닌 채 눈만 감으면 희미한 재색의 하늘이 끝없이 펼

처졌다. 잿빛 하늘은 큰 천을 펼친 것처럼 울렁거렸다.

그러다 까무룩 잠이 들었다. 나는 잿빛 땅을 밟고 늪가의 언덕에 서 있었다. 비바람이 세차게 불어 절로 걸음이 떼어졌다. 디딘 언덕이 빗물에 흘러내리고 있었다. 무너지는 언덕의 테두리가 내게로 다가왔다. 손을 뻗어 나뭇가지를 잡았다. 차갑고 물컹한 느낌이 온몸을 쓸고 지나갔다. 놀라서 잡은 가지를 보니 뱀의 몸뚱이였다. 후다닥 손을 털며 벌떡 일어나 앉았다.

앉은 채로 이불에 얼굴을 묻었다. 입이 바삭 말랐다. 일어나야 한다고 중얼거렸다. 다리로 힘을 모아 보았으나 오금에까지 힘이 뻗어 가지 않았다. 팔을 뻗대고 기어가서 물을 마셨다. 벽을 짚고 서서 머리를 세게 흔들었다. 어금니를 깨물고 밖으로 나와 뱀을 쥐었던 손을 씻었다. 엄마가 챙겨 준 것들을 정리하고 연탄을 갈았다.

아침에 아무것도 먹지 못하고 출근했다. 사장은 쌍꺼풀이 생겼다며 흰소리를 했다. 다행히 명절 뒤라 손님이 적었다. 내내 등에 볕을 받으며 주방 의자에 앉아 있었다. 해거름에야 몸의 힘줄이 제 길로 뻗치는 것을 느낄 수 있었다.

그날 저녁 무렵 전화를 받은 사장이 큰소리를 냈다. 오빠와 명절 인사를 주고받는 것 같더니 곧 사장의 음성이 높아졌다. 얼굴이 달아오른 사장은 이 사람 저 사람 어쩌고 하더니 전화를 끊고 모두를 불러 모았다.

"갑자기 태식이가 배달을 못 한단다. 무슨 일이 생긴 모양인데 자세한 말을 안 하네. 내일 찬거리 챙겨 보고 저녁이나 내일 아침에 누가 장을 봐 와야겠다. 허, 참. 한 번도 이런 적이 없었는데 무슨 일인지 모르겠네."

냉장고를 뒤져 보고 부족한 물품을 챙겼다. 급한 대로 내일 아침에 장을 보면 큰 문제는 없을 것 같았다. 오빠는 의령에 갔을 텐데, 무슨 일이 생긴 것일까? 마음이 뒤숭숭했다. 머리가 다시 지끈거렸다. 집으로 가려다가 부곡동 오빠의 가게로 발길을 돌렸다. 가게는 셔터가 내려져 있었다. 셔터에는 "추석 연휴 휴무"라고 쓴 종이만 아래가 찢어진 채 팔랑거리고 있었다.

구월산 위에 달이 떠 있었다. 달빛은 골목을 하얗게 색칠하며 산으로 끌고 갔다. 달빛이 옷을 뚫고 바람을 불어 넣었다. 몸서리가 쳐져서 옷을 여몄다. 오빠에게 무슨 일이 생긴 것일까?

다음날도, 그 다음날도 오빠는 오지 않았다. 사장이 투덜대며 시장을 봐 날랐다. 퇴근하고 매일 오빠 가게에 갔으나 셔터는 여전히 내려져 있었다. 휴무를 알리던 종이는 찢어져 버리고 네 귀퉁이에 붙인 테이프만 남아 있었다. 의령댁을 찾아가서 오빠 소식을 물었으나 모른다고 했다. 한 달이 지나자 사장은 용달차를 모는 사람으로 배달하는 사람을 바꾸었다.

식당 입구의 벚나무들이 먼저 잎을 떨구었다. 풀 속에서 모습을 드러낸 바위들은 얼굴이 검었다. 산에 선 키가 큰 나무들은 바람을 불러 우수수 잎을 털었다. 겨울이 빨리 오고 있었다. 오빠는 의령에 있을까?

동상동 시장을 돌아다니다 집으로 가던 날이었다. 의령댁 가게
가 보이는 골목에 섰다. 낯익은 오토바이, 돌아앉아 등이 보이는
사람. 오빠였다. 목둘레에 털이 달린 검은색 점퍼를 입고 있었다.
의령댁을 마주보고 고개를 주억거리다가 천정을 보기도 했다. 구
부정하게 숙인 어깨가 흐려졌다.

눈을 깜빡여 안개를 걷어 내고 천천히 걸어갔다. 나를 본 의령
댁이 벌떡 일어섰다. 오빠도 돌아서며 일어섰다. 오빠의 오금에
밀린 걸상이 넘어져서 몇 바퀴 굴렀다. 오빠는 허리를 구부려 걸
상을 세우며 나를 봤다. 히죽 웃는 듯했다. 수염이 자라 낯선 얼굴
이었다.

"오빠!"

"어……."

오빠는 말을 잇지 못하고 눈을 깜빡이며 이마를 쓸어 넘긴 손
바닥을 바지에 문질렀다. 의령댁이 내가 앉을 자리를 만들었으나
나는 가게 안으로 들어가지 않았다. 오빠가 가게 밖으로 나왔다.
앞서서 걸었다. 바람이 골목으로 몰려왔다. 파출소 앞, 2층 다방에
들어갔다.

"연락 못 해서 미안해."

오빠는 눈을 마주보지 못하고, 두 손으로 모아 쥔 물잔에 눈을
담그고 있었다.

"몸은 괜찮아요?"

"미안해! 연락할 방법이 없었어. 추석 쇠고 바로 서울에 갔어."

"동생한테 무슨 일 있어요?"

오빠는 물을 두어 모금 마시고도 말을 하지 않았다. 고개를 들어 창밖을 보는 눈이 젖어 있었다.

"호식이 인마가……."

한참 만에 한 마디 하고는 다시 입을 닫았다. 오빠의 눈을 바라볼 수가 없었다. 커피가 나왔다. 커피 잔에 설탕과 크림을 넣고 젓자 회오리가 생겼다. 회오리는 잔거품을 끌고 가라앉히려고 용을 썼다. 그럴수록 거품은 자기들끼리 하얗게 뭉치며 저항했다. 오빠가 커피를 한 모금 마셨다. 울대가 유난히 불룩거렸다.

호식은 추석 때 집에 오지 않았다. 대신, 지서에서 온 순경이 호식의 소식을 전했다. 호식은 학교에 나가지 않고 구로공단에 있는 공장에 다니고 있다고 했다. 무슨 말인지 알 것 같았다. 뉴스에서 듣던 내용이었다.

"인마가 선배들한테 꼬여서 공장에 가서 데모를 만들고……, 그러다가 경찰에 쫓기고……, 지가 공장에 와 가노? 내가 학비고, 생활비고 안 모자라게 보냈는데……, 지가 데모는 해서 우짤끼고? 내가 잡으러 갔더니 숨고. 한 달 만에 겨우 잡았더니……."

오빠는 말을 잇지 못했다. 물을 더 시켜 오빠 앞으로 내밀었다. 잔을 드는 오빠의 손이 바르르 떨렸다.

"노동자가 어쩌고. 나를 가르칠라 들고……. 지가 일이나 해 봤나?"

높아진 목소리를 꺾어 삼키며 동의를 구하듯 고개를 들었다. 나는 오빠 눈을 바라볼 뿐이었다.

"아무리 달래고 왈기도 안 돼! 니만 기다리는 엄마를 생각하라고, 쎄빠지게 배달해서 돈 버는 나를 좀 생각해 달라고, 울면서 사정을 해도 듣지 않아! 그래서 몇 대 때리고……, 그랬더니 또 도망을…….”

말을 삼킨 오빠의 어깨가 들썩거렸다. 오빠의 숨이 고를 때까지 한참을 기다렸다가 말했다.

“오빠가 좀 더 기다려 주면 안 될까요?”

“뭘 기다려?”

갑자기 오빠의 목소리가 높아졌다.

“누가 말린다고 될 일은 아닌 것 같아요.”

천천히, 힘주어 낮게 말했다.

“남의 이야기라고 쉽게 하지 마!”

오빠는 주먹을 쥐락펴락 하다가 바지에 손바닥을 닦았다.

“그래요. 그렇지만 오빠가 할 수 있는 일은 별로 없을 것 같아요. 내게 남의 이야기이듯, 오빠에게도 남의 이야기일 수도 있어요.”

“남? 엄마가, 내가, 지를 우찌 서울에 보내는데, 지가…….”

다시 한참 동안 말이 없었다.

“오빠, 일어나요.”

오빠는 물컵만 바라볼 뿐 꿈쩍하지 않았다. 답답함이 몰려와 견딜 수 없었다.

“먼저 일어날게요.”

오빠가 눈을 둥그렇게 떴지만 그대로 돌아섰다. 계단을 내려오는데 눈물이 툭 떨어졌다. 무슨 까닭에서 나온 눈물인지 알 수가 없었다.

한 달이 지난 뒤 오빠가 찾아왔다. 그 한 달 동안 내가 오빠를 위해 할 수 있는 일을 생각해 보았으나 아무것도 없었다. 선글라스만 하나 사 두었을 뿐이었다. 오빠는 미안하다는 말만 반복하다가 가게를 팔겠다고 했다. 이 꼴 저 꼴 안 보겠다며 외항선을 타겠다는 말을 남기고 돌아섰다. 선글라스는 꺼내 보지도 못했다. 오빠가 일어선 빈자리에서 불에 덴 비닐봉지처럼 쪼그라드는 내 마음을 보았다.

오빠가 가고 난 뒤 익숙하던 많은 것들이 새삼스럽게 보였다. 동상동의 골목길도, 식당 입구의 벗나무 길도 갑자기 나타난 것처럼 낯설었다. 짬짬이 내려다보며 숨을 골랐던 동상동의 모습도 이전과 달랐다. 노랑 파랑 물통들이 무겁게 집을 누르고 있었다. 먹물 같은 것이 천천히 몰려오는 것을 느꼈다. 마음속에서 꾸역꾸역 밀려나온 먹물은 점점 차올라 발목과 무릎을 넘어 가슴으로 올라올 것이었다.

밖에 나가기가 겁이 났다. 밝은 곳에 서면 알몸이 다 비칠 것 같았다. 사람들은 발가벗은 나를 힐끔거렸다. 거리에는 발가벗은 나를 조롱하는 말들로 가득했다. 나이를 속이고 남의 이름으로 공장에 다녔던 국졸의 계집애.

일을 하면서도 주방 사람들의 이야기가 귓등으로 흘렀다. 새 반찬을 만들 마음은 완전히 사라졌다. 고기 비린내가 진해졌고, 주방의 냄새도 역겨웠다. 어렴풋이 '내가 왜 이러고 있나? 일해야 하는데' 하는 생각이 떠올랐지만 그 생각을 붙잡을 힘이 없었다.

'아! 내가 살아남으려면 이 동네를 떠나야겠구나.'

그것이 유일하게 떠오른 희망적인 생각이었다.

먹물 속에서 허우적거리며 버틴 시간은 한 달이었다. 결국 식당을 그만두겠다고 사장에게 말했다. 사장의 눈을 마주볼 수 없어 벽에 붙은 시계를 보고 말했다. 째깍째깍 돌아가는 시계 바늘이 어지럼증을 일으켰다. 시계 위의 자격증이 흐려졌다. 사장은 예상한 듯 쉽게 답했다.

"내가 먼저 좀 쉬라고 할라 캤다. 요새 이 실장은 불면 자빠질 것 같더라. 이 실장 자리는 고대로 둘 테니까 좀 쉬다 온나. 그때 다시 보자."

가게를 나서자 사장이 따라 나와 주머니에 뭘 찔러 주었다. 내려올 때 몇 번 무릎이 꺾였다. 목덜미가 서늘했다.

방에 들어와 그대로 누워 버렸다. 허리가 바닥에 눌어붙었다. 이제 식당에 가지 않겠구나! 이제 조리사도 아니구나! 그러면 이제 나는 무엇인가? 가물가물 아지랑이 같은 게 보였다. 등줄이 서늘했다. 몸을 웅크렸다. 모래 구멍으로 바람이 새는 풍선처럼 몸이 천천히 오그라들었다.

얼마나 잤을까. 목이 말라 눈을 떴다. 퇴근한 차림 그대로였다. 옷을 갈아입으려는데 주머니에서 봉투가 툭 떨어졌다. 주머니를 찌르던 사장의 손이 생각났다. 며칠 당겨진 월급이었다. 그런데 봉투가 하나 더 있었다. 월급의 반이 들어 있었다. 일주일 정도 쉬고 오라던 사장의 목소리가 떠올랐다가 다시 무거워진 눈꺼풀에

덮였다.

꼬박 하루를 더 누워 있었다. 그러다 속을 뒤집는 구역질에 잠을 깼다. 누운 채 거울을 당겨 보았다. 퀭한 눈 위로 머리카락이 흐트러져 있었다. 눈물이 핑 돌았다. 안간힘을 써서 앉았다. 손가락이 머리카락 속으로 들어가지 않았다. 이를 앙다물고 기어 나와 목욕 채비를 했다.

긴 시간 목욕을 했다. 온몸을 박박 밀었다. 찬물과 더운물에 번갈아 들어가며 떠오르는 생각들을 씻어 내렸다. 잘 가라 오빠. 잘 가라 정원가든. 몇 번이나 일삼아 중얼댔다.

며칠을 일없이 지내자 조금씩 답답해지기 시작했다. 먹물이 보일 때부터 깨어나는 방법은 알고 있었다. 먹물에 잠기는 병에서 깨어나려면 언제나 몸을 써야 했다.

옷장부터 정리했다. 오빠를 만나러 갈 때 입었던 치마들. 다시 치마를 입을 일이 있을까? 조리사 시험을 준비했던 책을 앞에 두고 잠시 손을 멈췄다. 책갈피를 펼쳐 편지를 찾아냈다. 버릴 종이들 사이에 넣어 버렸다. 선글라스도 포장한 채로 버렸다. 울지 않을 것이다.

방을 내놓았다. 집주인은 곧 겨울인데 방이 나가냐고 투덜댔다. 정원가든에 들렀다. 월급 외에 더 받은 봉투가 고삐처럼 나를 묶고 있었다. 사장에게 봉투를 내놓으며 사람을 구하라고 했다. 사장은 좀 더 생각해 보라고 했지만 나는 희미하게 웃기만 했다. 어색한 시간이 흘렀다. 사장은 천천히 손을 내밀어 악수를 청했다.

"이 실장 덕을 많이 봤다. 이건 퇴직금이라고 생각하고 받아 줬으면 좋겠다. 이거라도 받아 주지 않으면 내가 나쁜 사람이 될 것 같다."

사장은 기어이 봉투를 다시 내밀었다. 망설이다 받아 넣었다.

"모두에게 인사 못 드리고 가서 죄송하다고 전해 주세요."

눈가가 뜨거워져 고개를 숙이고 한참이나 있었다.

식당 입구에 섰다. 오토바이를 타고 가던 오빠의 뒷모습이 탈탈거리며 지나갔다. 세차게 고개를 흔들었다. 바람이 제법 찼다. 찬바람이 몸을 훑고 지나가도록 두 팔을 머리 위로 들었다.

6

어디로든 가 보자. 사흘은 집에 오지 않으리라. 불쑥 생긴 마음이 겁이 났지만 몇 번이나 다짐하고 나선 길이었다. 부산진역 역사 안에 걸린 지도 앞에 섰다. 부산에서 위로 뻗어 나간 길을 눈으로 달렸다. 혼자였지만 더 혼자이고 싶었다. 그래서 멀수록 좋았다. 동해 바닷가로 뻗어 있는 철길. 그 끝에 강릉이라는 도시가 매달려 있었다. 도착하면 밤. 날이 바뀌지 않고는 도저히 다시 돌아오지 못한다고 생각하자 난데없이 설레는 마음도 생겼다.

바다는 깨알처럼 소곤거리다가 울컥 솟구쳐 하얀 눈물을 공중에 뿌렸다. 잠시 빛나던 눈물은 떨어지며 바위를 어루만졌다. 바위는 바다의 눈물로 몸을 씻고 말갛게 다시 태어났다.

사람들은 바다 냄새를 묻히고 탔다가 바다 냄새 속으로 내렸다. 바다는 달리는 기차를 바라보다가 사람들이 내리면 마을까지 마중을 나왔다. 이마를 반짝이며 엄마를 기다린 아이는 엄마가 든 보퉁이에 매달려 지붕이 낮은 집으로 들어갔다. 차창을 들어 미역 냄새로 낯을 씻었다.

포항 지나 울진까지 봄의 둑새풀 색이던 바다는, 삼척을 지나자 가을의 쑥색 얼굴로 나타났다. 오후의 햇살에 느긋해진 바다는 긴 팔을 뻗어 모래밭을 집적였다. 옆구리에 손길을 받은 모래밭은 흰 이를 드러내며 데굴데굴 굴렀다. 동해역을 지나자 수평선 근방에 하얀 불빛이 돋아났다. 등대도 불을 밝혀 답했다.

강릉역에서 내렸다. 태어나서 가장 멀리 왔다. 낯선 도시는 오징어를 굽는 냄새로 가득했다. 발가벗겨진 오징어는 불 위에서 온몸을 꼬다가 오그라졌다. 버스정류장으로 갔다. 가장 먼저 만나는 버스를 타고, 무조건 종점까지 가 보잔 생각이었다. 무섬증과 설렘이 함께 일었다.

어디로 가도 마찬가지, 혼자니까. 속으로 단단히 약속해 버렸다. 경포대란 글씨를 이마에 붙인 버스가 멈추었다. 경포대해수욕장? 들어 본 이름이었다.

경포대 모래밭은 어둠에 묻혀 있었다. 먼 바다에는 별이 떨어져 묶인 것처럼 불을 밝힌 고깃배가 떠 있었다. 솔밭을 지나 모래밭으로 내려갔다. 서늘한 바람이 옷깃을 파고들었다. 오빠는 저 바다 건너 어디쯤에 있을까? 달려온 파도가 모래 위에서 무릎을 꿇었다.

파도는 오빠가 탄 외항선에 닿을 수도 있겠지! 눈물이 몇 방울 떨어졌다. 눈물이 떨어진 곳을 밟고 섰다. 어두운 백사장을 한참 걸었다. 냉기가 훅 다가왔다.

바닷가에 줄지은 여관들을 지나 길 건너편에 있는 여관에 들어갔다. 오늘은 바다를 보지 않을 것이다. 혼자냐고 물으며 고개를 갸웃거리던 할머니는 몇 번이나 아래위를 훑어봤다. 내일 아침 첫 버스를 탈 수 있게 깨워 달라고 하자, 그때서야 안심하는 표정이 되었다.

불을 끄고 누웠으나 잠은 오지 않았다. 또 혼자가 되었다. 언니도, 오빠도 갔다. 복이도, 국이도, 덕이도 제 길로 간다. 엄마와 아버지도 나는 아니다. 혼자는 익숙한 나의 모습이었다. 이제는 울지 않으리라. 내일은 깊은 산속으로 가야겠다고 문득 생각했다.

깜빡 잠이 들었다. 가르릉 가르릉, 식당 입구 비탈길을 내려가는 오토바이 소리가 들렸다. 오토바이? 아니야. 기차를 타고 왔는데. 낡은 전화기가 겨우 벨소리를 울리고 있었다.

손을 뻗어 수화기를 들었다. 일어날 때를 알리는 여관 할머니였다. 시내로 들어가는 버스의 출발 시각을 알렸다. 거울 앞에 앉아 다짐했다. 더 낯선 곳으로 가자.

강릉 버스터미널에서 10분 뒤 오색으로 가는 버스가 있었다. 터미널 밖에서 찐 감자와 감자떡을 샀다. 손으로 전해지는 찐 감자의 온기에 서서히 마음이 들떴다. 아! 이런 게 여행이구나! 그래,

낯선 곳으로 가 보자. 거기도 사람이 살겠지.

겨울답지 않게 포근한 날씨였다. 도시를 벗어난 버스는 곧 산길로 접어들었다. 버스가 고개를 넘으면 다시 산이 막아서고, 산을 비켜서면 산에서 나온 강이 따라왔다. 산꼭대기가 햇살을 받으며 환하게 깨어나고 있었다. 사람들이 타고 내릴 때마다 나무 냄새가 몰려왔다. 버스가 산속에 갇히자 마음이 편해졌다.

식은 감자를 베어 물었다. 동글동글하게 이어지던 늪가의 산과는 달리, 뾰족한 봉우리를 밀어올린 강원도의 산줄기는 힘차고 거칠었다. 골짜기에 남은 눈은 검은 등성이를 더욱 도드라지게 했다. 숲마다 그림자의 빛깔이 달랐다.

닭백숙 간판을 단 집들이 나타나기 시작했다. 오색약수터 정류장에서 많은 사람들이 내렸다. 사람들을 따라갔다. 그들이 어디로 가는지 몰랐지만 겁나지 않았다. 여차하면 돌아오면 될 것이다. 개울을 따라가는 등산로가 이어져 있었다. 천천히 걸어 사람들과 멀어졌다.

개울물은 바위 사이나 얼음 밑으로 흐르다가 바위 밑에 모였다. 모인 물은 거울처럼 맑았다. 사람들이 모여 있는 곳이 보였다. 사람들은 줄을 서서 돌 웅덩이에 고인 물을 떠 물통에 담았다.

주전골 입구 표시를 따라 걸었다. 솟은 바위가 하늘을 가렸다. 사람들은 눈을 뭉쳐 던지거나 바위에 기대어 사진을 찍었다. 높이 솟은 바위틈에는 키 작은 소나무가 안간힘을 쓰며 붙어 있었다. 그 소나무를 한참 쳐다보았다.

마음은 갈수록 가벼워졌다. 지난밤에 잠을 설쳤다는 느낌은 점차로 사라졌다. 방청소를 다 해 가는 느낌, 먹물의 수면이 서서히 낮아지는 느낌. 겨우 하룻밤이 지났을 뿐인데 이렇게 달라질 수 있다니.

걷다가 목이 마르면 엎드려 개울물을 마셨다. 물은 찼지만 달달했다. 바위에 걸터앉아 파란 하늘을 쳐다보았다. 하늘을, 깊이 들이마셨다. 그리고 몸의 깊은 곳에서 끌어낸 숨을 길게 내뱉었다. 온몸에 파란 바람만 가득 채우고 싶었다. 나는 파란 몸이다. 속으로 외치고 웃었다. 대청봉으로 오르는 표시를 보고 돌아섰다. 버스 정류소에서 식은 감자떡으로 늦은 점심을 먹었다. 탁자에 파란 몸을 앉혔다. 자, 이제 어디로 가는 버스가 올까? 짧은 설렘.

앞에 멈춘 버스는 서울행이었다. 서울, 언니가 살았던 서울. 간혹 무슨 일로 가게 될지 궁금했던 서울을 이렇게 가는구나. 그래, 가 보자. 의자에 앉아 주전골의 파란 하늘을 떠올려 다시 깊이 들이마셨다. 나는 파란 몸이다. 차가 미끄러지는 것을 느끼며 눈을 감았다.

버스는 곧장 산길로 들어섰다. 사람들은 산의 아랫배쯤에 집을 얹고 살았다. 어스름이 깔리기 시작했다. 찻길에서 집으로 들어가는 사람들이 보였다. 그들은 엄마나 아버지처럼 하나같이 손에 뭔가를 든 채였다.

저들은 어디서 무엇을 하다가 집으로 가는 것일까? 집에는 기다리는 사람이 있겠지. 집 밖으로 나갔던 식구를 기다리며 밥을 짓고, 그가 들어갈 방을 쓸고 닦겠지. 집에 들어간 사람은 손에 든 것을 건네고, 발을 씻고 마루에 걸터앉아 건너편 산을 바라보겠지. 밖에서 수고로웠던 일을 이야기하면 기다렸던 이들은 고개를 끄덕이고 그의 어깨를 토닥이겠지. 보글보글 끓는 된장을 밥에 얹어 저녁을 먹고, 볕에 널어 말린 이불 밑으로 다리를 펴겠지.

내 방은 잘 있을까? 아무도 없는 방. 언제나 깜깜한 방. 이사를 하리라. 햇볕이 방 안에까지 쑥 들어오는 방, 아침에는 눈이 부셔 잠을 깨는 방, 벽에 그림자가 생기는 방에서 빛기둥에 날리는 먼지를 쓸고 닦아야지. 어금니가 아려 왔다. 눈을 감았다.

서울은 서울이었다. 밤인데도 터미널에는 사람들이 넘쳐났다. 버스에서 내리자마자 제 갈 길로 서둘러 가는 사람들이 부러웠다. 터미널 밖으로 나와 버스 타는 곳에 섰다. 어디로 가게 될까? 설렘도 잠시, 동대문시장이라고 불을 밝힌 버스가 멈추더니 옆구리를 열었다. 아! 동대문시장. 언젠가 언니가 함께 가 보자고 했던 곳. 없는 게 없다고 했던가.

동대문시장에는 멈춰 있는 사람이 없었다. 사람들은 말하면서 걷거나 뛰거나 손짓했다. 흐르는 물 같았다. 자전거와 오토바이는 물을 가로질렀다. 나도 모르게 걸음이 빨라졌다. 낯선 사람들과 덩어리가 되어 떠밀려 다녔다.

꽃밭처럼 불을 밝힌 음식점들이 나타났다. 비로소 앉은 사람들을 보았다. 배가 고팠다. 하루 내내 찐 감자와 감자떡 몇 알 먹은 게 전부였다. 포장마차처럼 차린 칼국수 가게에 앉았다. 사람들은 앉아서도 그냥 있지 못했다. 음식을 기다리며 보따리를 풀고 묶었다. 나도 모르게 젓가락질이 빨라졌다.

옷가게가 몰린 골목에서 엄마 스웨터와 아버지 점퍼를 샀다. 동생들 옷에 눈이 갔으나 크기를 자신할 수가 없어 마음을 접었다. 옷 보퉁이를 들고 나서자 시장 골목에 어울리는 모습이 되었다고 생각했다. 이 골목 저 골목을 기웃거렸다. 골목 끝에 나서자 멀리 서울역이 보였다. 피로감이 몰려왔다.

걸음이 저절로 서울역으로 옮겨 갔다. 40분 뒤에 부산으로 가는 마지막 기차가 있었다. 지쳐서 본 부산이라는 이름은 강한 유혹이었다. 도착 시각은 내일이었다. 사흘은커녕 겨우 한 밤 잤구나. 결국 되돌아가기 위해 집을 나왔구나. 주전골의 파란 하늘을 떠올려 다시 깊게 들이마셨다.

집에 온 다음날 사장과 마주 앉았다. 정말 그만두겠다고 했다. 이유를 묻는 사장에게 부산을 떠날 거라고 말해 버렸다. 다른 이유를 댈 게 없어 무심코 나와 버린 말이었다. 말을 뱉고 난 뒤 아차! 싶었다. 그랬는데, 또 그러지 못할 이유도 없다고 생각했다. 어디로 간들! 그냥 가서 살면 되는걸.

한참 동안 말이 없던 사장이, 갈 곳은 정했는지 물었다. 아직! 이라고 나오려는 말을 겨우 참았다. 그러면 그만두기가 어려울 것 같았다. 생각하는 곳이 있다고 말했다. 사장은 아쉬움을 숨기지 않고 다시 말했다. 정말로 가겠다면 보내 주겠다고. 그리고 소개해 주고 싶은 곳이 있다고 했다.

"어디요?"

사장의 말이 끝나자마자 대뜸 나와 버린 말에 속을 들킨 것 같왔다.

"삼천포!"

"예? 에이."

"잘 가다가 빠지는 삼천포! 농담 아니고. 거기서 내 동생이 횟집을 해. 좀 크게 해. 내가 소개하면 백 프로다. 이 실장 실력이면 동생이 득이다."

서랍을 뒤적거리더니 명함 한 장을 꺼내 주었다.

"이 실장이 부산을 떠나고 싶다는 마음을 내가 쪼매 안다. 젊을 때 누구나 겪는 일이다. 좀 쉬다가 일하고 싶으면 연락해 봐라. 거기 괜찮을 거야."

며칠을 빈둥거렸다. 늦잠도 자 봤다. 아무 버스나 타고 종점까지 가 보기도 했다. 갑자기 생긴 마음에 끌려 부산대학교에도 가 봤다. 정문을 들어갈 때 다리가 떨렸다. 그러나 아무나 드나드는 곳이었다. 학교 안에도 별다른 게 없었다. 곳곳에 걸린 구호들만 찬바람에 흔들리고 있었다. 수위가 잡으면 어쩌나 지레 겁먹은 것이 우스웠다.

내친 김에 부산여자대학교에도 가 봤다. 여자대학교는 어떻게 생겼는지 궁금했다. 그러나 거기도 그렇고 그런 곳이었다. 부러운 마음 정도는 생길 줄 알았다. 그런데 심심할 때 혼자 돌아다니기 좋겠다는 마음만 들어서 오히려 섭섭했다.

그러나 그런 시간도 며칠 가지 못했다. 방이 주인의 걱정과 달리 금세 나가 버린 것이었다. 방을 계약한 사람은 허리까지 닿는 곱슬한 머리 모양과 화장의 진하기가 남달랐다. 짧은 가죽치마가 계단에서 아슬아슬했다. 일주일 뒤에 이사를 오겠다고 했다.

일주일. 그 안에 어딘가에 방을 정하고 일을 찾아야 했다. 방을 구하거나 일을 구하거나 먼저 구한 것이 나머지를 해결할 것이었다. 어디로 갈까? 방이 어서 나가기를 바랐지만, 막상 방이 나가고 나니 아무런 준비도 하지 않고 있었다는 생각에 막막해졌다. 마산, 창원, 진해, 진주. 도시의 이름들만 입에 뱅뱅 돌 뿐이었다. 국이에게 도움을 청할까 하다가 참았다. 알리고 싶지도 않았다.

그러나 다시 부산에 주저앉기는 싫었다. 꼭 그러고 싶었다. 갈 곳이든 일자리든 내가 정하고 싶었다. 그러나 한 가지도 만만하지 않았다. 하루 이틀 시간이 갈수록 마음이 급해졌다.

일단 사장이 소개한 삼천포로 가 보자. 가 보면 무슨 수가 생길 것이다. 사장의 도움을 받는다는 게 마음에 걸렸지만 도리가 없었다. 망설이다 사장에게 말했다. 사장은 흔쾌히 전화를 했고, 그쪽에서 당장 오란다고 했다. 지어낸 말인지도 모르지만 마침 사람을 구하는 중이란 말에 마음이 조금은 가벼워졌다.

해향일식은 삼천포 수산시장 옆, 노산공원 입구에 있었다. 도드라져 보이는 흰색의 3층 건물은 길 건너 수산시장의 비릿한 냄새와 질척한 길바닥과는 좀 어울리지 않는다고 생각했다.

출입문 위에 걸린 커다란 물고기 모양은 꼬리가 2층의 창 하나를 가리고도 남았다. 물고기는 몸의 테두리가 작은 전구로 이어져 있었다. 밤이면 빛나는 전구를 매달고 심해어처럼 빛날 모양이었다. 한자로 쓴 해향일식이라는 간판도 글자 하나가 거리 쪽으로 뚫린 창보다 컸다. 글자는 파도를 흉내 낸 듯 끝을 구부려 멋을 부렸다.

창밖에서 건물 안을 보았다. 계산대 뒤로 뻗은 골마루 양쪽으로 여닫이문이 나란히 이어져 있었다. 일하는 사람들은 같은 옷을 입고 같은 모자를 쓰고 있었다. 한가한 시간인지 몇이 모여 앉아 이야기를 하고 있었다.

주위를 둘러보기로 했다. 노산공원이라는 곳을 천천히 걸었다. 사장의 말대로라면 여기서 일을 할 가능성이 높다. 방은 쉽게 구해질까? 무슨 일을 하게 될까? 내가 조리사 자격증을 가진 것은 사장이 이야기했을 것이다. 만일 일을 하지 못하게 되면 어쩌나. 어찌되든 부딪쳐 보자. 공원에 있는 공중전화로 전화를 걸었다. 다짜고짜로 기다리고 있다며 빨리 오라고 했다. 목소리가 정원가든의 사장과 닮아 마음이 놓였다.

전화를 받은 사람이 누군지는 들어서면서 바로 알았다. 목소리만 닮은 것이 아니었다. 어깨부터 옆구리까지 대나무가 그려진 하얀 옷을 입고 나를 맞이한 이는 얼굴 모양이나 몸집이 누가 봐도 정원가든 사장의 식구였다. 성격은 형님과 달리 거침이 없었다.

"형님한테 다 들었어요. 언제 출근할 수 있어요? 아, 방은 구했어요?"

"아뇨, 아직."

우물쭈물하는 나를 보더니 뒤를 보고 누군가를 불러 2층 방을 쓸 수 있냐고 물었다. 골마루 안쪽 끝 방에서 나온 여자는 손에 행주를 들고 있었다.

"예! 사장님. 청소만 하면 돼요."

"그러면 방 구할 때까지 써요. 방 구하기 싫으면 거기서 살아도 되고. 대신, 방 값은 안 받아. 하하하. 내일부터 와요."

끙끙댔던 일들이 한꺼번에 풀린다는 생각이 들어서 어리둥절했다. 방을 둘러보고 나오자 머리가 턱에 닿는 여자가 와서 키를 쟀다. 내가 움찔하자 "유니폼 맞춰야 해요." 하며 웃었다. 보조개가 예뻤다. 작은 이름표에 유선미라고 씌어 있었다.

사흘 뒤에 출근하기로 하고 부산으로 돌아왔다. 들어갈 방에 맞추려면 짐을 줄여야 했다. 은행에서 처리해야 할 일도 있었다.

이것저것을 한 군데에 묶어 은행에 맡겼다. 동상동이라면 길가에 부엌이 달린 1층 방을 전세로 얻을 수 있는 돈이었다. 부엌 살림살이와 이불을 함안 집으로 보내고 나니, 부산에서의 십 년 살림살이가 여행 가방 두 개에 다 들어갔다.

5장

햇살이 드는 방

1

포구의 사람들은 누구나 당연한 듯 비린내를 뿌리고 다녔다. 안개나 햇살에서도 비린내가 났다. 며칠은 비린내를 피하려고 반으로 가른 배추 속에 코를 박고 쿵쿵거리기도 했다. 그러나 비린내는 지하방의 곰팡이 냄새처럼 차차로 익숙해졌다.

해항에서도 내 일은 주방에서 반찬을 만드는 것이었다. 회를 먹은 뒤에 나가는 밥반찬과, 회 접시 주변에 깔리는 곁들이 반찬을 만들어야 했다. 초밥용 밥과 매운탕 전문인 심 씨 아줌마가 짝이었다. 유선미와 박미혜와 김수정은 3층으로 만든 수레로 음식을 날랐다. 그이들의 옷은 나와 달랐다. 나는 아래위 파랑색이고 흰색 앞치마를 둘렀는데, 그 사람들은 눈에 띄는 연두색 셔츠와 흰색 바지였다.

내가 일하는 주방 앞쪽에서는 생선을 다루었다. 거기는 남자 셋이 일했다. 크기가 다른 여러 개의 칼과 한 발이나 되는 도마를 사용했다. 막 제대했다는 김 군은 주로 수조에서 꺼낸 생선의 비늘을 벗겨 양 씨에게 넘겼다. 양 씨는 매운탕거리와 횟감으로 나누

어 사장의 도마로 옮겼다. 주문에 따라 회를 떠서 접시에 담는 것
은 사장이었다.

사장의 칼솜씨는 화려했다. 오이나 당근으로 용의 비늘을 만들
기도 했고 미역을 오려 산수화를 그리기도 했다. 생선살로 초가지
붕 위에 뜬 달이나 장독대의 항아리도 만들었다. 흡사 수를 놓는
것 같았다.

바닷가 사람들의 일은 새벽부터 시작되었다. 해가 뜨기도 전에
포구에서 배가 나가고 시장에는 리어카가 달렸다. 사장이 새벽에
고기를 받아 수조에 넣어 두면 양 씨가 출근해서 밤새 힘이 빠진
놈들을 골라 구이용으로 돌렸다.

심 씨 아줌마와 나는 사모님이 장 봐 온 채소를 손질하고 밑반
찬을 만들었다. 유선미 등은 방을 쓸고 닦았다. 각자 하는 일이 달
랐고 서로 간섭하지 않았다.

점심 손님이 물러나면 다른 사람들은 잠시 휴식 시간이 생겼다.
하지만 나는 그럴 수 없었다. 저녁 손님에게 나갈 쌈이나 겉절이
용 채소를 손질해야 했다. 미리 해 둘 수 있는 일이 아니었다. 그
래도 사람이 하는 일에는 틈이 있었다. 틈이 나면 사장의 칼질을
구경하곤 했다.

정원가든에서 하던 일과는 다른 것이 많았다. 배가 나가고 들
어오는 시간에 맞춰야 하는 일이 많았다. 말하자면 규칙적인 것이
있었다. 점심과 저녁에 해야 할 일이 다르고 계절마다 찾는 생선
이 달랐다. 생선에 어울리는 쌈과 양념도 달랐다.

처음에는 심 씨 아줌마가 시키는 대로 했지만 반찬을 만드는 일은 점점 내 일이 되었다. 내가 처음 만든, 회를 뜨고 남은 뼈로 만든 도미 등뼈찜은 곁들이 반찬에서 따로 이름을 가진 메뉴로 정해지기도 했다. 사장도 반찬에 관한 일은 내 말을 따라 주었고, 심 씨 아줌마도 별 말이 없었다. 일이 손에 익자 새로운 반찬을 만들 궁리를 하는 일이 재미있었다. 정원가든에서도 그랬다는 생각이 났다.

봄 도다리를 찾던 손님들이 여름 농어를 외치고 있었다. 나도 접시에 담긴 회를 보고 생선의 이름을 얼추 맞출 정도가 되었다. 종업원들은 사장을 심판으로 세우고, 눈을 가리고 회를 맛본 뒤 생선 이름 맞추기로 내기를 하기도 했다.

가을 전어 철이 지날 무렵, 심 씨 아줌마가 전어밤젓갈을 담그자고 했다. 전어밤젓갈? 처음 듣는 말이었다. 밤을 준비해야 하냐고 되물었다가 웃음 섞인 핀잔을 들었다. 처음 듣는 반찬 이름이라 만드는 법을 적어 두어야겠다 생각하고 노트를 옆에 두고 거들었다. 그날 저녁 일을 마치고 2층 내 방으로 올라가려는데 사장이 불렀다.

"구남 씨, 조리사 자격증 하나 더 따지?"

"네? 무슨……."

"한식은 있으니까 일식으로 해 봐. 내가 도와줄게. 형님이 당부하던데, 그 이유를 알겠어."

"무슨 말씀인지……."

"오늘 전어밤젓 담글 때, 옆에서 보고 적는 걸 봤어. 배우겠다는
놈한테는 아무도 못 이겨."

"에이, 아직 생선 잡는 것만 봐도 무서워요. 못 해요."

"아니야, 그런 건 마음먹기 나름이야. 이 바닥이 남자들 판처럼
보이지만 꼭 그렇지도 않아. 앞으로는 자격증 시대야. 일식이
싫으면 복어도 있어."

"복어요?"

"그럼. 복어는 자격증 없이는 만지지 못해. 그게 앞으로 유망할
거야. 자격증 없이 장사하는 사람들이 많으니까."

생각해 보겠다며 어물쩍 넘겼지만 어느 것도 자신이 없었다. 가
늘고 긴 회칼만 봐도 소름이 돋았다. 그걸로 날뛰는 생선을, 무 썰
듯 다룰 자신이 없었다.

사장은 틈만 나면 공부를 권했다. 이왕 일식집에서 일하게 됐
으니 일식 요리에 필요한 자격증을 따 둬라, 앞으로는 분명히 자
격증 시대가 온다, 필기시험만 합격하면 실기 시험은 직접 지도해
주겠다…… 원하면 학원에 갈 시간도 빼 주겠다고 했다.

틈이 날 때마다 김 군이 하는 일을 유심히 보았다. 나도 죽여만
주면 어떻게 해 볼 수 있을 것 같은 생각이 점점 들었다. 그러나
퍼덕거리는 산 것의 목을 찌를 마음은 좀처럼 생기지 않았다. 그
러다 문득 닭을 잡으며 하던 엄마의 말이 생각났다.

"이게, 내 먹자고 하는 일이라면 못 할 일이다. 미물이라도 숨
을 떼는 게 우찌 쉽겠노? 그런데 우짜겠노? 사람이라는 게 이
런 걸 먹고 살도록 만들어졌는데. 식구들을 먹일라면 누군가는

피를 봐야 할 거 아이가. 형편이 그러면 하게 된다. 다 마음먹는 대로다."

엄마의 말을 떠올리자 마음에 힘이 생기는 것을 느꼈다. 그래, 이것도 해 보자. 당장 필요하지는 않지만 언젠가는 쓰이겠지.

며칠 더 마음을 굳힌 뒤, 사장에게 공부를 해 보겠다고 말했다. 그러지 않으면 마음이 흩어질 것 같았다. 사장은 하는 김에 복어를 해 보자고 했다. 그러겠다고 했다. 약속을 받은 사장은 환히 웃었다. 일단 필기시험부터 공부하기로 했다.

일을 마치고 자기 전에 한 시간씩 책을 보기로 했다. 한식을 공부한 경험이 도움이 되었다. 그래도 테트로도톡신이라는 말이 입에 붙지 않아 매일 중얼거리고 다녔다. 책을 펴면 칼질하는 모습이 떠올랐다. 그럴 때는 책을 덮고 엄마의 말을 떠올려 마음을 달래야 했다.

내가 복어 조리사 자격증 공부를 하는 동안 옥귀는 결혼하여 아들을 낳았고, 영곤이는 형의 빚을 갚아 가면서도 자전거포를 오토바이 가게로 키웠다. 장교가 된 일상이는 휴가 때마다 제 아버지가 여는 동네 잔치에 얼굴을 보였다. 그러나 태수의 소식은 들을 수 없었다.

복이는 일자리를 또 옮겼다. 노조와 관련이 있다고 했지만 모른 척했다. 덕이는 대학에 입학했다. 국이가 밤에 야학 선생을 한다고 해서 금사야학을 잠시 떠올렸다. 어쨌거나 모두가 제자리에 있었다.

복어 조리 기능사 필기시험에 합격한 것은 공부를 시작하고 2년이나 지난 뒤였다. 학원에 다니지 않고 혼자 공부한 것 치고는 그리 오래 걸린 것이 아니라고 사장은 위로하듯 말했다.

내가 시험에 합격하자 김 군이 자기도 시험공부를 하겠다고 선언했다. 나를 따라 하겠다는 김 군의 선언은 묘한 느낌으로 마음에 남았다.

실기 시험이 남아 있었다. 칼을 잡아야 했다. 사장은 하루 한 시간씩 특별 지도를 하겠다고 했다. 첫날, 칼을 내밀며 말했다. 칼날 옆면에 한자가 새겨진 은색의 칼이었다.

"죽이는 게 겁나제?"

사장이 누운 채 아가미를 발딱이는 우럭의 목에 칼을 대고 말했다.

"예"

"여기까지 온 이놈이 다시 살아서 바다로 가겠나?"

"아뇨."

"그러면 우째야 좋겠노?"

"……."

"빨리 죽이는 게 이놈을 돕는 길이다. 괜히 마음 아픈 척하는 것이 야에겐 더 못할 짓이다."

사장은 칼을 밀어 우럭의 양쪽 배를 떠냈다. 등뼈와 내장을 드러낸 우럭은 그때까지 눈을 껌벅이고 있었다. 사장이 내게 칼을 들라고 했다. 나는 움찔했지만 사장은 엄숙했다.

우럭 한 마리가 내 앞에 눕혀졌다. 머리와 몸통이 만나는 곳에 칼을 세워 눌렀다. 껍질이 뚫리고 살이 칼에 베이는 느낌이 전해졌다. 칼을 옆으로 눕혀 등뼈를 더듬으며 아래로 밀었다. 잔뼈가 잘리는 느낌도 전해졌다. 왼손에 잡힌 우럭의 대가리가 고요해졌다. 꼬리지느러미에 못 미쳐 칼을 세웠다. 껍질과 살점 사이로 칼을 밀어 포를 떴다. 사장이 어깨를 툭 치며 말했다.

"됐다."

비싼 복어를 사용할 수 없어 숭어나 우럭을 주로 잡았다. 단칼에 숨통을 끊는 법, 껍질을 벗기는 법, 내장을 정리하는 법, 접시의 바닥이 보이게 얇게 살점을 떠내는 법, 모양을 내 접시에 담는 법, 탕의 종류에 따라 국물을 우리는 법, 불을 쓸모에 따라 조절하는 법.

요리에 집중하는 사장의 눈은 빛났다. 손은 날렵하고 꼼꼼했다. 엄숙하게 생선의 장례를 치르는 것 같았다. 사장처럼 다룬다면 죽은 생선도 그리 원망할 것 같지 않겠다는 생각이 문득 들었다.

사장과의 공부가 끝나면 무로 얇게 포를 뜨는 연습을 했다. 무를 얇게 떠 신문지 위에 놓으면 굵은 글자가 나타났다. 오징어를 세 겹까지 포를 뜰 수 있게 되었다. 검지에 물집이 몇 번 잡혔을 때, 손끝이 칼날이 되는 느낌이 왔다. 보이는 대로 칼이 갔다.

복어로 연습을 시작했다. 첫날 도마에 누운 놈은 까치복이었다. 사장이 배를 갈라 내장을 꺼내 펼치고 독이 있는 부위와 먹을 수 있는 부위를 꼼꼼하게 설명했다.

"이놈 한 마리가 가진 독이 장정 여러 명을 보낼 수가 있어. 자칫 잘못하면 모든 게 끝이야. 이게 진짜 실력이니까 잘 봐."

칼끝이 수틀의 바늘처럼 움직였다. 칼끝에 잘려 나와 얇게 펼쳐진 살점은 접시 위에서 국화로 피어났다.

하루에 한 마리만 허락받은 복어는 연습도 쉽지 않았다. 독을 생각하면 칼끝이 흔들렸다. 처음으로 사장의 호통을 듣기도 했다. 팔이 걸리고 어깨에 담이 붙었다. 그래도 그만두어야겠다는 생각은 들지 않았다. 한 고개를 넘어섰다는 확신이 있었다.

복어를 다룬 두 달 뒤에 실기 시험에 합격했다. 필기시험에 나온 대로 가식 부위와 불가식 부위를 자신 있게 나누고 나니 합격의 예감이 들었다. 제출한 작품은 해향의 간판이었다. 시험을 준비하면서부터 생각한 것이다.

복어 조리 기능사 자격증을 받은 날, 일을 마친 뒤 잔치가 열렸다. 사장에게 부탁해서 그날의 요리는 내가 만들었다. 시험장에서 만든 작품과 같이 만든 접시를 내놓았다. 접시를 내놓고 모두에게 깊이 고개를 숙였다. 양 씨 아저씨는 자기 자리를 물려주겠다며 흰소리를 했다. 잔치가 무르익을 무렵, 무심코 문이 열리더니 거짓말처럼 정원가든 사장이 나타났다.

"어이, 이 실장! 오늘 아침에 동생한테서 전화 받고 저녁 손님은 마누라한테 맡기고 왔다. 내, 이리 될 줄 알았다."

사장이 다가가 형님의 손을 잡았다. 아! 사장님. 사장 형제 앞에 엎드려 절을 했다. 내 속에 있던 다른 나 하나가 말릴 틈도 없이 뚜뚜 걸어 나가서 엎드린 것이었다. 엎드린 채 한참 울었다. 뭔가가 목 아래에서 자꾸만 올라왔다. 두 사장이 어깨 한쪽씩을 잡고 세울 때까지 눈물이 쏟아졌다.

정원가든 사장이 다녀간 뒤 자연스럽게 이 실장이 되었다. 사장은 이 실장으로 부르기 시작한 뒤부터 표 나게 자기 일을 내게 미뤘다. 바쁘다는 핑계로 도마를 비웠지만 내게 일을 가르치려는 속내를 숨기지 않았다. 김수정을 주방으로 내렸고, 심 씨 아줌마의 월급을 올려 주었다. 김수정도 요리를 배우고 싶어 했고, 혼자 두 아이를 키우는 아줌마도 바라던 일이었다. 내가 머뭇거릴 이유를 없애 버린 것이었다.

일을 할수록 회 접시가 도화지로 보이는 것은 신기한 일이었다. 누구의 간섭도 없이 뭔가를 마음대로 만드는 것은 재미있었다. 잠들기 전이나 새벽에 잠이 깨어 무엇을 그려 볼까 생각하기도 했다. 고기의 부위마다 다른 색을 이용하여 그림을 그리는 것이라 생각했다. 마음에 드는 그림이 머릿속에 그려지면 어서 날이 새서 도마 앞에 서고 싶었다. 간혹 크레용을 구하지 못해 궁싯거리며 쩔쩔맸던 미술 시간이 생각나 쓴 웃음을 지을 때도 있었지만. 아침이 기다려지는 나날이었다.

내가 만든 접시가 손님방으로 나갈 때는 여태 아금받게 달라붙어 있던 것들이 하나씩 떨어져 팔다리가 홀홀 자유로워지는 느낌이 들었다. 마음도 혼곤히 울고 난 뒤처럼 홀가분했다.

새벽에 노산공원을 걷는 것도 좋았다. 새벽 어스름에 수면을 가르는 뱃소리에 놀란 바다는 제 속에서 빠져나가는 물 냄새를 다 잡지 못하고 울렁거렸다. 방파제 옆에 부채처럼 펼쳐진 바위에 서서 떠오르는 해를 바라보았다. 목화 보푸라기처럼 살갗을 스치는 바람을 맞으며 이제 깜깜한 문 앞에 서는 두려움은 사라졌다고 생각했다.

전두환 다음 대통령을 뽑는 선거운동 때는 날마다 손님이 들어 찼다. 비싸서 찾는 사람이 드물었던 줄가자미도 없어서 못 팔 지경이었다. 사장은 제 돈 주고 먹는 놈이 어디 있냐며, 다 도둑놈들이라고 혀를 찼지만 주문이 들어오면 어디서든 구해 와서 상을 차려 냈다.

올림픽이 열리는 기간에도 시장은 뭔가에 홀린 듯 흥청댔다. 성화봉을 든 호랑이가 전봇대마다 붙었고, 뜬 구름은 모두 조각구름이 되어 흘렀다. 아이들은 태권도 옷을 갖춰 입고 원하는 것은 뭐든지 할 수 있다며 거리를 뛰어다녔다. 술손님들의 이야기에도 올림픽 이야기가 빠지지 않았다.

올림픽이 열리는 기간 내내 2층 방을 예약하는 손님이 많았다. 2층을 예약하는 이들은 주로 양복을 입고 나타났다. 그들이 올 때가 되면 홀 담당들은 옷매무새를 살피고 기다렸다. 사장도 상차림을 좀 더 꼼꼼히 챙겼다.

그들은 한꺼번에 오는 경우가 드물었다. 몇이 먼저 방에 들어가서 수군대고 있으면 나머지들이 나타났다. 그러면 먼저 와 있던 이들이 우르르 몰려나가 고개를 숙이며 방으로 데리고 들어갔다. 누가 봐도 아래위가 분명한 관계였다. 그들이 주로 복어 요리를 시켰다. 그런 날은 물태우가 대통령이 돼서 물가 장사가 잘 된다고 사장이 흰소리를 하기도 했다.

그들은 간혹 사장을 방으로 부르기도 했다. 부름을 받은 사장은 거울 앞에 서서 옷차림을 살핀 뒤 방으로 올라갔다. 방에 다녀온 사장의 표정은 다양했다. 어떤 날에는 시키지도 않은 안주를 챙겨 보내는가 하면, 어떤 날은 구겨진 낯을 숨기지 못하고 씩씩거렸다. 나도 사장의 기분에 따라 마음이 변했다. 내가 사장의 눈치를 본다 싶으면 사장은 어깨를 툭 치며 장사하는 사람의 팔자라고 말했다.

2

그 사람을 처음 본 날은 진주에서 예약한 손님을 받은 날이었다. 예약 전화를 받은 뒤 사장의 목소리가 들떴다. 갑자기 홀 청소와 종업원들 옷차림까지 챙겼다. 노산공원이 잘 보이는 방을 다시 쓸고 닦고, 양쪽 옆방과 맞은편 방에는 손님을 받지 말라고 했다. 다들 예사롭지 않은 손님이 오나 보다 하고 생각했다.

그들은 예약 시각을 한 시간이나 넘기고서야 두 대의 까만 승용차에 나눠 타고 나타났다. 차에서 내리자마자 미안하다는 말도 없이 곧장 2층 방으로 올라갔다. 문 앞에서 기다리던 사장은 머쓱한 표정으로 주방으로 돌아왔다. 먼저 도착한 차를 몰고 온 사람만 1층의 방에 혼자 들어갔다.

연락도 없이 늦어질 때 투덜대던 가게 사람들도 까만 승용차와,

차에서 내린 사람들을 보고는 말없이 제자리로 돌아갔다. 갑자기 가게 안에 무거운 공기가 깔린 듯했다.

사장과 복어회를 뜨면서 방에 든 손님이 누구냐고 물었다.

"새로 온 검사 나으리를 모시는 변호사들. 우리 집에 온 사람들 중에 젤로 높은 놈들인 갑다."

사장은 칼끝에 눈을 박은 채 말했다.

"사장님, 잘 보여야겠네요?"

"내가 왜? 내가 죄 지었나?"

"높은 놈들이라면서요?"

"저그끼리 높은 놈이지 나랑 무슨 관계가 있나? 나는 고기 팔고 돈 받으면 그뿐이다."

"그래도……."

"맞다. 저런 넘들은 유난히 까탈스러우니까 잘해라. 한 접시는 니가 해 봐라."

"예? 부담돼요."

"사람 입은 다 같다. 그리 생각해야 장사꾼이다."

얼굴도 제대로 보지 못했지만, 검사나 변호사란 말 때문인지 칼 날에 더 신경이 쓰였다. 상이 올라가고 난 뒤, 사장이 따로 들어간 일층 방의 상을 보라고 했다. 전화로 예약한 사람이니 신경을 쓰라고 했다.

1인용 상을 차리는 것은 언제나 어려웠다. 양과 종류를 맞추기가 힘들었다. 고민하다가 2층에 올린 복어와 같은 것을 한 마리 떴다. 사장의 눈이 커졌으나 "사람 입은 다 같다면서요." 하자 웃고 말았다.

1층으로 상이 나가고 탕거리를 준비하고 있는데 유선미가 사장을 불렀다. 위에서 찾는다고 했다.

"같이 가자."

사장이 앞치마를 풀며 말했다.

"싫어요. 사장님 혼자 다녀오세요."

손사래를 치며 물러났다.

"니가 만든 접시가 잘못됐을 끼다. 책임져야지? 어서 가자."

농인 줄 알았지만 더 뺄 수가 없었다. 방에 들어서자 사장은 허리를 깊게 숙여 인사했다.

"누추한 가게에 귀한 분들을 모시게 돼서 영광입니다. 오늘 음식을 만든 둘입니다. 불편한 점은 없으십니까? 지도편달 해 주시면 더욱 정성을 다해 모시겠습니다. 인사해요, 이 조리사님."

"자격증은 있죠?"

가운데 앉은 이가 대뜸 물었다. 눈가가 발갰다.

"그럼요. 저도 있고, 이 조리사도 복어 조리사 자격증 있습니다."

나는 고개만 잠깐 숙였다. 마주앉은 중늙은이가 잔을 따르며 말했다.

"검사님, 이 집이, 이 시골에서는 그래도 한다고 소문이 난 집입니다. 박 소장이 알아보고 예약했다고 했습니다."

잔을 받아 든 검사가 중얼거리듯이 말했다.

"이 업종이 불법으로 하는 놈들이 많은 업종이라⋯⋯."

사장이 다시 고개를 숙이며 말했다.

"네, 저희 해향은 자격을 다 갖추고 있습니다. 장사하고 아직 한 번의 사고도……."

"알겠어요. 내려가서 일 봐요."

사장이 말을 마치기도 전에 검사가 팔을 들어 문 쪽을 가리키며 손가락을 까딱했다. 사장은 아래위로 까딱하는 검사의 손길을 눈길로 따라갔다. 주방으로 돌아온 사장은 씹는 말로 중얼댔다.

"새파란 새끼가, 뭐, '내려가서 일 봐요.' 허허, 참."

"사장님, 장사하는 사람의 팔자라면서요."

"뭐? 허 참. 그래 웃자."

찬물을 한 잔 벌컥 마신 사장이 혼자 상을 받은 박 소장의 방으로 가 보자고 했다. 쥐색 양복을 갖춰 입은 소장은 혼자 묵묵히 접시를 비우고 있었다. 사장이 고개를 숙이며 인사하자, 놀란 듯 황급히 일어서며 맞은편에 앉게 했다. 엉거주춤 나도 사장 옆에 앉았다.

"예약한 시간도 지키지 못했는데 귀한 상을 받았습니다. 이러지 않아도 되는데……. 나중에 계산에서 빼지 마세요. 저 사람들 다 부자들이니까."

"허허. 소장님. 고맙습니다. 오늘 소장님 상은 이쪽에서 차렸습니다."

사장이 손짓으로 나를 가리켰다. 앉은 채 고개를 숙였다. 소장도 맞절하듯 고개를 숙였다. 반듯한 이마 위로 짧은 머리가 단정했다.

"찾아주셔서 고맙습니다."

"솜씨가 대단하십니다."

"아직 변변찮습니다."

"다음에 파출소 직원들과 다시 오겠습니다."

"고맙습니다. 정성껏 모시겠습니다."

식사를 마친 소장은 옷을 추스르고 일어섰다. 차를 데워 두어야 한다고 했다.

주방에 들어온 사장은 서랍에서 흰 봉투 한 장을 꺼내 삼만 원을 넣었다.

"이거, 소장님 차에 넣어 드리소."

"이런 것도 해요?"

"저 소장 같으면 아깝잖다. 사람이 됐네."

차에 다가가자 소장은 등받이에 몸을 기대고 있었다. 운전석 창을 톡톡 쳤다. 차창을 내릴 거라 생각했는데 차문이 찰칵 열렸다. 소장이 차에서 나왔다. 차창을 열면 봉투를 넣고, "사장님 심부름입니다." 하고 말하려고 했던 생각이 소용없어졌다. 무슨 일이냐고 물어 난처했다.

"이거, 사장님이……."

"왜 이러십니까? 이러면 다시 안 옵니다."

"사장님, 심부름인데……."

"이리 주십쇼."

봉투를 받아 든 소장은 가게로 들어가 실랑이 끝에 사장 손에 쥐어 주고서야 웃으며 돌아섰다.

"다음에 직원들과 올 때 물 좋은 놈으로 주이소. 양도 많이 주시고요."

뒤로 하얀 김을 뿜어내고 있는 차를 한 바퀴 둘러보고 차 안으로 몸을 숙여 넣는 소장을 보던 사장이 말했다.

"허 참, 장사하다 별스런 사람을 다 보겠네."

사장은 2층 복도에서 나는 소란에 귀를 기울이면서도 소장의 차에서 눈을 떼지 못했다.

검사와 변호사들은 와자하게 내려왔다. 모두 불쾌했다. 젊은 검사의 윗옷은 뒤에 선 이가 들고 있었다. 검사는 변호사들의 호위를 받으며 밖으로 나갔다. 사장의 손짓으로 일하던 모두가 따라 나갔다. 소장이 차에서 나와 고개를 숙이고 뒷문을 열었다. 검사는 소장을 힐끗 보더니 몸을 구겨 넣었다.

"소장은 한 달 안에 다시 올 거고, 검사, 저놈은 절대 다시 안 온다."

사장이 미끄러지는 차 뒤에다 숙인 고개를 다 들지도 않고 말했다. 나는 사장이 헛헛해 하는 것 같아 괜히 한마디를 보탰다.

"에이, 사장님이 어찌 알아요?"

"내가 장사를 하루 이틀 하나? 내기 할까?"

"내기는 무슨……."

먼저 고개를 들고 몇 걸음 앞서 걷던 양 씨 아저씨가 어깨를 돌리며 이죽거렸다.

"와따, 점마들 몇이 한 자리서 묵고 간 기 내 월급보다 많네. 그 비싼 일본 정종을 사이다 마시듯이 묵어 삐네. 양주도 두 병이

나 자빠졌다. 내가 해향 오고는 한 방에서 제일 많이 팔았지 싶다."

"저게 다가 아니에요."

양 씨를 따라가던 유선미가 말했다.

"그라모?"

"아까 방에서 들으니, 또 진주 어디로 간대요."

"변호사 점마들은 오데서 돈을 벌지? 우리는 평생 변호사 볼 일이 없는데."

양 씨는 고개를 갸웃거렸다. 사장이 양 씨의 등을 툭 치면서 말했다.

"왜? 변호사 살림살이가 걱정돼서 좀 보태 주고 싶나?"

"그냥 맘이 그러네요."

"자, 문 닫고 우리도 밥 먹자."

사장이 시원하게 소리쳤다.

사장의 예언대로 소장은 다시 나타났다. 두어 주가 지난 월요일 저녁이었다. 다섯이 한 차에서 와자하게 쏟아졌다. 방범이라는 글자가 붙은 모자를 벗었다가 다시 쓴 남자가 하얀 이를 드러내고 허리를 빙빙 돌리며 말했다. 가게 안까지 들리는 목소리였다.

"아따 소장님, 진주에도 횟집이 쌨고 쌨는데 뭐한다고 요까지 왔능교? 허리가 뽈라지는 줄 알았네."

소장은 방범의 등을 밀며 가게로 들어서 답했다.

"허, 이 사람들. 회면 다 흰가? 멀어도 값을 하니까 오겠지."

그들을 따라 바깥바람이 몰려왔다. 난롯가에 앉아 있던 사람들이 제자리로 돌아갔다. 사장이 벌떡 일어서 소장을 맞으며 내게 눈을 찡긋했다.

일행들을 2층 방으로 안내한 사장을 따라 소장이 함께 내려왔다. 소장과 무슨 이야기를 주고받더니 주방 쪽으로 얼굴을 내밀었다. 도드라진 양쪽 광대뼈가 단단해 보였다.

"쉬시는데 때로 와서 미안합니다."

건들거려야 제 맛인 말이 어울리지 않는 표정 때문에 진짜 미안한 말이 돼 버렸다. 어쩐지 농담과 어울리지 않는 얼굴이었다.

"날개로 와도 고맙습니다."

행주로 도마를 훔치고 눈을 마주치며 말했다. 소장이 이를 드러내고 웃었다.

"직원들이 도다리 먹잡니다. 작은 놈은 크게, 큰 놈은 많게 썰어주이쇼. 우리는 엔간해서는 남기지 않습니데이."

말꼬리를 늘이며 또 너스레를 떨었다. 지난번에 혼자 앉았던 모습과 달리 보이려고 작정한 듯했다.

"우리 집에서 남기려면, 다시 살려서 수족관에 넣어 주고 가야 합니데이. 자신 있으면 남기시고예."

나도 말꼬리를 흉내 냈다. 소장이 다시 이를 드러냈다.

"아따, 칼솜씨만 좋은 게 아니네요."

김 군이 수족관 바닥에 붙은 도다리를 띄우려고 뜰채를 저으며 나와 소장을 번갈아 바라보았다. 그제야 소장과 빤히 마주보고 있다는 것을 알았다. 각진 턱이 광대뼈를 야무지게 받치고 있었다.

"아니, 둘이 오래 아는 사람처럼 말이 통하네."

소장이 올라가고 난 뒤 언제 나타났는지 사장이 웃으며 말했다.

"소장이 웃기려고 애를 쓰는데 신통치 않아서 내가 좀 거들었어요."

"직원들이 자기 소장 돈 많이 쓰면 안 된다고 싼 걸로 달라고 부탁하더라. 소장, 저 사람이 된 사람이야. 사람은 아랫사람한테 듣는 평이 좋아야 해. 양 씨, 물 좋은 도다리로 잡아!"

사장은 두 번째 보는 소장에 대한 호감을 숨기지 않았다. 그들이 시킨 중간 접시를 둘 다 수북하게 담아냈다. 다른 방의 큰 접시에 담는 양보다 많았다. 힘이 빠진 우럭도 사람 수대로 구워 올리라고 했다. 큰 접시에만 따라가는 낙지도 썰어 냈다.

2층 방에서는 웃는 소리가 끊이지 않았다. 박수 소리와 노랫소리도 들렸다. 음식을 나르던 박미혜가 방범대원 한 사람의 송별회라고 전했다. 그 방의 분위기가 계단을 타고 번져 가게에는 훈기가 돌았다. 너나없이 마음이 가벼워 보였다. 홀로 나와 잠시 허리를 폈다. 공원의 가로등 불빛이 소나무 가지를 흔들어 어둠을 털어내고 있었다.

양 씨가 가게를 얻어 나갔다. 해향이 쉬는 첫 주 월요일에 개업일을 잡은 것은 사장의 의견이었다. 방 두 개와 홀에 네 개의 테이블이 놓인 횟집을 아내와 꾸릴 것이라 했다. 개업식 날 해향 식구들은 모두 출동했다. 제금 낸다고 큰소리를 친 사장은 일제 회칼 세트, 나는 제재소에 부탁한 도마를 선물했다. 가게를 둘러보다 나도 가게를 차릴 수 있을까 하는 생각이 슬며시 들었다. 그러자 살펴보는 눈길이 꼼꼼해졌다. 잠시지만 마음이 부풀기도 했다.

　개업식을 마치고 돌아오는 길에 사장은 뜻밖의 제안을 했다. 복어 조리사 자격증을 빌려 주면 얼마 안 되지만 돈을 받을 수 있다고 했다. 고성에서 뱃사람들을 상대로 복국을 파는 할머니라고 했다. 공무원들 입 막기가 여간 힘든 일이 아니라 누가 자격증만 빌려 주면 장사하기가 수월하겠다며 하소연하더라는 것이었다. 께름칙한 마음이 없지 않았지만 자격증을 놀리는 것보다야 누군가에게 도움이 된다면 못할 일은 아니라고 생각했다. 무엇보다 사장의 말이었다. 그러겠다고 했다.

　사장은 양 씨 자리에 사람을 들이지 않고 그 일을 자기가 맡았다. 접시를 꾸미는 일을 전부 내게 맡긴다는 뜻이었다. 내가 반대했지만 사장은 막무가내였다.

　어시장에서 고기를 고르는 일에도 나를 데리고 다니기 시작했다. 도매하는 물차의 주인과 직접 고기를 잡아 오는 선주들과도 안면을 텄다. 횟집을 운영하는 사람들의 모임에도 한 번씩 데리고 갔다. 그들은 주로 갈빗집에서 모였는데, 자연스럽게 내가 고기를 구웠다. 손은 정원가든에서의 일을 기억하고 있었다. 고기를 구우며 그들과 쉽게 낯을 텄다. 2층 방을 이용하는 단골손님들의 자리에도 자주 들어갔다. 시청이나 경찰서에서 손님이 오면 사장은 꼭 나와 함께 들어갔다.

　"장사는 낯으로 하는 것이다. 장사꾼이 낯을 튼다는 것은 농부가 씨를 뿌리는 것이나 어부가 그물을 내리는 것과 같다. 관에서 일하는 사람들은 대접받는 걸 좋아한다. 장사는, 눈물에 젖은 돈이나 열을 받아서 마른 돈이라도 가리면 안 된다. 내가 장사하며 배운 것이다."

단단히 작정한 듯했다. 그러고는 딱 삼 년만 고생을 해 보자고 했다. 사장이 말한 삼 년이라는 시간의 크기가 가늠되지 않았지만 마땅히 보태거나 뺄 말이 생각나지 않았다.

그러던 어느 날, 사장은 2층 방에 있던 나를 불러 앉혔다. 〈삼천포 일식 사업자 조합〉 총회를 마치고 돌아온 날이었다. 취했다며 사모님이 말렸지만 정색을 하고 앉았다. 제대로 장사를 가르쳐 주겠다고 했다. 장사꾼으로 살아오면서 배운 걸 다 가르쳐 주겠다고 했다. 몇 번이나 울먹거리면서도 해향을 만들기까지의 이야기를 다 쏟아 냈다.

사장 형제는 전쟁 고아였다. 부모의 얼굴도, 나머지 형제가 있는지도 기억하지 못했다. 부산의 바닷가 고아원에서 자라다가 어떤 이유에선지 형의 손에 끌려간 곳은 자갈치 시장이었다. 고아원 밖에서의 첫 밤을 사장은 기억하고 있었다.

시멘트 포대를 깔고 누운 곳에서 밤새 모기에 뜯긴 밤이었다. 다음날부터 형을 따라 고기 상자를 나르는 리어카를 밀어 주고 밥을 얻어먹었다. 여름엔 빈 가게에서, 겨울에는 국제시장 골목에 박스나 가마니를 깔고 잤다.

형이 어묵 공장에 취직하여 창고 귀퉁이의 방에 함께 들어간 것은 사장이 열두 살 때였다. 세 살 위인 형과 어묵을 밥처럼 먹으며 살았다. 모은 돈은 방바닥 자리 밑이나 베개 속에 숨겼다.

부평동 시장에 가마니만 한 가게를 연 것은 형이 열여덟 살 때였다. 배달도 겸한 장사는 주변에 소문이 났다. 밤마다 돈을 세는 재미에 형제는 힘든 줄도 몰랐다. 호적을 만드는 일로 형이 사고를 치기 전까지 그랬다.

호적이 없으면 가게를 키울 수 없었고, 호적을 만들면 군대에 가야 했다. 형은 주변의 말을 듣고 호적은 만들고 입대를 피할 작전을 짰다. 공무원에게 돈을 주는 일이었다. 그러나 중간에 일이 꼬여 돈만 빼앗기고 형은 군대에 끌려갔다. 그래도 공장 사장의 성을 따른 호적은 남았다.

형이 군대에 있는 동안 사장이 가게를 키웠다. 어묵을 만드는 기계를 넣은 것이었다. 형이 제대하고 사장도 군대를 다녀왔다. 사장이 군대에 간 동안 형은 결혼을 했고 형수는 따로 식당을 시작했다.

지긋지긋한 비린내를 벗어나고 싶었던 사장은 형의 도움으로 부산역 앞에 신발 가게를 차렸다. 악착같이 돈을 모았다. 그러다가 종업원으로 채용한 아내를 만나게 되었다. 아내의 홀어머니가 삼천포에 살았다. 사장은 엄마라는 말을 원 없이 부르고 싶다며 아내를 설득해 삼천포로 왔다. 삼천포에서 쥐포 도매상으로 돈을 모았다. 장모를 어머니라 부르는 집으로 소문이 났다.

살림이 안정되자 이제 공부란 것을 하고 싶었다. 도매상을 꾸려 가면서 안티프라민을 눈에 바르거나, 속눈썹을 깎아 가며 공부했다. 일식 조리사 자격증을 딴 날, 장모 앞에 엎드려 엄마를 백 번은 더 불렀다고 했다.

사장의 솜씨는 금방 소문이 났고, 해향은 삼천포의 명물이 되었다. 입을 가진 사람은 먹어야 하고, 돈을 가진 사람은 남보다 폼나게 먹으려고 한다. 그것이 해향이 장사가 되는 이유라고 했다. 지금의 해향은 그렇게 이룬 것이었다.

두 해를 그렇게 보내자 해향의 일이 통째로 손에 잡혔다. 철에 따라 잘 나가는 고기를 확보하는 방법도 알았다. 고기는 물을 따라 오가지만 물 밖에서는 사람의 일이었다. 선장들과 단골을 관리하고 필요에 따라 이용하는 방법도 알아 갔다. 가게 사람들은 농담으로 나를 부사장이라 부르기도 했다.

룸 서빙을 맡았던 유선미와 박미혜가 한꺼번에 일을 그만두었다. 둘 다 결혼 이야기가 있더니 앞다퉈 고향으로 갔다. 일식 조리사 자격시험에 몇 번 떨어진 김 군도 결국 다른 일자리를 구하겠다며 나갔다. 서빙 조의 빈자리에는 며칠 만에 새 사람이 들어왔다. 류애남과 김영지라고 했다. 덕이 또래였다. 김 군의 자리에는 국이 또래의 황 군이 들어왔다. 새로 들어온 이들은 나를 공공연히 부사장이라 불렀다.

3

방을 얻어 짐을 옮겼다. 종종 속옷이나 화장품을 방에 넣어 두는 사모님의 친절이 부담스러웠다. 사장은 아쉬운 눈빛을 숨기지 못했지만 크게 반대하지는 않았다. 방을 옮겼지만 새 방에서 하는 일은 잠자는 것뿐이었다. 먹는 것은 모두 해항에서 해결했고 빨래도 해항의 세탁기를 이용했다.

새로 구한 방에서는 남쪽 창으로 바다가 보였다. 정남에서 서쪽으로 약간 돌아앉은 방은 오후의 햇살이 아름다웠다. 햇살은 방바닥에 튕기며 옷장이나 벽을 어루만지듯 스며들었다. 바다를 써레질하고 달려온 바람은 은빛 부스러기들을 끊임없이 방 안으로 밀어 넣었다.

쉬는 날에는 방에서 오후의 햇살을 보기 위해 할 일을 오전에 다 해치웠다. 누워서 온몸으로 햇살을 받으면 몸으로 스며든 따뜻한 무엇이 몸속의 찌꺼기들을 밖으로 밀어내는 것 같았다. 동상동의 반지하방을 나오며 꿈꾸었던 일이었다.

소장은 한 달에 한 번 꼴로 나타났다. "여름 농어 먹으러 왔소." "가을에는 전어를 먹어야지!" 하는 식이었다. 올 때마다 대여섯이 함께 왔다. 그가 오면 가게의 분위기가 달라졌다. 오면 갈 때까지 왁자했다. 어쩌다 간밤에 진을 뺀 사장이 오늘 같은 날 소장이 와주면 좋겠다고 말할 정도였다. 그러다가 소식이 뚝 끊어졌다. 초가을에 와서 전어를 먹고는 겨울이 지나도록 나타나지 않았다. 어디로 교육을 간 모양이라고 사장이 말했다.

소장이 다시 나타난 것은 설 휴가를 마치고 일을 시작한 날이었다. 밖의 간판 불을 끈 사장이 창밖을 물끄러미 바라보다 놀란 듯 일어서며 "소장님!" 하는 소리를 듣고 모두가 깜짝 놀랐다. 서빙조는 이미 옷을 갈아입고 있었다. 그는 혼자였다. 털모자가 달린 점퍼를 입고 벌을 받으러 오는 아이처럼 들어섰다.

"지금 와도 되는지……, 혼잔데……."

여태 못 보던 모습이었다. 바지 주머니에 찌른 두 팔이 어깨를 끌어내리고 있었다. 사장에게 끌려 방으로 들어가는 것 같았다.

"무슨 일이 있는가? 물어보지도 못하겠고. 혼자인데 뭐가 좋겠노?"

소장을 방에 들여보내고 주방에 들어온 사장은 전염된 듯 낯빛이 어두웠다. 나는 우럭 한 마리를 건졌다. 회를 뜨고 곧 매운탕을 내면 될 것 같았다.

상을 들여보내고 난 뒤 사장은 홀의 등을 껐다. 그러고는 소장이 들어간 방 주변을 서성거렸다.

"사장님! 이거 들고 한번 들어가 보시지요."

내가 토막 친 낙지 접시를 내밀자 사장은 크게 고개를 끄덕이며 말했다.

"함께 가 보자."

썩 내키지 않았지만 마땅히 피할 말도 없었다. 먼저 들어가면 곧 매운탕을 들이겠다고 했다.

매운탕을 놓고 출입구 쪽에 앉았다. 금방 나갈 것이라는 표시였다. 둘은 말없이 잔을 비웠다. 빈 병이 둘이 되었다.

"사장님!"

고개를 들이민 사장을 바라보며 소장은 뒷말이 없었다.

"뭔 일입니까? 이약을 하면 마음이 풀립니다."

"오늘……, 내 맘이 이상합니다."

겨우 말을 마친 소장은 물수건으로 눈 주위를 찍었다. 우는 건가? 자리를 피할 생각으로 무릎을 세우자 사장이 눈빛으로 눌러 앉혔다.

"두 달 전에 아이들 엄마를 저세상으로 보냈습니다. 드난살이를 같이 했던 그 사람을 손도 써 보지 못하고 보냈어요."

두 잔을 연이어 마신 소장은 속을 태운 숨을 길게 내뿜었다. "아이쿠!" 하는 소리가, 나와 사장의 입에서 동시에 나왔다.

소장의 부인은 몸살인 줄 알고 병원에 갔다가 간암이 발견되었고 한 달 만에 세상을 뜨고 말았다. 병원에 갔을 때 이미 손을 쓸 수 없는 말기였다고 했다. 졸지에 상주가 된 큰아이가 대학 입시를 마칠 때까지 제대로 소리 내어 울어 보지도 못했다며, 결국 이마를 식탁에 대고 꺽꺽 소리 내어 울기 시작했다. 사장과 나는 물끄러미 바라볼 뿐이었다.

"내가 체면도 없이 못난 꼴을 보였습니다."

들썩이던 어깨가 평평해지더니 소장이 천천히 고개를 들었다. 사장이 팔을 뻗어 소장의 손에 손을 얹고 말했다.

"부고가 없어 그런 일인 줄 생각도 못 했습니다. 훈련 간 줄 알았습니다. 심란하면 꺼리지 말고 우리 집에 오시오."

"사천에 있는 선산에 묘를 썼으니, 이리로 발령을 받을까 싶습니다."

"사천으로 오시면 언제든지 오시오. 혼자, 늦어도 되니 맘대로 오시오."

사장의 눈도 붉게 물이 들었다.

두 남자의 눈물바람은 보기가 힘들었다. 먼저 방을 나왔다. 홀에 앉아 밖을 바라보았다. 바람이 골목 끝으로 달려가고 있었다. 소장의 이야기를 들어서인지 막막함이 몰려왔다. 한참 뒤, 사장을 따라 나온 소장이 문을 나가며 말했다.

"부끄럽습니다."

마땅한 대답을 찾지 못해 마주 보고 고개만 숙였다. 비척비척 그림자를 끌고 가는 소장의 머리 위로 가로등이 진눈개비를 흩뿌리고 있었다.

그 뒤로 소장은 띄엄띄엄 나타났다. 혼자일 때가 많았다. 혼자 우두커니 밖을 보고 앉아 있는 모습은 걸상에 옷더미를 걸어 둔 것 같았다. 산 사람의 온기가 느껴지지 않았다. 간혹, 보다 못한 사장이 마주 앉았으나 소장의 눈길은 창밖에 더 오래 머물렀다.

이제 그가 오면 가게의 공기가 무거워졌다. 가게 사람들은 그의 주변에서 웃음을 삼갔다. 그도 눈치를 챘는지 나갈 때마다 미안하다는 말을 힘없이 내뱉곤 했다. 그러나 가을이 지나고부터 나타나는 횟수는 오히려 늘었다. 사천경찰서로 발령을 받았다고 했다.

박 소장과 좀 더 얽히게 된 것은 생기지 말아야 할 일이 생긴 탓이었다. 고성의 복국 할머니에게서 온 전화를 받은 사장은 얼굴이 하얗게 변해서 나를 찾았다.

"고성에서 사고가 났단다. 급히 다녀와야겠다."

사장은 외출을 서두르며 허둥댔다. 가게를 나가기 전, 홀에서 겨우 이야기의 앞뒤를 끼워 맞췄다. 아침에 할머니의 복국을 먹은 이가 혀가 굳어져 병원에 실려 갔다는 것이었다.

고성에 다녀온 사장은 소장에게 전화를 걸어 퇴근하면 가게로 와 달라고 했다. 도움을 청할 요량이었다. 소장은 경찰복을 입은 채 놀란 얼굴로 나타났다. 나는 우두커니 둘의 이야기를 들었다.

사장에게 대강의 이야기를 들은 소장은 그 자리서 사장의 팔을 잡아끌었다. 한시라도 빨리 합의를 봐야 한다고 했다. 고소하면 방법이 없다고 했다. 사장은 소장 차를 타고 다시 고성으로 갔다. 내가 가야 하는 것이 아니냐고 하자, 소장은 합의가 되고 난 뒤에 가는 것이 좋을 거라 했다. 와글와글 마음만 끓을 뿐, 일이 어떻게 흘러가는지 도통 알 수가 없었다.

그날 밤 자정이 가까워서야 소장과 사장이 돌아왔다. 둘은 맥주 병을 두고 마주 앉았다. 다행히 병원에 갔던 사람은 금방 혀가 풀렸고 대체적인 합의를 봤다고 했다. 합의금이 얼마가 됐든 할머니가 반을 맡고, 나머지를 우리 쪽에서 책임지는 것이었다. 안주를 챙겨 둘의 옆자리에 앉았다. 나는 내가 책임지겠다고 했고, 사장은 그럴 수 없다고 했다. 옥신각신은 소장의 간섭에도 끝나지 않았다.

"허, 참. 내가 온갖 중재를 해 봤지만 서로 돈을 내겠다는 싸움 중재는 처음이오. 이 대 팔로 하면 되겠네요."

"그려, 그러면 되겠네."

사장이 고개를 들어 나를 보며 동의를 구했다.

"그래요! 내가 다 책임져야 옳겠지만, 사장님이 이를 맡아 주세요."

"흐이, 무슨 소리야? 내가 팔을 하겠다는 말인데."

사장은 기가 차다는 듯이 소장을 바라보았다.

"희한한 일도 다 있네. 돈 앞에서는 부모형제 간도 칼 들고 부르걷는 세상인데. 그러면 내가 다시 정하는 대로 하소."

"그러면 소장님이 양심껏, 아니 사정껏 정해 주소. 어떻노?"

사장은 나를 바라보며 어서 마무리를 짓고 싶어 하는 듯했다.

"소장님, 내 자격증 때문에 생긴 일입니다. 그걸로 돈도 받았고. 그걸 아시고 판단해 주세요."

여기까지 온 이상 어차피 소장이 끼어들어야 끝날 일이라 생각했다.

소장은 사장과 나를 번갈아보며 잠시 골똘했다.

"삼 대 칠로 하소. 사장님이 삼."

말을 던진 소장은 잔을 들었다. 잔을 들어 맞대고 끝내자는 뜻이었다. 사장과 나는 쉽게 잔을 들지 못했다. 고개를 숙인 채 잔만 만지작거릴 뿐이었다.

"사장님이 먼저 잔을 드는 게 맞을 것 같소."

한참 바라보던 소장이 사장 쪽으로 고개를 돌리며 말했다. 사장이 천천히 고개를 들며 말했다.

"고집도 정말!"

"자, 이젠 딴말하기 없기! 허, 참. 오늘 별난 중재를 다 섰네. 내가 이런 일 때문에 웃네. 허허 참."

소장이 나를 물끄러미 바라보며 말했다.

합의는 시간이 걸렸다. 저쪽에서 자격증을 빌린 것을 알고 일을 키운다고 했다. 여러 핑계를 대며 퇴원을 미루었다. 그럴 때마다 합의금은 커졌다. 결국 소장이 고성에 근무하는 아는 경찰을 중간에 넣어 마무리를 지었다. 내 몫의 합의금은, 따로 모아 두었던 고성에서 받은 돈과 두 달 치의 월급을 보태야 했다.

사장이 고성에 내려가 합의를 마무리 지은 뒤, 소장과 식사 자리를 만들었다. 사장은 눈에 거슬리도록 몸을 낮췄다. 사장이 종종 말했던, 장사하는 사람에 맞추어도 지나쳤다. 내 입장 때문에 그리 한다는 생각에 내내 불편했다. 소장도 불편한 눈치였다. 나를 바라보며 사장을 말리라는 눈치를 주기도 했다.

"내가 나서서 한 일 때문에 피해를 주게 돼서 이 실장 볼 낯이 없습니다. 소장님이 중간에 도와주셔서 마무리 됐으니 그나마 다행이지, 안 그랬으면 참말로 큰일이 날 뻔했습니다. 아직 시작도 안 한 이 실장이 잘못됐으면 어쩔 뻔했습니까?"

소장이 사장의 말을 막으며 답했다.

"살다 보면 일어날 수 있는 일인데 무에 그리 마음을 씁니까? 과공비례라고, 지나치면 서로 불편합니다. 그 사람이 상한 것도 아닌데 합의금이 너무 커서 나도 마음이 편치 않아요."

"자격증 지킨 것만 해도 됐어요. 이 실장이 어찌 딴 자격증인데."

"허 참, 사장님이 별스럽소. 부녀 간에도 이러지는 못할 거요."

소장이 나를 보고 웃으며 말했다. 그러자 사장이 정색을 하고 말했다.

"소장님은 잘 모를 거요. 못 배운 걸 한이라고 하는 사람은 많지만, 그걸 이겨 내는 사람은 얼마나 고생을 해야 하는지. 이 실장은 참말로 고생했소. 여기서만이 아니요. 부산 형님한테서 들은 이 실장 이야기는 내가 말로 다 못 하오."

사장의 입에서 생각지도 못한 부산 이야기가 나오자 아차! 싶었다. 그러나 내가 말릴 틈도 없이 사장은 말을 이어 나갔다.

"내가 형님한테서 이 실장이 부모한테 하는 이야기를 듣고 이 사람은 내가 도와야겠다고 마음을 먹었어요. 나는 부모 얼굴도 기억하지 못하는 사람이라 얼마나 죄가 큽니까? 이 실장을 생각하면, 아니 할 말로 식구 같다니까요. 그런데 내가 나서서 해를 입혔으니 할 말이 없소."

"에이, 사장님 취하셨다."

주섬주섬 상을 정리하는 나를, 소장은 벽에 등을 기댄 채 희미하게 바라보고 있었다.

그날 이후 소장은 자주 나타났다. 파출소 직원들과도 왔고, 친구들을 몰고 오기도 하고, 선산 아래에 산다는 집안사람들을 끌고 오기도 했다. 해향에 오려고 일부러 자리를 만드는 것 같았다. 횟수가 거듭될수록 얼굴에는 어둠이 옅어졌다. 다시 싱거운 농담을 던지기도 했다. 그럴 땐 나도 피하지 않았다. 고성 할머니 사건 뒤 그와 사장과 나 사이에 있던 울타리가 한층 낮아진 것 같았다.

그 일을 겪은 뒤 사람들을 만나는 일이 이전보다 쉬워지는 걸 느꼈다. 그것은 나도 세상의 한 고비를 넘겼다는 이상한 안도감

같은 것이었다. 대한실업을 다닐 때 조퇴를 하고 철야를 한 뒷날 느꼈던 마음이 뭉텅 커진 것 같았다. 어쩌다, "사는 게 다 그렇지 뭐!"라는 말이라도 들으면 쉽게 고개가 끄덕여졌다.

4

　소장이 아이들을 데리고 온 것은 정말로 뜻밖이었다. 앉자마자 서울에서 공부하는 아들을 챙겨 먹이기 위해서라고 말했지만, 두 아이의 표정은 달가워 보이지 않았다. 딸아이는 술병이 줄을 선 옆자리를 보고 겁에 질린 듯했다.
　소장이 주문한 초밥 정식과 도미찜에 더해 튀김 한 접시를 따로 내보냈다.
　"안 바쁘면 손님이 잠시 방에 와 보라는데요."
　김영지가 쭈뼛쭈뼛 말했다.
　"나를?"
　뜻밖이었다. 방에 들어서자 소장이 엉거주춤 일어섰다. 아이들의 눈이 내게로 쏠렸다.
　"실장님께 실례가 되겠지만, 아이들을 위한 것이라 생각하고 이해를 좀 해 주십시오."
　말을 마친 소장은 잠시 고개를 숙였다.
　"무슨 일이기에……."
　소장은 아이들을 훑어보며 말했다.

"내가 말한 그분이다. 너희들은 뒷바라지 받으며 하는 공부도 짜증을 내지만, 이분은 어릴 때부터 부모와 떨어져 살면서도 공부를 버리지 않아 일가를 이룬 사람이다."

난데없는 말에 얼굴이 확 달아올랐다. 그러나 급히 돌아서기도 뭐했다. 아이들은 나를 힐끗 보더니 고개를 푹 숙였다. 눈을 둘 곳이 없어 멀뚱히 서 있다가 정신을 차렸다. 아이들 반응에 소장도 좀 당황한 표정이었다. 막내와 눈을 마주보고 말았다.

"아냐, 일가를 이루기는. 소장님이 여러 가지로 고생하시더라. 아버지 말씀 잘 들어라. 튀김 좀 더 해 줄까?"

소장이 팔을 내저으려는데 막내가 고개를 끄덕였다. 소장이 픽 웃고 말았다.

"알았어! 십 분 뒤에 니가 내려와. 그런데 이거, 공짜 아니다."

내 말에 소장이 다시 피식 웃었다. 계단을 내려오면서 아! 나도 식구들을 한번 불러야겠다고 생각했다. 튀김이 다 되자 막내가 내려왔다. 사이다 한 병을 더해서 올려 보냈다.

소장이 계산서보다 더 내야 한다며 사장과 옥신각신할 때 막내와 잠깐 눈이 마주쳤다. 시울이 고운 눈이었다. 아이는 놀란 듯 고개를 돌렸다.

그 뒤로 소장이 오면 밑반찬을 조금씩 싸서 보낼 때도 있었다. 짠한 마음이 생기는 것은 어쩔 수 없었다. 그 짠한 마음이란 것이 참 이상했다. 평소엔 기미도 없다가 소장만 보면 슬슬 생겨나서 앓는 어금니처럼 자리를 잡았다. 달랑달랑 흔들리는 반찬 봉지를 들고 걸어가는 소장의 굽은 어깨를 보면 어금니의 아픔이 잇몸

뒤쪽으로 뻗질리기도 했다.

그러던 어느 날, 소장이 누구에게 뒷목이라도 잡힌 양 우물거리며 들어섰다. 마침 혼자 홀에 있을 때였다. 식사를 하러 온 행색은 아니었다. 문을 열고 들어서서 손등만 비벼 댔다. 무슨 일이냐고 물었더니 다짜고짜 밖으로 나가서 이야기하자고 했다.

"막내가 그거, 저기……, 그래서……, 내가 잘 몰라서……, 딱히 물어볼 데도 없고……."

무안한 듯 내 얼굴을 마주보지 못하고 말끝을 흐렸다. 느낌이 왔다.

"아이고, 축하할 일인데."

앞서 걸었다. 수산시장 옆의 약국에 들어가며 밖에서 잠시 기다리라고 눈짓을 했다. 소장은 어쩔 줄 몰라 계속 손만 비비고 있었다. 포장한 생리대를 내밀었다.

"사용법은 아이가 알 거예요. 아이가 부끄러워할 수도 있으니까 꽃다발도 하나 사서 아이 방에 몰래 넣어 두세요. 그리고 모른 척하면 돼요."

"미안하고 고맙소. 담임 선생이 전화로 아이가 결석했다고 해서, 전화로 아무리 물어도 대답도 않고 울기만 해서……. 하필 오늘 출동이 있어서 빨리 가지도 못하고……. 에미가 없으니, 에휴."

"다음부턴 아이가 잘할 겁니다."

돌아서서 몇 걸음 걷다가 뒤돌아보았다. 봉지를 들고 종종걸음

하는 소장을 따라 비닐봉지 몇 장이 바람에 솟았다가 가라앉았다. 어금니 뒤쪽이 길게 저릿했다.

　그 일이 있은 2주일쯤 뒤, 또 마칠 때가 지나서 말쑥하게 차려입은 소장이 나타났다. 하늘색 와이셔츠를 덮은 밤색 양복이 어깨를 단단하게 가두고 있었다.

　"사장님, 내가 실장님께 신세진 일이 있어 밖에서 차를 한잔 사야겠는데, 괜찮겠지요?"

　다 들으란 듯 목소리가 컸다. 사장이 나를 보고 의아한 눈빛을 보냈다.

　"아니, 실장이 아이도 아닌데, 내가 괜찮고 말고가 무슨 상관이오? 허허."

　퇴근 준비를 하던 이들이 뭔 일인가 싶어 나와 소장을 번갈아 바라보았다.

　"아니, 소장님, 참. 그게 뭔 신세라고. 아이가 잘 하지요?"

　"예, 덕분에 괜찮은 애비 노릇을 했습니다. 아니 실장님만 갈 게 아니라 다 같이 가지요? 내가 이집에 신세진 게 오죽 많아야지……."

　주위의 눈을 의식한 듯 소장이 큰소리로 웃으며 거듭 창밖을 바라봤으나 따라나서는 이는 아무도 없었다.

　노산공원 쪽으로 걸었다. 눈길이 꽂힌 등이 가려웠으나 뒤돌아보지 않았다. 공원 입구의 찻집에 들어갔다.

　"아이가 센스 있는 아버지라고 편지를 써 줍디다. 덕분에 데면데면하던 딸아이와 사이가 더 좋아졌소. 엄마 없이 딸아이를 어

찌 키울까 항상 걱정이었는데, 짐 하나를 던 기분이오. 정말로
고맙소."

소장은 반쯤 일어서서 고개를 숙였다.

"여자아이들은 아무래도……."

"그래서 말인데, 아이 때문에 또 문제가 생기면 좀 도와주시오.
마땅히 도움을 받을 사람이 없으니……."

"내가 무슨, 아는 게 있어야지요. 배운 것도 없고. 파출소에도
여직원들이 있을 텐데."

"파출소에는 청소하는 아줌마 말고는 여자가 없어요. 허허. 어
쨌거나 고맙다는 말을 다시 드리겠소."

가르마로 갈라진 머릿결에 빗질 흔적이 남아 있었다. 인사치레
가 끝난 뒤 한동안 말이 없었다.

"좋아요. 아는 건 없지만 제가 도울 일이 있으면 도울게요. 아이
눈이 참 예뻤어요."

"아니, 언제 아이 눈을……."

"그런 눈은 눈물이 맺히면……. 아! 아니에요. 그만 가요."

손톱의 반달 같던 아이의 눈시울이 떠올랐다.

소장은 천천히 웃음을 찾아갔다. 철 따라 아이의 모자나 옷을
사 와서 어울리겠냐고 묻기도 했다. 소장이 웃음을 되찾자 사장과
는 더 친해졌다. 일행과 왔을 때도 일행을 보내고 다시 와서 사장
과 어울렸다. 둘이 있을 땐 형 동생으로 부르기도 했다. 그 자리에
는 어쩌다 나도 끼어 앉았다.

바닷가의 계절은 제철 횟감이 몰고 왔다가 밀고 갔다. 노산공원의 바람이 바뀌는 것이나, 꽃이 피고 지는 것보다 횟감 소식이 빨리 오고 빨리 갔다. 바닷가 사람들은 누구나 철마다 정해진 회를 먹어야 낫는 병에라도 걸린 것처럼 철마다 정해진 회를 찾았다. 물량을 확보하기 위해 설치고 다니다 보면 계절이 바뀌고 있었다. 1년이 하루의 물때마냥 비슷한 시기에 도돌이표가 찍혀 있었다.

그러다 또 소장의 발길이 뚝 끊어졌다. 두어 달 소식이 없자 사장이 파출소로 전화를 했다.

"허 참, 이 양반, 우환이 끊이질 않네. 노모가 편찮단다. 쉬는 날엔 꼼짝 없이 묶인다는구만. 허, 참. 동생도 있다더만, 장남이니 마음이 다르겠지. 에휴."

소장은 잊을 만하면 한 번씩 다녀갔다. 밑반찬 봉지를 내밀면 나를 빤히 바라보곤 했다. 남자의 목과 어깨의 선이 특별하게 보인 것은 그 무렵이었다. 어깨와 목을 잇는 선이 남자의 진짜 얼굴이었다. 소장이 뒷모습을 보이고 나가면, 사장은 쯧쯧, 혀를 차기 일쑤였다.

복이가 결혼할 아가씨를 데리고 왔다. 아가씨는 밝았다. 나는 해 줄 말이 마땅치 않아 고맙다는 말만 몇 번이나 했다. 가진 것 없는 집안의 장남을 만나 줘서 고맙고, 서글서글한 눈매와, 키가 나와 비슷한 것도 고마웠다.

복이는 두 달 뒤, 마산에서 결혼식을 올렸다. 언니는 오지 못했다. 국이와 덕이가 형제들 몫을 다 해냈다. 나는 예식장에 오래 있고 싶지 않았다. 집안사람들이 내 결혼 이야기를 하는 것을 듣고 싶지 않았고, 그때마다 나를 대신해서 나서지만, 마땅한 대답을 찾지 못하는 아버지나 엄마를 보는 것도 불편했다. 폐백을 마치고 식당으로 가는 올케에게 따로 준비한 봉투를 건네고 식장을 나왔다. 엄마에게는 저녁에 예약 손님이 있다고 둘러댔다. 엄마도 내 입장을 이해한 듯 별 말이 없었다.

5

겨울이 되자 이상하게 몸이 자주 아팠다. 몸살을 하면 귀가 찡하게 우는 것 말고는 잘 아프지 않는 몸이었다. 류애남과 김영지는 쇠로 만든 몸이냐고 놀라기도 했다. 그랬는데 허리나 발목이 자주 아팠다. 도마가 낮아서 그런가 싶어 도마를 높여 보기도 했고, 장화 대신 운동화를 신어 보기도 했지만 차도가 없었다.

몸이 아프면 마음도 울렁거렸다. 몇 년마다 정해 놓고 찾아오는 병 같았다. 그런데 그 병의 이유가 이전과 달랐다. 나는 무엇을 위해 일을 하는가? 생각지도 않았던 물음이 자꾸 떠올랐다. 칼을 든 채 멍하게 서 있다가 사장과 눈을 마주치기도 했다.

겨울이 깊어 갈수록 바닷가의 찬바람은 골목의 등을 일찍 꺼 버렸다. 골목을 꽉 채운 어둠은 바람에도 흔들리지 않았다. 팔목과 허리가 굳어진 몸을 끌고 방에 들어서면 파도 소리가 바늘이 되어 온몸을 찔렀다.

새벽에 깨어 오도카니 앉는 날이 많아졌다. 그럴 때마다 문득 외롭다고 느꼈다. 내게는 싹도 없을 것 같았던 감정이었다. 몸이 아픈 날에는, 그것이 여름날 칡의 새순처럼 수런수런 뻗어 나와 온몸을 휘감았다.

설날 저녁에 엄마에게 속마음을 털어났다. 복이 아들을 재우던 엄마가 내 쪽으로 돌아앉았다.

"엄마, 일하는 게 겁이 난다. 죽자 살자 일만 하고 사는 내가 뭐 하는가 싶다."

엄마는 나를 빤히 바라보며 말없이 손을 포갰다. 다 펴지지 않는 새끼손가락이 자벌레처럼 얹혔다.

"이빨이 사납잖은 것들은 뿔이라도 있는데, 니는 이빨도 뿔도 없이 시상을 살았다. 그리 살아온 니 속을 뉘가 알겠노? 인제는 집에 보태지 않아도 되니까 니 앞가림 할 만큼만 해라."

"돈이 문제가 아니라 일을 할 마음이 자꾸 없어진다."

"살고 보면 별시리 사는 사람도 없지만, 할 때 못 하면 억울한 거는 남는 법이다. 니도 자고 나면 새 몸이 되는 때는 지났다. 좀 쉴 때가 된 기다. 하다못해 어데 기댈 사람이라도 있으모 좀 나을 낀데."

"기댈 사람?"

"니는 할 만큼 했다. 편할 때 기댈 사람이 뭔 필요가 있겠노? 사람끼리 기대는 것은 서로 받쳐 주는 것도 되는 기다. 사람을 잘 보고 기댈 사람 만나서 서로 기대고 살아라."

엄마의 나뭇가지처럼 굽은 손가락을 잡고 펴 봤다. 잘 펴지지가 않았다.

"펴지 마라. 나는 인제 오그라질 일만 남았다. 니나 쫙쫙 펴지게
살아라."

어깨를 당겨 안았다. 오래된 엄마 냄새. 작아진 엄마.

정월대보름날 저녁에 예약도 없이 열다섯 명의 손님이 들이닥
쳤다. 사장은 점심 나절에 열린 풍어제 뒤풀이에서 마신 술 때문
에 일어나지 못했다. 혼자서 북을 치고 나팔도 불었다. 마칠 때쯤
등줄기에서 덩어리 같은 것이 머리 쪽으로 기어 올라갔다. 썻던
도마를 잡고 숨을 크게 들이마셨다. 그러자 물속에 들어간 듯 귀
가 찡 울리더니 수족관이 위로 솟아올랐다. "어! 어!" 소리치며 수
족관을 눌렀다. 그러자 홀로 나가는 문이 왼쪽으로 휙 돌았다. 머
리에서 번개가 번쩍 일었다.

눈을 뜨고 보니 온통 하얬다. 팔뚝에 주사 바늘이 꽂혀 있었다.
왼쪽 귀 뒤쪽이 베개에 붙은 것처럼 묵직했다. 사장이 걱정스런
얼굴로 내려다보고 있었다. 사장 옆에 김영지와 류애남도 보였다.

"어떻게 된 일⋯⋯."

"미안해. 미안해."

사장은 마른세수를 거푸 해댔다.

"과로라니까 걱정 말고 좀 쉬어. 괜찮을 것 같다지만 내일 머리
사진 찍어 보면 얼마나 입원할지 알 수 있다더라."

"머리 사진은 왜?"

"넘어지면서 땅에 머리를 박았으니 사진을 찍어 봐야지. 이 실

장이 김일이가? 이 사람아! 힘들면 나를 깨우지, 졸도할 때까지 혼자서 일을 하나 그래!"

손을 뻗어 김영지의 손을 잡았다. 류애남이 다가와 이불을 끌어서 덮고 옷을 여며 주었다. 눈을 마주친 영지는 눈물을 주룩 쏟았다. 둘의 손을 잡자, 덕이 또래인 둘에게 밥이라도 한번 사야겠구나 하는 생각이 문득 들었다.

처음 누워 보는 병상이었다. 커튼을 둘러치고 혼자가 되자 눈물이 났다. 다음 날에도 붓기가 가라앉지 않아 머리 사진을 찍지 못했다. 뒷머리를 만져 보니 부어오른 것이 찐빵만 했다. 의사가 구역질이 나면 벨을 누르라고 했으나 구역질은 나지 않고 코 안에서 쇠 냄새만 났다.

다음날 찍은 머리 사진을 보던 의사는 다행이라며, 붓기가 빠지고 꿰맨 상처가 아물면 퇴원하라고 했다. 그러나 오후에 잡지를 세 권이나 들고 찾아온 사장은, 사흘 안에는 절대로 퇴원할 수 없다고 엄포를 놓고 갔다.

그날 밤 잡지를 뒤적이다가 좀 늦게 잠이 들었다. 잠결에 창밖에서 들리는 응급차 소리에 눈을 떴다. 내 병상 옆 의자에 앉아 벽에 머리를 기대고 잠든 이가 있었다. 경찰복이 아니어도 낯익은 모습이었다. 두 손을 배꼽 위에 얹고 고개를 모로 떨어뜨리고 있는 이는 틀림없는 박 소장이었다. 부스럭거리는 소리에 잠이 깼는지 급히 고개를 세웠다.

"아니! 소장님……."

"아이구. 그새 잠이……."

"아니 여기를 어떻게?"

"그게……, 해향에 갔다가 입원했다는 소식을 듣고 잠시 들렀다가 간다는 것이 그만. 아이구! 미안해서 어쩌나. 잠이 깼나 보네요. 이제 갈라요."

소장은 급히 돌아섰다. 바라볼 수밖에 없었다.

다음날 찾아온 사장에게 나가겠다고 했으나 사장은 막무가내였다. 치료비를 내야 나갈 수 있다며 꼼짝 말고 누워 있으라고 했다. 의사는 고개를 끄덕이며 빙긋이 웃기만 했다. 사장이 부탁한 영양주사를 맞았다.

그날 밤에 소장의 막내가 꽃을 들고 찾아왔다. 아버지에게서 소식을 들었다고 했다. 아버지가 꽃을 사서 가라며 돈을 주고 갔다고 했다. 그동안 밑반찬을 싸 보낸 것도 고맙다고 했다. 내가 생리대를 사 준 것도 알았다고 했다.

아이는 내가 보던 잡지를 보면서 자기는 선생님이나 간호사가 되고 싶다고 했다. 그리고 지난번에 아주머니라고 불러서 미안하다고도 했다. 조용조용 말하는 아이의 말을 들으며 아이가 차릴 밥상을 생각했다. 마음 한구석에서 물결 같은 것이 밀려왔다.

퇴원하고 난 뒤 아이와 종종 만났다. 문병을 와 주어서 고맙고, 내가 돈까스를 산 것이 계기가 되었다. 우리는 분식집에서 자주 만났고, 가끔 노산공원도 걸었다. 내 방에서 뒹굴기도 했다. 아이는 학교 이야기와 친구들 이야기를 했고, 간혹 제 엄마 이야기도 했다. 엄마 이야기를 할 때 아이는 표가 나게 시무룩했지만, 그때 빼곤 해사한 웃음이 참 예뻤다. 그리고 당돌하고 야무졌다. 언니라고 부르겠다고 했다.

늦가을에는 둘이서 진주 촉석루에도 다녀왔다. 고등학교 3학년이 되면 만나기 힘들다며 아이가 낸 의견이었다. 은행잎이 덮은 공원길을, 손을 잡고 걸었다. 조잘대던 아이는 강물을 우두커니 내려다보다가 뜬금없이 물었다.

"꼭 결혼을 해야 해요?"

"좋은 사람 만나서 하면 좋겠지?"

"언니는 왜 안 해요?"

"그러게, 나 좋다는 사람이 없네."

"피이! 언니 예쁜데, 근데 결혼해서 불행해지면 어떻게 해요?"

"왜 그런 생각을 해?"

"아빠 보면 그런 생각이 들어요. 엄마가 계셔서 할머니도 돌보고 아빠를 챙겨 주면 얼마나 좋을까 생각해요."

"아빠가 잘 하시잖아!"

"나도 누구를 힘들게 할까 봐 결혼하지 말아야겠다고 생각하기도 해요."

"건강하면 되지!"

"그건 알 수 없는 것이잖아요. 아빠가 밤에 혼자 마당에서 울 때가 있어요. 못 본 척하지만 속상해요."

"……"

강가에서 쇠백로 한 마리가 날아올랐다. 은행잎을 밟고 섰던지 발에 노란 물감이 찍혀 있었다. 날아오른 몸이 강과 평평해지자 새는 다리를 쭉 폈다. 슬쩍 아이의 어깨를 당겨 안았다.

"아빠가 울 땐 모른 척 말고 니가 슬쩍 안아 줘. 이렇게."

아이는 고개를 돌려 내 눈을 빤히 쳐다보다 걸음을 옮겼다.

아이가 고등학교 3학년이 되자 만나기가 힘들었다. 간혹 아이와 내가 쉬는 날이 겹치면 잠시 만났다. 그러던 어느 날, 아이 집 앞에서 만나기로 한 날이었다. 밑반찬을 몇 가지 만들어 갔다. 초인종을 누르고 한참을 기다려도 아무런 기척이 없었다. 다시 누르고 기다리자 대문이 철컥 열리더니 아이 대신 소장이 나왔다.

아이는 열감기로 누워 있다고 했다. 반찬만 건네고 돌아서려다가 아픈 아이를 보지 않고 돌아서기가 마음에 걸렸다. 아이를 잠시 보고 가겠다고 하자 소장은 머뭇거리다 앞서 들어갔다. 아이는 퀭한 눈으로 누워 있었다.

부엌을 뒤져 꿀물을 만들고 흰죽을 쑤었다. 그러는 동안 소장은 방이며 거실에 어질러진 옷을 치우느라 부산을 떨었다. 죽을 떠 식혀 놓고, 냉장고 안을 정리하고, 세탁기를 돌렸다. 일거리가 눈에 보이고 절로 손이 갔다. 소장은 나를 따라다니며 쩔쩔맸다. 누워 있던 아이가 킥킥 웃었다.

"아빠가 벌 서는 것 같다."

"아이고, 이거, 미안해서 어쩌나."

"다음에 아빠가 언니한테 맛있는 거 사 줘야겠다."

아이의 그 말끝에 소장과 눈이 마주쳤다. 나는 세탁기 쪽으로 몸을 돌렸고 소장은 마당으로 나갔다. 아이를 다독거리고 마당에 나서자 소장이 비켜서며 말했다.

"아이가 한 말, 신경 쓰지 말아요."

"무슨 말이요?"

"아니, 그게, 저기, 맛있는 거······."

"아뇨, 다음에 사 줘요."

"네? 아, 네!"

대답을 하며 우뚝 서 버린 소장은 내가 대문을 닫을 때까지 그 대로 있었다. 집으로 가지 않고 노산공원을 한 바퀴 걸었다. 방파 제 옆에 드러난 바위에는 조무래기들이 낚시를 던지고 있었다. 공원길로 들어섰다. 길 옆에는 산비둘기가 헤친 마른 솔잎 위에 진달래 꽃눈이 발그레했다. 가는 가지 끝의 몽우리는 떨리고 있었 다. 손으로 잡아 멈추려고 했으나 떨림은 멈추지 않았다.

체육대회를 마친 단체 손님을 두 팀이나 치른 날이었다. 벌겋게 달아오른 그들은 오자마자 물 찾듯 상차림을 재촉했다. 허둥대다 볼락의 등가시에 손을 찔리기도 했다.

설거지까지 마치고 나니 등허리에 작대기가 박힌 듯 뻣뻣했다. 빨리 눕고 싶었으나 빨리 걸을 수가 없었다. 허리가 욱신거리고 찔린 손가락도 다시 아팠다. 이런 날, 누군가 방을 데워 놓고 있으 면 얼마나 좋을까 싶어 먹먹해졌다. 눈물이 찔끔 났다. 밤바다에 서 불어온 바람이 볼에 차가운 빗금을 그었다.

집으로 들어가는 골목으로 들어서자 누군가가 마주보고 걸어 오고 있었다. 소장이었다.

"놀라지 마십시오. 기다렸습니다. 잠시 시간을 좀……."

소장은 뚜벅뚜벅 걸어 공원 쪽으로 길을 잡았다. 끌려가듯 따라 갔다. 지난번에 갔던 찻집에 앉자마자 의자 위로 스르르 몸이 풀렸다. 나는 말을 할 힘이 없었지만 그는 작전인 듯 말이 없었다. 차가 다 식고서야 그가 말을 꺼냈다.

"전에 맛있는 거 사 달라고 하신 말씀, 기억하고 있습니다."

"네? 아! 네, 다음에, 아이 쉬는 날 함께 먹어요. 그런데 그것 때문에 오셨어요?"

윗입술을 몇 번 씹고, 창밖을 한참이나 보다가, 지퍼가 고장난 가방에서 뭔가를 꺼내듯, 소장은 겨우 말을 꺼냈다.

"아니, 꼭 그건 아니고. 사장님이 요새 힘들어 하시는 것 같다고 해서. 혹시 다른 일을 할 마음이 있는가 해서. 그게 딴생각이 있어서가 아니라, 또 내가 어디 알아보면 지금보다는 쉬운 일자리가 있을 것도 같고……."

그는 말을 하면서도 고개를 들지 못했다. 제법 시간이 흘렀다. 허리가 욱신거렸다. 쉬고 싶었다.

"생각해 주셔서 고마워요. 그런데 아직은 그만둘 수가 없어요. 다음 달 쉬는 날에 맛있는 거 사 주세요. 오늘은 그만 쉬고 싶어요."

그와 눈이 마주쳤다. 그의 눈빛이 떨리는 것을 보았다.

약속대로 아이와 함께 소장의 차를 타고 맛있는 것을 먹으러 갔다. 해지는 모습이 고운 바닷가 마을이었다. 아이와 구운 고기를 쌈 싸서 서로 먹여 주기도 했다. 아이의 웃음이 노을과 잘 어울렸다.

"아빠, 종종 이렇게 셋이서 밥 먹어요. 네?"

그는 조잘대는 아이를 물끄러미 바라보기만 했다.

그때부터 소장은 아이가 쉬는 날과 내가 쉬는 날이 겹치면 어김없이 차를 몰고 왔다. 나는 공부에 힘들다는 아이의 넋두리를 말없이 들었고 별것 아닌 말에도 소리 내어 웃었다. 소장은 아이와 나를 물끄러미 바라보다 두어 걸음 떨어져서 따라왔다. 그러다 여름방학이 지나자 아이는 쉬는 날이 없어졌다. 그러자 소장은 혼자 차를 몰고 왔다.

처음으로 순천과 벌교, 운주사를 다녀왔다. 소장과 둘이서 처음 나선 길이었지만 그리 어색하진 않았다. 오가며 소장이 하는 말들은 항상 비슷했다. 할 말을 숨기고 에둘러 말하기 위해 애쓰는 모습이 안쓰럽기도 했다. 그 뒤에 해남까지 갔다 온 날도 있었다. 나는 그냥 어디로 떠나는 것이 좋았다. 둘이 만나는 것을 사장도 알고 있는 눈치였으나 별 말이 없었다.

송광사에 다녀오던 길이었다. 소장이 섬진강가의 복숭아밭 옆에 차를 세웠다. 강 건너 마을에는 복숭아 같은 전등불이 태어나고 있었다. 복숭아나무 잎이 어둠에 잠겨 사라질 때를 기다려, 그가 나직하게 말했다.

"내가 염치가 없지요. 아이가 둘이나 달린 홀아비가, 풍이 든 노모를 모신 사람이, 그것도 띠동갑도 넘는 사람이, 이런 마음을 먹는다는 게 참 염치없지요. 그러나 돌리지 못할 마음이 생긴 것 같소. 내 마음을 전하지 않고 이렇게 나다니는 것은 바른 경우가 아닌 것 같소. 대답을 기다리겠소. 언제든 마음이 정해지면 답을 주시오. 답을 받기 전에는 만나는 게 아닌 것 같소. 좁은 바닥에 소문이라도 나면 그건 못할 짓이니까."

말 속에 숨긴 뜻이 무엇인지 모르지 않았지만 나는 아무 말도 하지 않았다. 다만, 그의 돌리지 못할 마음과, 내가 정해야 할 마음이 서로 같은 곳에서 닿을 것인지는 알 수가 없었다.

아이는 원하던 대로 사범대학에 진학했다. 합격했다는 소식을 사장에게서 듣고도 두어 달이 지나서야 아이와 만날 마음을 냈다. 마음을 정하지 못한 상태에서 아이와 만난다는 것이 겁이 났던 것이다. 그러나 그동안 살펴본 내 마음은, 그에게 많은 것을 기대고 있음을 숨길 수 없었다.

아이와 진주로 갔다. 봄옷을 한 벌 사 주어야겠다고 생각했다. 아이는 그새 부쩍 어른스러워져 있었다.

"언니, 요즘 왜 아빠랑 안 만나요?"

버스가 시내를 벗어나자 기다렸다는 듯이 아이가 물었다.

"알고 있었니? 좀 생각할 시간이 필요한 것 같아서."

"요즘 아빠가 뭔가에 쫓기는 것 같아서 불안해요. 내가 기숙사에 가 버리면 혼자서 어쩔지 모르겠어요. 에휴, 남자는 늙어도 아기 같아요."

"아기?"

"언니!"

"왜?"

"나는 언니가 아빠랑……. 아녜요."

"말해 봐, 괜찮아."

"아빠는 언니를 좋아해요. 그런데 미안해서 말을 못 하는 것 같아요."

"뭐가 미안해?"

"누가 봐도 그렇잖아요? 나이도 그렇고, 편찮으신 할머니까지 달린 조건이."

"너도 그리 생각하니?"

"나는 언니 마음이 중요하다고 생각해요. 아니, 둘 중에 한 사람이 용기를 내야 결정이 날 것 같아요. 나는 음……, 그 사람이 언니였음 좋겠어요."

"왜?"

"그냥, 그런 용기 있는 사람이 멋있을 것 같아요. 물론 언니의 마음이 중요하겠지만. 만약, 언니가 거절하면 나도 언니 만나는 게 어려워지겠죠? 나는 상관없지만. 아마 아빠가 못 만나게 할 것 같아요."

"조금만 더 시간을 줘."

창밖을 보며 말을 쏟아 내던 아이는 어깨를 추스르고 차창에 이마를 댔다.

고른 옷을 입고 거울 앞에 섰다가 내게로 다가오는 아이는 눈부셨다. 아이는 내게 노랑과 분홍이 섞인 스카프를 선물해 주었다. 졸졸 따라다니던 종업원이 센스 있는 모녀 간이라며 호들갑을 떨었다. 둘은 마주 보고 피식 웃고 말았다.

주변의 일들은 정해진 규칙이라도 있는 듯 순서대로 왔다가 갔다. 아이가 입학하여 기숙사로 간다고 인사하러 다녀간 며칠 뒤, 엄마는 복이가 딸을 낳았으니 다녀가라는 말을 전했다. 나만 우두커니 멈춰 있는 것 같았다. 멈춰 있는 나를 비켜 가느라 모두가 불편해 하는 것 같았다.

엄마와 함께 산모를 살핀 뒤 아버지를 만나러 갔다. 장에 다녀와 오토바이에서 내리는 아버지의 등이 굽어 보였다. 마주 앉은 얼굴의 주름은 깊은 골을 이루고 있었다.

"아버지, 만나는 사람이 있어요."

내가 말을 꺼내자, 엄마가 눈을 동그랗게 뜨며 엉덩이를 붙여 왔다. 뭘 하는지, 몇 살인지 어디 사람인지 한꺼번에 물었다.

"대학생 아이가 둘 있어요. 사별했고."

엄마는 입을 반쯤 벌렸고, 아버지는 흠 헛기침을 하며 천정을 봤다. 천천히 아버지가 물었다.

"뭘 하는 사람이냐?"

"파출소장이에요."

"나이는?"

"좀 많아요."

아버지는 방바닥에 손바닥을 짚어 숙어지는 몸을 멈추고 입을 꾹 다물었다. 엄마가 다가와 내 얼굴을 빤히 보며 눈을 맞추었다.

"내가 일하는 식당에 손님으로 와서 만난 사람이에요. 나도 일하는 게 갈수록 힘이 들고, 그 사람도 상처하고 아이들 키우는 게 힘들어 할 때 만났어요."

"니 마음은 어떠노?"

엄마가 마른 입맛을 다시며 물었다.

"아직 정해진 것은 없어요. 그냥 그런 사람이 있다는 걸 알려 드리는 거예요. 너무 걱정하지 마시라고."

엄마는 아버지 눈치를 보면서 말했다. 아버지는 방바닥만 바라보고 있었다.

"니가 부모 걱정할까 봐서 억지로 가는 거라면 그건 안 된다."

"다음에 같이 한번 올게요."

아버지의 답을 기다렸으나 아버지는 끝내 말이 없었다. 어금니만 꾹꾹 다물고 있었다.

식당에 저녁 예약 손님이 있다는 핑계를 대고 집을 나섰다. 동구를 벗어나 고속도로가 보일 때 뒤에서 오토바이 소리가 났다.

"타라. 군북까지 가자."

아버지가 옆에 오토바이를 세웠다. 눈길은 고속도로에 둔 채였다. 오토바이 뒷자리에 올라탔다.

팔을 둘러 아버지의 허리를 감았다. 두 팔 안에 아버지를 가둔 것은 처음이었다. 오토바이가 출발할 때 아버지의 등에 이마가 닿았다. 노인의 냄새가 났다. 학교를 지나고 방앗간을 지나 개고개에 올랐을 때, 아버지는 오토바이를 세웠다.

아버지는 개고개 너머 기찻길을 보며 천천히 말했다. 한 발만 땅에 짚은 채였다.

"니가 살아온 거 다 안다. 해 준 것도, 해 줄 것도 없는 애비가 무슨 말을 하겠노만, 고생할 자리라면 안 된다. 니가 더 고생하는 꼴을 내가 눈을 뜨고 우찌 보겠노?"

"예……."

나는 금방 올라온 비탈길을 보고 말했다. 개고개는 마음의 옷을 갈아입는 곳이었다. 동네 사람들은 개고개를 넘어가며 옷깃을 세우며 도시에서 성공하리라 다짐했고, 개고개를 넘어오며 넥타이를 풀고 마음을 헹구었다. 나는 어떤 옷으로 갈아입으려는 것일까? 어디서 바람이 불어 와 답답한 마음을 날려 버렸으면 좋겠다고 생각했다. 홀가분해지고 싶었다.

아버지는 다시 시동을 걸었다. 내리막길을 핑계로 아버지 등에 뺨을 댔다. 획획 뒤로 물러나는 빈 논에 먼지가 폴폴 날리고 있었다.

시골에 다녀온 뒤 마음을 정리하려고 애를 썼다. 내 마음은 무엇일까? 힘든 상황이 계속되는 그 사람의 형편에 대한 동정심일까? 지친 내가 그 사람에게 기대고 싶은 것일까? 내가 그 사람을 도울 수 있을까? 그 사람은 내가 기댈 언덕이 되어 줄까? 그 집 아이들은 나를 어떻게 받아들일까?

분명한 것은 이 모든 상황이 내 앞에 펼쳐졌고 내가 답을 하기를 기다리고 있다는 것이었다. 지금 와서 미루거나 피해 갈 수도 없었다. 생각의 끝을 막고 며칠을 더 생각했다. 결국, 그를 모르는 사람으로 두고서는 어디서도 살 수 없을 것 같았다. 소장을 만나서 식구들을 만나겠다고 했다.

소장의 집에서 식구들을 만났다. 아이들에게는 미리 이야기를 한 듯했지만, 서울서 내려온 아들은 고민의 가닥을 다 풀지 못한 표정이었다. 내내 눈치를 살피다가 아버지의 뜻에 따르겠다고 작은 소리로 말했다. 오빠를 지켜보던 딸아이가 내 손을 잡았다.

며칠 뒤, 함께 시골집으로 갔다. 엄마는 무릎을 꿇은 그의 얼굴을 바라보지 못했다. 아버지는 우리 둘을 말없이 바라보기만 했다. 엄마가 술상을 들이자 그가 술을 따르고 천천히 입을 열었다.

"염치가 없지만……. 잘 살겠습니다."

아버지는 비운 잔을 내린 뒤에도 말이 없었다. 엄마는 내 손을 당겨 그러쥐었다.

"아버지……."

내가 아버지를 불러 놓고 말을 잇지 못하자 엄마가 아버지를 바라보았다. 그때서야 아버지는 상 앞으로 당겨 앉으며 천천히 말했다.

"없는 집에 나서, 여식이 고생을 많이 했네. 자네가 부모 마음을 알 거라 생각하네. 부모 같은 마음으로, 이 아이 고생시키지 말고, 오래오래 살겠다고 약속하게."

말을 마친 아버지가 잔을 들어 내밀고 채웠다. 그가 일어나 절했다. 엄마가 돌아앉아 눈가를 훔치고 난 뒤, 바닥을 내려다보고 말했다.

"날 때부터 귀염이라고는 받아 보지 못하고……, 일만 하다가……, 여물지도 않고 객지로 나가 혼자서……."

엄마는 끝내 말을 잇지 못하고 돌아앉고 말았다.

"듣고 봐서 압니다. 이 사람의 남은 인생은 고생시키지 않고 잘 살겠습니다."

그도 젖은 눈을 숨기지 않았다. 손수건을 꺼내 그의 손에 쥐어 주었다.

정해진 일을 미루고 싶지 않았다. 시골에 다녀온 다음 주에 그의 어머니와 동생 식구들을 만나 결혼식 날을 잡았다. 비로소 일이 닥친 것 같았다. 사장에게는 어떻게 말을 할까? 내가 내린 결정이 옳을까? 마음을 내놓고 의논할 사람이 없었다. 외로웠다. 외로움은 옆이 비어서가 아니라 내가 드러나자 비로소 느껴지는 것이었다.

그러나 돌아서고 싶지는 않았다. 외로움은 오기를 불러일으켰다. 그것은 무너뜨려 버리고 싶은 담장이었다. 앓는 어금니 같은 것이기도 했다. 뽑아 버리고 싶었다. 그와 매일 만나면서 매일 다짐했다.

6장

흔들리는 배

1

옥귀와 해향의 사장 내외, 그리고 양쪽 가족들만 참석한 결혼식
장은 한산했다. 처음 본 성당의 분위기에 함안 식구들은 처음부터
기가 죽었다. 아버지는 식이 시작되기 전부터 눈을 감고 묵묵히
앉아 있었다. 국이가 옆에 앉아 간혹 아버지가 묻는 말에 답하고
있었다. 복이는 징징대는 젖먹이 딸아이를 안고 들락거렸다. 엄마
만 주눅 든 표정으로 내게서 눈을 떼지 못했다. 키만 한 꽃다발을
안은 복이의 아들만 오락가락하며 들떠 있었다.

언니가 오지 못해 옥귀가 따라다니며 옷과 화장을 살폈다. 옥귀
도 익숙하지 않은 성당의 결혼식에 당황하기는 마찬가지였다. 그
러나 마음 쓰지 않으려고 애를 썼다. 열고 나가야 할 문으로 다가
가는 중간쯤의 풍경이라 생각했다. 새로운 문을 열기 전까지 일어
나는 대부분의 일들은 문을 열면 사라질 것들이었다.

예식이 끝났다. 대절한 택시로 함안 식구들을 보냈다. 택시를
타기 전에 엄마와 잠시 안고 서 있었다. 엄마가 말없이 등을 톡톡
두드려 주었다. 나도 말없이 많은 말을 했다.

옷을 갈아입는 기분이 묘했다. 새 사람으로 태어나는 것 같은 느낌이 진하게 들었다. 거울 앞에 서서 낯선 얼굴을 자세히 바라보았다.

"여보, 안에 있소?"

그의 목소리에 퍼뜩 정신이 돌아왔다. 그런데 여보?

"여보, 나는 준비 다 되었소."

준비란 말이 귀에 담겼다. 준비? 나는 준비가 되었나?

"징그러워요. 여보라고 하지 마요. 먼저 내려가요. 따라갈게요."

그의 웃음소리가 천천히 멀어졌다. 성당 마당에 내려가자 그가 사장과 마주보고 있었다. 옆에 섰다. 나는 새롭게 태어난 사람이라고 속으로 되뇌었다. 옥귀가 내 어깨를 당겨 안으며 귀에 대고 말했다.

"축하해. 잘 살아!"

옥귀는 고개를 돌려 그에게도 말했다.

"우리 친구, 행복하게 해 주셔야 해요. 알았죠?"

나이 차이 때문인지 옥귀가 조심하는 게 눈에 보였다. 잡고 있던 사장의 손을 놓고 옥귀에게로 다가선 그가 갑자기 큰 소리로 말했다.

"한 번 살아 봐서 잘 사는 법을 좀 압니다."

둘러선 사람들이 와락 웃음을 터뜨렸다.

시내를 빠져나와서 여행 일정을 물었다. 경주에서 하루를 보내고 동해안을 따라가다 강릉에서 서쪽으로 가자고 했다. 그의 말끝에 오색에는 꼭 가고 싶다고 했다. 그는 고개를 끄덕여 동의했다.
오색의 그 하늘을 다시 보고 싶었다. 파란 가슴을 다시 안아 보고
싶었다. 그러면 정말 새로운 사람이 될 것 같았다.

첫날은 불국사만 둘러보았다. 어둑해져서 절 밖으로 나왔다. 나
란히 잔디밭 사이로 난 길을 걷다가 걸음을 멈췄다.

"나, 아이는 갖지 않을 거예요."

그는 나를 바라보고 서서 아무 말이 없었다. 그러다 몇 걸음 먼
저 옮긴 뒤 걸음을 멈췄다. 다가가서 마주 보았다.

"미안하오."

겨우 말을 마친 그가 어금니를 다물며 내 어깨를 당겨 안았다.

다음날 새벽에 토함산에 올랐다. 안개가 산허리를 잘라 산봉우
리만 둥둥 떠 있었다. 안개늪 끝에서 붉은 기운이 뭉치더니 안개
사이로 긴 빛기둥을 쏘았다. 안개가 이리저리 몰려다니며 산의 능
선을 지웠다. 안개의 위세에 눌린 붉은 덩어리는 빛기둥을 거두고
희부옇게 변해 갔다. 뒤에 선 그가 어깨를 당겼다.

"당신이 잘 때, 어제 당신이 한 말을 곰곰이 생각했소. 정말 미
안하오. 잘 삽시다."

"미안해하실 필요 없어요. 내가 원하는 것이니까요."

그가 팔에 힘을 주었다. 나는 안개가 어서 걷혔으면 좋겠다고
생각했다.

오색으로 가는 길은 새로웠다. 초여름의 산은 연두색 바다였다.
연두색 바다는 바람이 지나갈 때마다 울렁거렸다.

오색 입구에서 기억나는 대로 길을 잡았다. 주전골로 가는 길이었다. 약수터엔 여전히 사람들이 모여 있었다. 이번엔 기다렸다가 약수를 떠 마셨다.

날선 바위는 그대로였다. 짙어지는 연두색 파도가 위로 올라가려고 바위틈마다 매달려 안간힘을 쓰고 있었다. 밑에서 숨이라도 후후 불어 밀어올리고 싶었다. 그는 뒤따라오며 곳곳에서 자세를 잡고 서 주기를 바랐다. 혼자 왔을 때 앉았던 바위를 찾아 앉았다.

"사진 많이 찍지 마요."

"왜? 남는 건 사진뿐이라고 하잖아."

"보이는 게 다는 아니에요."

"응? 그게 무슨 말이오? 사진은 거짓말을 못 해요."

그때, 오색을 혼자 찾아왔던 일과 이 바위에서 파란 숨을 쉬었던 것을 말했다.

"그때와 지금은 바위도 생각이 바뀌었을 거예요."

"바위가 생각이 바뀌어? 허허, 참. 이 사람이 그새 도가 텄나? 아리송한 말씀을 다 하시네. 허허, 참."

웃는 그의 얼굴에 물그림자가 흔들렸다.

백숙 집에서 저녁을 먹었다. 민박도 하는 집이었다. 주인을 불러 개울가의 방을 부탁했다. 밤새 소쩍새 우는 소리에 쫓겨 개울물이 쉬지 않고 흘러갔다.

아침에 일어나 나란히 개울가를 걸었다. 길가의 양지쪽엔 민들레가 피고 지고 있었다. 씨가 여문 꽃대를 들고 후후 불었다. 사진을 찍던 그가 인천으로 가자고 했다.

"인천에는 왜요?"

"가면서 이야기할게."

인천은 아이들 외조부모의 산소가 있는 곳이라고 했다. 한참을 달린 뒤 그가 처음 한 말이었다.

"결혼식 전에 다녀오려고 했는데 워낙 빨리 일이 진행되는 바람에 시간을 만들지 못했소. 당신 몰래 다녀오는 것도 경우가 아닌 것 같고. 많이 망설였지만 솔직해야 한다고 생각했소. 이해해 주오."

"아……."

말을 마친 그는 운전대를 쥐고 입을 닫았다. 나도 생각지 못했던 일이라 더 할 말을 찾지 못했다. 한참 시간이 흘렀다.

"아이 엄마 제사는 어떻게 해요?"

차 안의 묵묵함을 바꾸고 싶었다. 창을 내렸다. 바람이 획 들어와 내 말을 창밖으로 끌고 가 버렸다.

"간단히 내가 하오."

앞을 보고 그가 말했다. 말을 뱉고는 한 말을 숨기듯 다시 입을 닫았다.

"이제부터는 내가 차릴게요."

운전대를 잡은 손이 움찔했다.

"잘 하지는 못해요. 아직 당신 집안 법도도 모르고. 잘못해도 나무라진 말아요."

그가 한 손을 내려 내 손을 잡았다. 언젠가는 정리해 두는 것이 좋겠다고 생각한 일이었다. 인천 시가지를 벗어나 바다가 보이는 야트막한 산 아래에 차를 세웠다.

"인사 드리고 오겠소. 여기서 기다려 주오."

산소를 향해 산비탈을 오르는 그를 보며 남편의 옆이 허전하다고 생각했다. 내가 저 사람의 옆을 채울 수 있을까. 차 밖으로 나와 바람을 맞았다. 개운해지고 싶었다.

"이제 밥 먹으러 갑시다."

산소를 다녀온 그가 땀을 훔치며 말했다.

"내 입이 보통 입이 아닌 건 알죠?"

"어련할까? 부산과 삼천포를 휩쓴 입인데."

"그러면 알아서 모셔요."

복잡해질 땐 피해 버리거나 막질러 가 버리는 게 가장 좋은 방법이었다. 의자를 뒤로 눕혀 팔짱을 꼈다. 차는 바다를 옆에 두고 달렸다. 갯벌이 길게 드러난 흐린 바다였다.

선운사 뒷산에서 해가 지는 것을 보았다. 발갛게 달아오른 하늘은 오랫동안 식지 않았다. 동백숲 오솔길을 내려오며 그가 말했다.

"이제부터는 당신만을 위해 노력하겠소."

나도 그를 바라보고 고개를 끄덕였다. 동백나무숲이 어두워지고 있었다.

갯벌이 넓게 펼쳐진 낯선 마을을 돌며 하루를 더 보냈다. 염전에서 소금을 사고, 포구에서 젓갈과 마른 조기를 샀다. 작은 불씨 같은 설렘이 피어나는 것도 느꼈다.

여행에서 돌아온 뒤, 해향을 그만두었다. 해향을 그만둔다고 생각하자 여러 생각이 오갔다. 내게 해향과 정원가든은 하나였다는 생각이 들었다. 퇴직금을 내미는 사장의 손을 잡고 많이 울었다. 칼끝으로 오린 시간들이 뒤죽박죽으로 녹아 나와 흘렀다.

짐을 정리해서 옮겼다. 용달차 한 대도 다 채우지 못하는 짐이었다. 혼자 빈 방에 들어가 창밖의 바다를 마주 보고 앉았다. 창을 열고 팔을 벌려 바람을 들였다. 고마워 햇살아. 바람아. 바다에게 전해 줘. 이제 마지막 문을 열었다고. 창밖의 바다를 향해 손을 모았다. 엄마가 샘가에서 올리던 소지가 생각났다.

2

두 사람이 사는 살림은 소꿉장난 같았다. 밥과 반찬이 매일 남았다. 식당 살림에 익은 손은 두 사람이 먹을 양을 가늠하지 못했다. 만들어 놓고 아쉬워서 더하고, 돌아보고 애처로워서 보태고. 빨래 몇 장이 담긴 대야나, 그릇 몇 개가 담긴 개수통을 보면 웃음이 나왔다.

장롱을 뒤져 오래된 옷들을 빨고, 이불도 홑청을 뜯어 다시 꿰맸다. 장롱 위와 밑도 쓸고 닦았다. 쓸고 닦으면 언제나 마음이 편해졌다. 담장 밑에 꽃모종을 심고 아무렇게나 가지를 뻗은 나무들을 다듬었다. 양지쪽엔 상추씨를 뿌렸다. 옥상에도 여러 개의 화분을 올려 꽃나무를 심었다.

한동안 말없이 지켜보던 남편이, 어느 날 정색을 하고 말했다.

"누가 보면 일 시키려고 당신을 들인 줄 알겠소."

나도 짐짓 정색을 하며 말했다.

"이 일도 않으면, 누가 보면 얻어먹으려고 들어온 줄 알겠소."

말끝에 눈이 마주쳐 둘은 피식거리며 웃고 말았다.

파출소 사람들이 왔다 가고, 시동생 식구들도 왔다 갔다. 그때마다 사모님이나 형수님 등의, 나를 부르는 새로운 이름에 조금씩 익숙해져 갔다. 나도 일삼아 동서나 시어머니, 서방님 등의 낯선 이름을 불러 보곤 했다.

그러나 아이들은, 나를 부를 뚜렷한 말을 찾지 못했다. 내게 할 말이 있으면, 큰아이는 작은아이에게 했고, 작은아이는 남편에게 했다. 그럴 때마다 남편은 내게 미안하다고 말했으나 나는 정말로 섭섭하지 않았다. 엄마라는 말을 도저히 들을 수 없을 것 같아 오히려 다행이라고 생각되었다. 나나 아이들이나 시간이 더 필요하다고 생각했다.

남편은 달마다 한 번은 꼭 여행을 가자고 했다. 과하다는 생각이 들었지만 남편은 여행에 관한 일에 유난히 단호했다. 첫 주와 셋째 주 쉬는 날에는 시어머니 집에 가고, 아이들은 둘째 주에 오라고 했다. 마지막 주는 어디든 밖으로 나갔다. 어릴 때부터 다녔던 성당은 새벽에 혼자 다녀와 여행의 출발을 늦춘 적도 없었다.

여행에서 돌아오는 길에 불쑥 함안에 들를 때도 있었다. 그것은 엄마에게 내가 사는 모습을 일일이 말하지 않아도 되게 했다. 여행의 마무리는 주로 해향에서 했다. 사장은 진심으로 즐거움을 함께 나눴다. 몇 해가 지나자 다녀온 곳을 표시한 지도 위의 동그라미가 서로 닿는 곳도 생겼다.

그러는 사이에 국이와 덕이도 결혼을 했다. 남편은 동생들 식구를 불러 모아 가족 잔치를 열기도 했다. 동생들이 돌아가고 나면, 나는, 여태 살아온 길에서 다른 길로 완전히 옮겨졌다고 생각했다. 이제는 컴컴한 곳에서 나를 기다리는 문은 나타나지 않을 것이라 확신했다. 새롭게 펼쳐진 길을 그와 함께 걸어가리라.

그러나 그것은 나 혼자만의 생각이었다. 아무래도 살아갈 길은 정해져 있는 듯했다.

그 길은 외길이었다.

오대산 월정사에 단풍을 보러 간 날이었다. 저녁을 먹은 뒤, 공중전화를 찾았다. 남편은 밖에서 잘 때면 자기 전에 시어머니에게 전화를 했다. 평소엔 중간에 전화를 바꿔 주었지만 그날에는 그러지 않았다. 공중전화 박스 안의 얼굴색이 어두워 보였다. 전화를 끊고 나와서도 말없이 눈만 끔벅였다. 여행을 다니며 걱정하는 표정을 내게 보인 적이 없었다.

"무슨 일이 있어요?"

"내일 일찍 내려가야겠어."

"무슨 일이냐니까요?"

"어머니가 조금 피곤하신가 봐. 나를 몰라보시네. 자꾸 아저씨는 누구냐고 물어. 참, 나."

마침 들리는 절의 종소리처럼 마음에 감기는 무엇이 있었다.

"지금 가요."

"어디로?"

"집으로요. 이번에는 내 말대로 해요."

차를 모는 내내 남편의 표정은 굳어 있었다. 차 안은 숨소리도 잘 들리지 않았다. 온갖 생각이 머릿속에 오갔지만 말을 붙일 수가 없었다. 4차선의 길로 들어서고서야 입을 열었다.

"괜찮을 거요. 지난주까지 아무렇지 않았으니까."

"네, 그래야지요. 걱정 말고 운전 조심해요."

아침에 찾아간 시어머니는 아무렇지도 않았다. 우리를 알아보고 끼니를 챙기려고 부엌을 들락거렸다. 그러다 내가 부엌에 들어서자 빤히 쳐다보더니 와락 머리채를 잡았다.

"이년이 어디 갔다가 이제사 왔노?"

남편이 달려와 시어머니를 떼어 냈다.

아들에게 팔을 잡혀 방에 들어간 시어머니는 다시 조용해졌다. 내가 몸을 닦고 옷을 갈아입혔다. 각진 턱과 큰 광대뼈가 남편과 닮았다고 생각했다. 시동생 내외를 불러 오후에 진주의 대학 병원으로 갔다. 사진을 찍고 의사와 면담을 하는 내내 어머니의 손을 놓지 않은 남편은 의사의 진단을 기다리며 마른 침만 삼켰다.

"환자는 치매가 많이 진행된 상태입니다. 계단식으로 진행되는 병이라 보호자가 놀랐을 겁니다. 이대로 가다가 어느 순간 또 다른 장애가 나타납니다. 기억 장애와 시공간 인지 장애가 올 수 있습니다. 사람을 몰라보거나 집을 못 찾아온다는 말입니다.

낯선 장소나 낯선 사람을 만나면 증상이 나타나기 쉽습니다. 안
정을 위해 보호자가 붙어 있어야 될 상황입니다. 아니면 입원을
시켜야 하고요. 판단하십시오."

젊은 의사는 동정 어린 눈빛으로 말했다. 마른 손을 비비며 의
사의 입만 바라보던 남편이 나를 바라보며 겨우 말했다.

"의논해 보겠습니다."

"일단, 우리 집으로 모셔요."

일어서기 전에 내가 말했다. 시동생과 남편이 나를 바라봤다.

"일단, 우리 집으로 가요. 뒷일은 서방님과 의논하시고요."

남편은 어금니만 두어 번 꾹꾹 다물 뿐 말이 없었다.

아이들 방에 누운 시어머니는 병원에서 받은 약을 먹고 내내
잠만 잤다. 시동생은 고성 바닷가에 치매 전문 병원이 생겼다며
그리로 모시자고 했다. 집에서 모시는 일은 어머니를 위해서도 좋
지 않다고 했다. 나는 말없이 듣고만 있었다. 네 사람 사이에 한동
안 침묵이 흘렀다. 내가 남편의 무릎을 살짝 누르며 말했다.

"당분간만 우리 집에 모시면 안 될까요? 나도 일이 없고, 아이
들이 쓰던 빈 방도 있고."

셋이 눈을 둥그렇게 뜨며 나를 바라봤다.

"내가 힘들거나 어머님이 불편해 하시면, 그때 말씀드릴게요."

"아니, 의논도 않고 갑자기 그런 말을 ……."

남편이 다리를 고쳐 앉으며 말했다.

"당분간이라잖아요. 당분간."

시동생 내외를 배웅하고 들어오다 마당에서 마주 보고 섰다.

"미안하오."

"틀렸어요. 미안하다는 말은 잘못했을 때 하는 말이에요. 어머
님 편찮은 게 당신 잘못은 아니잖아요."

"……고맙소."

남편이 고개를 떨구며 힘없이 말했다. 다가가서 어깨에 고개를
기댔다. 남편은 고개를 들어 하늘을 향해 천천히 숨을 뿜어냈다.

남편이 출근하고 나면 시어머니와 둘이 남았다. 시어머니는 잠
시도 손을 쉬지 않았다. 틈만 나면 집안을 쓸고 닦았다. 오히려 내
일이 줄어들었다. 점심을 먹은 뒤 노산공원이나 해향 뒤 어시장에
가는 것이 일과가 되었다. 시어머니는 햇살이 퍼지면 마당에 나와
풀을 뽑았다. 상추를 솎아 저녁 밥상에 올리기도 했다. 상추를 뽑
은 자리엔 열무 씨를 넣었다.

"땅을 비우면 죄 받아. 맨땅은 병든 자식 얼굴 같아."

씨앗을 넣은 뒤 마주 앉은 나를 보며 말하곤 했다. 눈가의 주름
이 더욱 깊어 보였다. 흙을 쓸어 골을 메우는 시어머니의 손 위에
손가락이 굽은 엄마의 손이 겹쳐졌다.

'아! 시어머니가 더 심해지기 전에 엄마와 함께 할 자리를 만들
어야겠다.'

며칠 뒤 퇴근하고 온 남편에게 말했다.

"함안 식구들을 한번 모시고 싶어요. 어머니 정신이 성할 때."

"나도 그런 생각을 하고 있었소. 당신이 너무 힘들어 할까 봐 말
을 못 했소. 언제든 좋소."

"당신이 가서 모시고 왔으면 좋겠는데."

"그래야지. 당신이 장모님과 의논해서 날 잡고 알려 주소. 하루
는 언제든 비울 수 있소."

사흘 뒤에 엄마와 아버지가 왔다. 엄마는 큰 주전자를 들고 차
에서 내렸다.

"이게 뭐꼬?"

주전자를 받아들며 물었다.

"촌에 입 다실 게 뭐가 있나? 사돈도 편찮다 하고. 잡은 미꾸라
지가 있어서 국 끓여 왔다. 갯가서도 이런 걸 먹는지 모르겠지
만서도."

추어탕! 송구부 운동화를 마련하려고 복이와 미꾸라지를 잡으
러 다녔던 일이 생각났다.

시어머니 방에 들어갔다 나온 아버지는 마당에 다시 나가고, 엄
마는 붉은 눈으로 부엌으로 들어왔다.

"사돈 눈에 힘이 없다. 니가 눈을 떼면 안 되겠다."

"약 기운이 있어서 그래요. 자고 나면 괜찮아요."

"그래도 노인은 모른다. 사돈한테 온 병은 언제 무슨 일이 생길
지 모른다."

"내가 집에 있으니 괜찮아요."

"아이고, 니 팔자도 참……. 끙."

엄마는 나를 바라보며 말을 잇지 못했다. 마당에서 들어온 아버
지도 한참 동안 말없이 나를 바라보았다.

엄마가 끓여 온 추어탕은 남편과 시어머니가 달게 먹었다.

"당신 음식 솜씨가 공부해서 생긴 게 아니구먼. 내림이네. 이런 국을 언제 또 먹겠는가? 그렇죠? 엄니?"

시어머니는 멀건 눈으로 아들을 보며 고개만 끄덕였다. 엄마는 시어머니를 유심히 살피다 눈이 마주치면 고개를 돌렸다.

"사돈이 잘 드시니 또 끓여 드립시다. 통발만 놓으면 국거리야 언제든 잡지 않겠소?"

아버지가 엄마를 보고 웃으며 말했다. 엄마는 나를 보며 고개를 끄덕였다. 시어머니가 팔을 내저으며 말리자 남편이 나섰다. 말도 손짓도 평소와 달리 크게 했다.

"엄니, 장모님이 사위 줄라고 한 건데 엄니가 다 잡수셨소. 나는 더 얻어먹어야겠소."

오랜만의 웃음소리에 놀란 반달이 창을 비켜 가고 있었다. 약을 먹은 시어머니가 방에 들어간 뒤에도 한참이나 상을 치우지 못했다. 팔월의 밤이 깊어 가고 있었다.

엄마는 아침 일찍부터 서둘렀다. 밭에 거둘 것들이 생기기 시작해서 하루도 손을 뺄 수가 없다고 했다. 말릴 수가 없었다. 서둘러 아침밥을 준비했다. 어딘가로 나갔다가 들어온 남편이 시어머니를 깨워 거실로 나왔다. 마주 일어서는 엄마를 보고 시어머니가 말했다.

"이 아침에 뉘시오?"

엄마가 "아이쿠!" 하며 한걸음 물러섰다. 깜짝 놀란 남편이 시어머니 팔을 붙잡으며 말했다.

"허 참, 엄니, 누구긴요? 사돈이지, 사돈!"

"사돈은 진작에 죽었는디?"

"하이고! 엄니이……."

남편이 깊은 탄식을 토해 냈다.

엄마는 내게로 다가와 내 손을 움켜쥐었다.

"아닙니다. 여보! 당신이……."

내게 시어머니 팔을 잡혀 주고 남편은 서둘러 아버지를 모시고 밖으로 나갔다. 마당에 잠시 멈춰 선 아버지가 남편의 등을 쓸어내리며 말했다.

"이보게, 사람이 나면 어른은 한 번 되고, 아이는 두 번이 된다고 했네. 어서 방에 모시게. 우리가 가겠네."

알아듣지 못할 말을 중얼거리는 시어머니 손을 잡고 방으로 이끌었다. 엄마는 정신이 나간 사람처럼 우두커니 선 채 나를 바라보고 있었다. 곧 얼굴이 붉어진 남편이 다시 들어와 엄마의 손을 잡고 나갔다. 밥상에는 밥이 식어 가고 있었다.

함안에 다녀온 뒤 남편은 말이 없었다. 시어머니는 가물가물 우리를 보았다. 남편의 손을 잡고 밖으로 나왔다.

"그런 얼굴 보이지 말아요. 다 예상한 일이잖아요."

"미안하오."

"그런 말 하지 않기로 했잖아요. 어쩔 수 없는 것은 어쩔 수 없어요."

"장모님이 가시는 내내 우셨소."

"괜찮아요. 엄마는……."

뜨거운 것이 올라와 입을 막았다. 남편이 다가와 등을 안았다. 그 가슴에 기대어 뜨거운 것을 눌러 삼켰다. 큰 숨을 몇 번이나 쉬었다.

"용돈은 좀 드렸어요?"

"알아서 챙겨 드렸소. 마른 생선이랑."

"그것 때문에 새벽에 나갔다 오신 거군요."

"그게 무슨 소용이 있겠소. 이제 뵐 낯이 없소."

말끝을 떠는 남편의 손을 잡았다.

"눈아 걱정 마라, 손발이 있다! 이 말 몰라요?"

"미안하오."

남편은 손에 힘을 주었다가 고개를 떨구었다.

"그냥 우리 할 도리만 해요."

"미안하오."

따듯한 것이 어깨에 떨어지더니 곧 퍼져 나갔다. 몸을 좀 더 기댔다.

겨울이 깊어지자 시어머니는 종종 나를 알아보지 못했다. 끼니를 두 번씩 달라고 하거나, 다니러 온 시동생을 "영감!"이라 부르기도 하고 휴가 나온 큰손자를 "아재!"라 부르기도 했다. 시동생은 형에게 병원에 모셔야 하지 않겠냐고 했으나 내가 좀 더 지켜보자고 했다.

봄이 되어 바깥나들이를 할 때는 손을 놓을 수 없었다. 겨울옷을 벗지 않으려고 떼를 쓰기도 하고, 낯선 사람에게 다가가 시비를 걸기도 했다. 음식점만 보이면 들어가려고 하고 길거리에서 파는 것들을 집어 들기도 했다. 남편이 주소와 전화번호가 적힌 이름표를 만들어 와서 목에 걸고 다니시게 했다.

3

"등에 파스 쫌 붙여 주오. 담이 붙은 것 같네. 이젠 몸이 이전 같지 않구먼. 흐흐."

남편이 윗옷을 걷어 올리고 돌아앉았다. 사격 훈련을 다녀온 날이었다.

"어머니를 모신 사람이 무슨 말을 그리해요. 참 나."

"미안해요."

"딩동댕! 이번엔 미안한 게 맞았어요."

"허 참, 어렵네."

등에 붙은 담은 며칠째 풀리지 않았다. 남편은 자주 팔을 휘둘리며 고개를 갸웃거렸다.

"병원에 가 봐요."

"침이나 한 대 맞지 뭐."

며칠 동안 침을 맞았지만 담은 풀리지 않았다. 남편은 사진을 찍어 봐야겠다 하고 출근했다. 그날 저녁에 남편에게 전화가 왔다. 밤차로 서울에 가야 할 일이 생겼으니 그리 알라고 했다. 출장이라고 했다.

다음날, 점심때가 지나서 전화가 왔다.

"놀라지 말고 내 말 들으시오. 경찰병원에 며칠 입원을 해야 하니 그리 알고, 동생네나 어머니께는 훈련 갔다고 하오."

"입원이라니? 왜요? 어디 다쳤어요?"

"아니, 그냥 검사해 보는 것이니 걱정 마시오."

뭔가를 숨기고 있다는 것을 알 수 있었다. 입원? 검사? 헛발을 딛는 것처럼 걸음이 흔들렸다.

이틀 뒤, 다시 전화가 왔다. 서울로 좀 올라오라고 했다. 아찔한 무엇이 머릿속을 가로질러 갔다. 무슨 일일까? 동서에게 시어머니를 부탁하고 서울로 달려갔다.

남편은 환자복을 입고 병상에 누워 있었다. 사흘 만에 표가 나게 눈이 움푹 꺼져 있었다. 나를 보고 웃으려고 했으나 눈빛이 닿은 곳은 먼 곳이었다. 담당 의사를 만났다.

"폐암입니다. 징후가 안 좋습니다. 수술을 해야 합니다. 우리 병원에서 수술하셔도 되지만 더 큰 병원에서 수술하시기를 권합니다. 다른 대학 병원을 알아봐 드릴 수 있습니다."

"네? 폐암? 암? 아!"

귀 안으로 찡하는 울림이 먼 곳에서부터 달려왔다.

"거기서 다시 진단하겠지만, 확실합니다."

의사의 목소리는 굴속에서 나오는 것처럼 웅웅 울렸다. 병원의 벽들이 척척 죄어 왔다.

"그이는 담배도 안 피우고, 여태 아프다는 말도 없었는데……."

"폐암의 원인은 여러 가지이고, 증상도 사람마다 다릅니다."

의사의 말은 눈밭에 던지는 돌멩이처럼 마음에 콱콱 박혔다. 도무지 믿을 수가 없었다.

진단서를 받아 병휴직을 신청하고, 시어머니를 모신 고성의 치매 전문 병원에도 다녀왔다. 옷가지를 챙겨 다시 병원에 왔다. 아이들과 복이에게도 알렸다. 말문이 막힌 복이에게, 엄마에게는 당분간은 비밀로 하자고 했다. 엄마의 낙담을 감당할 수 없을 것 같았다.

남편은 아이들이 병실에 오면 짧은 시간 동안 만났다. 누운 모습을 아이들에게 보이고 싶어 하지 않았다. 점점 내게도 말을 아꼈다. 천장에 눈을 두고 있다가 내가 다가가면 벽을 향해 돌아눕곤 했다.

수술하기로 한 날, 복이와 국이가 병원에 찾아왔다. 둘은 밝게 보이려고 애를 썼지만 어색한 모습을 다 숨기지 못했다. 복이가 내 손을 잡고 무언가 말을 하려다가 끝내 고개를 돌리고 말았다.

수술실에 들어가기 전에 몇 가지 서류에 사인을 했다. 볼펜의 잉크가 내 몸에서 빠져나가는 것 같았다. 수술실 문이 닫히자 복이와 국이가 양쪽에서 팔을 끼고 돌아섰다.

수술은 여섯 시간이나 걸렸다. 보호자 대기실에 앉아 있는 그 시간 동안 아무 생각도 나지 않았다. 모든 소리가 사라졌다. 모두가 나와는 상관없는 풍경 같았다. 어두워지자 동생들이 주춤주춤 일어섰다. 억지로 입 꼬리를 올리며 그들을 병원 밖으로 내몰았다. 대기실엔 볼이 움푹 꺼진 노인 한사람만 몇 시간째 벽을 바라보고 있었다.

　입원실에서 한 계절이 갔다. 항암 치료를 하면서 남편은 조금씩 기운을 차렸다. 머리카락이 거의 다 빠져 버린 것 말고는 병색은 차차로 줄어들었다. 틈이 나면 병실 밖 정원을 걸었다. 걷다가 간혹 내 손을 잡고 말없이 얼굴을 바라보곤 했다.
　다시 겨울이 되었다. 불과 1년 전의 겨울을 생각하기 힘들 만큼 모든 것이 달라져 있었다. 남편은 사표를 쓰면서 집으로 가고 싶다고 말했다.
　의사를 만나 뜻을 전했다. 의사는 담담히 말했다. 척수 쪽으로 조금씩 전이가 되고 있으나 지금 환자의 상태로는 수술이 어렵다며, 회복 상태를 지켜보고 판단하자고 했다. 의사는 병실을 나서며 내게 따라오라는 눈짓을 했다. 의자에 앉은 의사는 고개를 내 쪽으로 약간 꺾으며 낮은 소리로 말했다.
　"가족들은 마음의 준비를 해야 합니다."
　그 말은, 걷던 길이 갑자기 푹 꺼지는 듯, 온 마음을 곤두박질치게 했다.
　"마음의 준비라뇨?"
　의사는 내 눈을 마주 보고 잠시 입을 꾹 다물었다가 결심한 듯 말했다.
　"지금의 진행 상태로 보면 생존 추정 기간을 1년으로 봅니다. 아직은 환자에게는 알리지 않는 게 좋다고 생각합니다."

말을 마친 의사는 마른침을 삼키며 파란색 펜으로 종이에 뭔가를 끼적대며 내 눈길을 피했다.

1년? 생존 추정 기간? 마음의 준비? 의사의 입에서 나온 말들이 각각의 덩어리가 되어 눈앞에 둥둥 떠다녔다. 어지러웠다.

"이런 말씀 드리기는 정말 힘듭니다. 그래도 가족이 힘이 돼야 합니다. 힘내십시오."

의사가 부스럭거리며 일어나는 것을 알았지만 고개를 들 힘이 없었다.

등을 내밀며 파스를 붙여 달라 했던 그 일이, 지금의 이 일이란 말인가. 지난 몇 달 사이, 나는 아무것도 변한 것이 없는데, 남편은 허물어져 이제 죽음 앞에 서 있다는 말인가. 아득한 곳으로 끝없이 몸이 가라앉는 순간, 누군가 등을 두드렸다. 간호사가 반듯하게 접힌 하얀 손수건을 내밀어놓고 있었다.

삼천포 집으로 내려오는 버스 안에서 남편은 내 어깨에 고개를 기댄 채 말했다.

"당신 몰래 의사를 졸라 내 병의 상태를 들었소. 내가 집에 가자고 했던 것은, 이제 두려운 시간이 지나갔기 때문이오. 아직, 이해할 수 없지만 피할 수 없는 길인 줄은 아오. 성모마리아께 기댈 것이오."

말을 마친 남편은 눈을 감은 채 눈물을 흘렸다.

"당신께 정말 미안하오. 당신에게 가지 말아야 할 마음이 자꾸 갈 때, 그때 마음을 독하게 먹어야 했는데……, 정말 당신께 잘

해 주고 싶었는데, 경찰복 벗고 나면 고향집에서 비둘기처럼 살고 싶었는데…… 나는, 당신은, 엄니처럼 저리 외롭게 늙지 않아도 되겠다고 생각했는데…….”

남편은 꾸역꾸역 밀려나오는 말을 막지 못했다.

“그래도 우리 둘이서 보낸 몇 년은 좋았소. 아이들 엄마와는 해 보지 못한 일이었소. 그땐 밤낮없이 돌아다니느라 아이들도 제대로 건사하지 못했소. 나는 이래저래 죄만 짓는가 보오. 꺽꺽.”

막히는 숨을 불규칙적으로 토해내다 연이은 기침을 해댔다.

“치료를 잘 하면 전이가 안 될 수도 있다고 했어요. 자꾸 그런 말 하지 말아요.”

나는 남편의 손가락 하나하나를 확인하듯 만졌다. 엄지손가락으로 손등에 동그라미를 그렸다. 그런 나를 물끄러미 보던 남편이 말했다.

“그래요. 최선을 다하리다.”

짧은 말을 마치고 입을 다물었다. 선이 드러난 턱이 꿈틀했다.

“그래요. 옆에 있을게요.”

결국 남편의 푹 꺼진 눈에서 다시 눈물이 주룩 흘러내렸다.

안방에 몸을 누인 다음날, 시동생 내외가 다녀갔다. 다음날에는 복죽을 들고 해향의 사장이 다녀갔다. 사장은 별일이 아닌 것처럼, 복의 독이 암을 이길 수 있다고 말했다. 남편은 누운 채 멀쭝게 웃었다. 또 며칠 뒤에는 경찰서에서 몇 사람이 다녀갔다.

남편은 집에서 밥을 먹으면서 기력을 찾아갔다. 해향에서 종종 가지고 오는 복죽도 남기지 않았다. 제법 기운을 차린 그는 한동안 굳은 표정으로 혼자 나다녔다. 병원비로 쓰고 남은 퇴직금을 생활비 통장으로 옮겼고, 시어머니가 살던 집과 집에 달린 논밭의 명의를 자기 이름으로 옮겼다. 그러던 어느 날 서류를 챙기던 남편이 방으로 나를 불렀다.

"이 집은 당신 이름으로 등기를 바꾸었소. 그리 아시오."

"그게 무슨 말이에요?"

"당신과 살던 집이니 당신 집이기도 하오. 그러니 그리 아시오."

말을 마친 뒤, 입술을 꾹 다물어 보이고는 서류를 넣은 봉투에 각각의 내용을 썼다. 그러고는 창밖을 보며 서류 봉투를 모아 잡고 방바닥에 내리쳐 모서리 맞추기를 반복했다.

봄이 되자 복이가 추어탕을 가져다 날랐다. 봄이 되기를 기다린 엄마의 심부름이었다. 한 달에 두세 번씩 오갔다. 남편은 두 달마다 병원에서 받는 검진에 차를 몰고 갈 정도로 기운을 차렸다. 의사가 말한 1년이란 기간을 믿을 수 없었다.

산책하는 길도 거리를 늘였다. 근방의 나지막한 산에도 다녔다. 추석 전에 받은 검사에서 의사는 남편의 기력을 보고 놀랐다. 의사 앞에서는 말없이 웃기만 하던 남편은 병실을 나오며 칭찬받은 아이처럼 들떠서 말했다.

"이건 틀림없이 추어탕 덕분이야. 당신 덕분이야, 아니야, 장모님 덕분이야."

"미꾸라지는 아버지가 잡아요."

"어? 그럼 장인 어른 덕분이야. 아니야. 음, 그러니까 당신 덕분이야. 허허허."

그러나 남편의 웃음은 내게 그대로 전해지지 않았다. 그의 웃음
소리에 의사의 말이 문득 떠오른 것은 누구의 심술이었을까. 의사
는 전이가 예상보다 늦다고 했을 뿐, 전이가 멈춘 것이라고 말하
지는 않았다. 별안간 온몸이 떨렸다.

나의 떨림에 놀란 것은 그의 허리였다. 함께 해향에서 복죽을
먹고 온 저녁이었다. 그가 허리를 툭툭 쳤다.

"허리가 아파요?"

"묵직하고 다리에 힘이 들어가지 않네."

다음날 담당 의사에게 전화를 했다. 내가 한 말을 들은 의사의
목소리는 낮았다. 내일이라도 올라오라고 했다. 그에게 말을 해야
했다. 솟은 서릿발 위에 발을 얹는 마음이었다. 그는 힘없이 고개
를 끄덕였다.

검진 결과는 예상대로였다. 의사는, 암이 척수로 전이되어 나타
난 증상이라고 했다. 다시 입원 수속을 하고 아이들에게 전화를
했다. 오후 늦게 온 두 아이와 함께 담당 의사를 만났다. 의사가
셋을 번갈아 보며 천천히 말했다.

"환자의 지금 상태는 수술을 하더라도 암세포를 완전히 제거하
기는 어렵습니다. 그리고 수술하면 서는 것이나 걷는 것은 물론
앉아 있기도 힘듭니다. 예상과 달리 상당히 천천히 진행된 경우
이긴 하지만 현재로선 방법이 없습니다. 간병과 환자의 투병 의
지에 따라 기간이 달라질 수는 있습니다만 일반적인 경우 6개

월 정도 봅니다. 입원하셔야 합니다."

딸아이가 흑 하며 고개를 숙였고, 아들은 의사를 노려보듯 두 눈에 힘을 모았다. 의사가 시간을 말할 때마다 속에서 화가 치밀어 올랐다. 물건 값을 매기듯 사람의 목숨을 몇 개월, 몇 개월 하는 것 같아 그 입에 주먹질이라도 하고 싶었다. 침을 삼키며 귓속에 들어온 말을 밀어내려 애썼다.

"선친의 사인과 이전의 생활 습관 등으로 볼 때 환자의 발병은 가족력에 의한 것이라고 생각됩니다. 직계 가족들은 정기적으로 검진을 받으시기 바랍니다."

의사는 선심이라도 쓰는 것처럼 말하고 일어섰다. 의사가 멀어지고 난 뒤, 딸아이의 손을 잡고 말했다.

"아니야! 지난번에도 1년이라고 했지만, 틀렸어."

딸아이가 내 두 손을 잡았다.

"아빠 어떡해요? 흑흑. 엄마와 결혼해서 얼마나 행복해 하셨는데……."

"아빠는 강한 사람이야. 이겨 낼 거야. 이제 아빠 보러 가자."

아이에게 잡힌 손을 빼서 아이의 머리카락을 쓸어내렸다. 아이의 입에서 처음 나온 "엄마"라는 말의 꼬리가 보였다.

"오늘은 아빠 옆에서 자고 갈게요. 오빠와 오면서 약속했어요."

아이들과 함께 입원실로 들어갔다. 딸아이가 앞서 다가가자 남편은 손만 내밀고 고개는 반대로 돌렸다. 아들이 다가서서 손수건으로 아버지의 눈물을 훔쳤다. 나는 한걸음 뒤에서 그 모습을 바라보다 밖으로 나왔다. 온전히 그들만의 시간이 필요할 것이라고 생각했다.

바람이 찼다. 허리께로 잘린 회양목이 양쪽으로 나란히 서서 울타리를 만든 길을 걸었다. 울타리 너머 감나무에서 잎 몇 개가 떨어져 발 앞으로 굴러왔다. 빨갛고 노랗고 갈색이거나, 더러는 푸른색의 무늬들이 뚜렷한 경계를 지으며 한 잎에 모여 있었다. 한 삶을 살아온 잎답다고 생각했다.

남편은 하루가 다르게 살이 빠졌다. 의사는 방사선 치료 때문이라고 했지만 이전과 달랐다. 무엇보다 음식을 제대로 넘기지 못했다. 한 달여 만에 반쪽이 된 그는 다시 집으로 가자고 했다. 집에 가면 밥을 잘 먹겠다고 아이처럼 졸랐다.

병원에서 내준 앰뷸런스에 실려 집에 도착하자 시동생 내외가 마중을 나와 있었다. 우물쭈물하며 어쩔 줄 모르는 동생을 부른 남편은 업고 가자고 크게 말했다. 시동생은 뭔 일인가 하는 표정으로 등을 내밀었다. 형님을 누이고 돌아선 동생은 방 밖으로 나와 우는 것도 아니고 웃는 것도 아닌 표정으로 절레절레 고개를 흔들었다. 걸어서 나갔던 대문을 업혀 들어선 남편은 방에 누워 지내게 됐다.

그날 밤에 엄마에게 전화를 걸어 추어탕을 구할 수 있는지 물었다. 엄마는 그렇잖아도 이미 준비해 두었다고 담담히 말했다. 복이 편으로 보낼 것이라며 그의 상태를 물었다. 나는 그저, 점점 좋아질 거라고 말할 수밖에 없었다.

다음날 복이와 함께 엄마가 왔다. 추어탕은 커다란 주전자 가득이었다. 추어탕을 냄비에 덜어 불을 올렸다. 엄마는 방에 들어가 남편의 손을 잡았다. 그가 무슨 말인지를 하려다가 고개를 돌리고 이불을 끌어올려 얼굴을 묻고 말았다.

엄마의 손을 끌어 부엌으로 나왔다. 마당에 놓인 휠체어를 보고 묵묵해 있던 복이가 뒤이어 방에 들어갔다. 잠시 시간이 흐른 뒤 복이와 남편이 나누는 소리가 두런두런 들렸다. 냄비 속의 추어탕 은 빨간 기름을 띄우며 끓기 시작했다.

엄마는 부엌 구석에서 나를 당겨서 안았다. 새벽부터 국을 끓였 을 엄마의 몸에서는 여전히 솔잎 탄 냄새가 묻어났다.

"뒷물은 앞물 따라 간다더니 우째 이런 일은 피해 가지도 않노? 내가 박복해서 그리 사는 꼴을 니한테 보인 게 죈 갑다. 마음 단 단히 먹어라. 그래도 우짜겠노. 모든 기 끝이 있다는 말을 믿어 야제. 뭐든지 할 만큼 하고 나면 그 끝이 어떻든지 받아들여지 니라."

아무 말도 할 수 없었다. 그저 자그만 엄마의 어깨를 다잡아 안 고 있었다.

방에서 부르는 소리가 들렸다. 이불을 등에 기대고 앉은 남편이 일부러 큰소리로 말했다.

"장인 어른이 후루룩 한 그릇 먹는 걸 보지 않으면 오지 말라고 했다오. 허허. 한 그릇 줘 보시오."

남편은 엄마와 복이가 보는 데서 추어탕 그릇을 깨끗이 비웠다. 손수건으로 솟은 땀을 닦아 낸 뒤 엄마를 보고 말했다.

"이제 안심이 되지요? 이렇게 천천히 나아 갈 테니까 너무 걱정 마시고 편히 돌아가세요. 다음엔 내가 차로 모셔 드릴 테니까."

남편이 움직이는 공간이 점점 좁아졌다. 집에 온 뒤 마당까지 걷다가 거기서 더 나아가지 못했다. 마당에서 거실, 거실에서 안방, 혼자 힘으로 안방 밖으로 나갈 수 없게 된 것은 집에 온 지 석달이 지나서였다. 지난번과는 달리, 이번에는 의사가 말한 대로 되어 갔다. 6개월이라는 의사의 말이 막강한 벽이 되어 모든 생각의 끝을 막아섰다.

한 주 건너 토요일마다 찾아오던 시동생은 그가 방 밖으로 나오지 못하게 되자 매주 찾아왔다. 동생이 방에 들어오면 그는 손짓으로 나를 밖으로 나가라고 했다. 둘은 이야기가 길었다. 어떤 날은 시동생이 얼굴을 붉힌 채 나가기도 했다.

남편이 처음으로 기저귀를 차던 날은 하필 두 아이가 집에 들른 날이었다. 그는 모두 방 밖으로 나가게 하고 처음으로 소리 내어 울었다. 아버지의 울음소리를 듣고 둘이 다가왔다. 딸아이가 한 발 앞서 다가오며 말했다.

"엄마, 어쩜 좋아요?"

"어쩌긴, 지금처럼 하는 거지. 걱정 말고 올라가. 전화는 자주 하고."

아이도 첫 발령을 받아 정신이 없었다.

"어머니, 죄송해요."

딸아이가 비켜서자 아들이 다가왔다. 아들은 처음으로 "어머니"라고 말했다.

"죄송할 건 아니다. 이건 아빠와 나의 일이다. 걱정 말고 올라가
거라."

남편의 울음소리는 잦아들었다. 방에 들어가서 말했다.

"우는 건 오늘 하루만이에요. 앞으로도 울면 안 갈아 줄 거다.
무섭죠? 그러니 담부턴 울지 말아요."

남편은 그 뒤로 먹는 것을 줄였다.

어버이날, 시동생 내외가 집에 들렀다. 동서와 부엌에서 찻상을
보고 있는데, 방에서 큰소리가 났다. 전에 없던 일이라 자꾸 귀가
그리로 갔다. 들리는 이야기는 시어머니가 살던 집 뒤의 산 문제
였다. 그것은 동생과 공동 명의로 등기가 되어 있어 아직 정리를
못 했다고 남편이 말한 적이 있었다.

"이런 일은 형수님과 먼저 이야기를 해서 깨끔하게 처리를 해
두어야 합니다."

"천천히 이야기하자고 해도 그러네."

짜증이 섞인 둘의 목소리가 밖에서도 분명히 들렸다.

"형님, 화를 내실 게 아니고, 잘 생각하셔야 합니다."

"오늘은 그냥 가게."

남편이 뱉은 끝말엔 섭섭함이 묻어 있었다. 잠시 뒤 시동생이
벌건 얼굴로 방문을 열고 나왔다. 대문까지 배웅하는 동안 아무
말이 없었다. 방에 들어가자 남편은 골똘한 표정이었다.

"할 말이 있어요."

남편이 기댄 등받이를 세우고 난 뒤 바닥에 앉으며 말했다.

"서방님 말씀이 맞아요. 당신 정신이 맑을 때 처리해야 해요. 그

리고 재산 문제에 나는 끼워 넣지 말아요. 그게 편해요."

"여보, 그건 내가 알아서……."

"분명히 말할게요. 당신은 지금 아파요. 쉽게 나을 수 없어요. 나는 당신이 물려받았거나 모은 재산에 관심이 없어요. 내가 여기 와서 보탠 것도 없고요. 그러니까 나를 빼고 생각해요. 중간에 나를 두면 내가 비참해져요. 알겠어요?"

일부러 마디마디에 힘을 주어 말했다. 더 미룰 수 없다고 생각했다. 시동생이 올 때마다 방문을 닫고 하는 이야기가 이것일 거라는 짐작은 하고 있었다. 먼저 말을 꺼내서 물어보기가 어려웠을 뿐이었다.

남편이 몸을 일으키는 각이 점점 작아졌다. 우스개를 하고도 소리 내어 웃지도 못했다. 대신 만년필과 편지지를 옆에 두고 날마다 골똘해졌다. 두 아이가 오면 방으로 불러 한참 이야기하기도 했다.

움직임이 둔해지는 증세는 쉼 없이 진행되었다. 움직임이 줄어든 팔다리는 날마다 가늘어졌다. 등에는 욕창이 생기기 시작했다. 검진을 할 때마다 사진 속의 암세포는 그의 머리를 노리고 끊임없이 가지를 뻗어 올렸다.

추석이 다가오자 간혹 의식을 잃기도 했다. 입가에 허연 버캐가 생기고 배설도 느끼지 못했다. 서울까지 갈 수 없어 바꾼 진주의 대학 병원 의사는, 이제 준비를 해야 할 때라고 말했다.

대학 병원에 다녀온 날, 그는 성당에 가서 신부님과 해향의 사장을 좀 불러 오라고 했다. 신부는 남편이 자리보전을 한 뒤부터, 한 달에 한 번 꼴로 집에 다녀갔다. 신부가 집에 들어오면 아침나절의 솔숲에서처럼 솔바람 냄새가 났다. 그는 미소를 머금은 얼굴로 무릎을 꿇고 기도했다. 나는 문 밖에서 신부의 기도가 이루어지기를 빌었다.

해향에 들른 뒤, 내가 찾아가자 신부는 다 알고 있다는 듯이 빙그레 웃었다.

"두려워 마세요. 누구나가 가야 하는 길입니다. 그런데 어디로 가는지 모르고 가는 것보다 알고 가면 덜 두렵겠지요? 자, 함께 가요. 소장님은 믿음을 가진 분이시니 갈 길을 두려워하지 않을 겁니다."

신부가 앞서 길을 나섰다. 성당 마당에 국화가 오후의 늦가을 볕을 힘겨워하고 있었다.

사장과 신부가 방에 들어서자 남편은 낮은 소리로 나에게 밖에 나가 있으라고 했다. 방 안에서 셋이 나누는 소리가 희미하게 들렸다. 조금 뒤, 신부가 나를 불렀다. 신부는 남편의 손을 잡고 침대 아래에 꿇어앉아 있었다. 나도 손을 모으고 꿇어앉았다.

"주여, 이 형제를 불쌍히 여기소서. 제가 항상 찾는 것은 주님의 사랑 안에 있음이오며, 그리하여 주님의 뜻대로 사는 것이옵니다. 형제는 주님의 뜻대로 살았으니, 지금의 고통 또한 주님의 뜻임을 잘 알고 있습니다. 이 세상에서 오로지 주님만을 복종하였으므로, 이 세상이 끝난 다음에도 오로지 주님의 사랑 안에 영원히, 그리고 온전히 머물도록 하여 주시옵소서."

신부가 성호를 긋자 남편은 따라 했다. 볼 주름을 타고 눈물이 흘렀다.

거실로 나온 신부와 사장은 찻상을 가운데 두고 나와 마주 앉았다. 차를 한 모금 마신 사장이 천천히 말을 꺼냈다.

"소장님이 전해 달라고 하신 이것⋯⋯."

사장은 주머니에서 봉투 하나를 꺼내 내밀었다.

이제, 내 몸이 가야 할 곳이 보이기 시작하오.

내가 당신에게 하고 싶은 말을 어찌 다 쓰겠소.

면목 없어 말로 하지 못하고 보이지 않는 곳에서 이렇게 남기는 것을 용서하오.

미안하오.

주님 곁에 가면 이승의 당신을 위해 기도하겠소.

당신에게 받은 은혜는 주님의 은혜와 다를 바 없다고 생각하오.

나 없이 당신이 겪을 일을 생각하니 눈물이 앞을 가리오.

염치없지만 몇 가지를 부탁하오. 이것이 내 유언이오.

1. 이 집과 퇴직금 중 병원비를 제한 나머지는 당신에게 남기오.
2. 적금 든 것은 두 아이에게 하나씩 나누어 주오. 아이들에게 말해 두었으니 알 것이오.
3. 어머니 집과 논밭은 큰아이에게 남기오.
4. 동생과 공동 명의로 된 선산은 법에 정해진 비율로 나누시오. 내

몫은 당신과 두 아이에게 일 대 일 대 일로 남기오. 동생과 생각
이 다르니 각별히 유념하오.

5. 장례는 신부님의 뜻에 따르고 조의금은 모두 성당에 헌금해 주
시오.

6. 화장해 주오. 장지는 전처 옆으로 하고, 생멸일자가 적힌 판석 하
나만 두시오.

7. 첫 제사는 당신에게 부탁하오. 다음부터는 아들에게 맡기오. 아
들에게 해 둔 말이 있소.

8. 첫 제사 후 당신의 호적 정리는 당신의 뜻대로 하오.

9. 내가 먼저 가면 어머니의 장례는 동생에게 맡기오. 이건 동생과
합의를 했소.

10. 이 유언의 내용은 신부님이 알고 있소. 그러니 바뀌지 않을 것
이오. 다르다면 그것은 내 뜻이 아니오.

다시 한 번 미안하고 고맙소. 주님의 품에서 다시 만난다면 영원히
당신께 보은하리다.

끝에 쓰인 그의 이름과 옆에 찍힌 지문이 흐려졌다.

"이런 것이 사람들의 모습 아니겠나? 혹시 못마땅한 것이 있으
면 지금이라도 조정해라. 특히 4번은 나중에 문제가 될 수 있다.
그 땅은 덩치가 크다. 공증을 받아 두어야 한다."

사장의 말이 귓등으로 흘렀다. 신부는 성호를 그으며 지그시 눈
을 감았다.

그 일이 있은 뒤 남편은 한결 개운한 듯했다. 간혹 의식을 잃기도 했지만 정신이 맑을 땐 지난 이야기를 꺼내기도 했다. 그러던 어느 날, 섬진강가의 차 안에서 마음을 내보인 날의 이야기를 하다 연이은 기침을 멈추지 못했다.

등을 세우고 고개를 들자 컥! 하는 소리와 함께 핏덩이를 토해 내고 옆으로 고개를 떨구었다. 급히 병원에 연락했고, 곧 앰뷸런스가 달려왔다. 왱왱거리며 달려드는 경고음이 살갗을 훑어 내렸다. 두 아이와 동서에게 급히 전화를 했다.

응급 처치를 받은 뒤 그는 숨을 고르고 자는 듯 고요했다. 두어 시간 뒤, 그가 정신을 차려 주변을 멀뚱거릴 때쯤 시동생이 달려왔고 저녁에 두 아이가 허겁지겁 나타났다. 모여든 식구들을 보던 남편은 담담한 표정으로 나를 불렀다. 귀를 가까이 대자 중얼거리듯 말했다. 생글거리는 것 같기도 했다.

"아직은 아니니 다들 돌아가라고 해요."

남편은 집에 누워서도 종종 우스개를 하곤 했다. 봉투를 보이고 난 뒤부터는 좀 더 자주 그랬다. 입술에 묻은 반찬 흔적을 훔칠라 치면 "놔둬, 나중에 먹을 거야." 한다거나, 옷을 갈아입힐 때 움직이지 못하는 몸을 물끄러미 보다가 "고양이 한 마리 키워야겠어." "고양이는 왜요?" "다리에 자꾸 쥐가 나네." 그런 식의 흰소리를 쓸쓸히 하곤 했다.

그날은 두 아이에게 병실을 맡겼다. 집에 와서 피 묻은 침대보를 빨고 집안을 청소했다. 빈 집에 우두커니 앉아 있는데 전화벨이 울렸다. 새벽에 울린 벨 소리는 방안의 어둠을 맘대로 휘저었다. 엄습하는 불길한 예감.

"엄마, 빨리 오세요. 아빠가 이상해요. 숨을 이상하게 쉬어요."

"뭐? 빨리 의사한테 연락해. 바로 갈게."

택시를 잡아타고 응급실로 달려갔더니 병상은 의사와 간호사들에게 둘러싸여 있었다. 두 아이는 병상 모서리를 잡고 어쩔 줄 몰라 했다. 나는 아이들의 등을 쓸며 남편을 내려다보았다. 입가에 핏자국이 있었으나 숨은 고르게 쉬고 있었다.

"응급 처치를 했습니다만, 옆에서 지켜보셔야 합니다."

의사는 배 아파 찾아온 환자에게 "옷을 걷어 보시오." 하듯이 말했다. 그러고는 뒤에 섰던 젊은 의사들을 데리고 우르르 몰려 나갔다. 병상을 둘러 커튼을 쳤다. 핏기 없는 그의 손을 잡았다. 희미한 온기가 느껴졌다. 수건을 적셔 입가의 핏자국을 지웠다. 희미하게 눈이 열렸다가 닫혔다.

남편의 손을 잡고 옆에 앉았다. 아이들에게 휴게실에 가서 눈을 붙이라고 했으나 둘 다 병상 모서리에 머리를 댔다. 새벽바람이 둘러진 커튼을 잠시 흔들다가 물러갔다. 잠이 들었는지 딸아이의 고른 숨소리가 들렸다. 남편과의 만남을 키우는 데는 이 아이의 역할이 컸다.

아이와 보낸 여러 날들이 생각났다. 말이 없는 오빠와는 달리, 딸아이는 내게 속마음을 풀어 보인 적이 많았다. 아이가 사 준 스카프는 아직도 나들이에 빠지지 않았다. 그날, 아이가 내게 용기가 필요하다고 했던가?

잡은 남편의 손이 잠시 꿈틀했다. 잡았던 손을 놓았다가 손가락

깍지를 꼈다. 남편도 손에 힘을 주어 내 손을 잡았다. 그러더니 스르르 손이 풀렸다. 고개를 들어 표정을 살폈다. 다른 손을 가슴에 얹어 보았다. 숨을 쉬는 움직임이 없었다. 깍지 낀 손에 힘을 줬다. 아무런 반응이 없었다.

"여보!"

내 소리에 두 아이가 동시에 고개를 들었다.

"여보! 숨 쉬어요! 여기요, 선생님!"

내가 소리치자 큰애가 달려 나갔다.

곧 의사들이 들이닥쳤다. 의사에게 자리를 비키며 손깍지를 풀자 남편의 팔이 툭 떨어졌다.

의사가 나를 밀치고 청진기를 가슴에 댔다. 청진기를 내린 의사가 뭐라고 크게 소리치자 나머지 의사들이 병상을 끌고 나갔다. 따라 뛰어갔다. 그러나 병실 앞에서 사람들이 막아섰다.

"여기서 기다려 주십시오."

두 아이의 손을 잡고 입구에 섰다. 반투명 유리 안으로 바삐 오가는 사람들이 보였고 알아듣지 못할 큰소리가 오갔다. 그러다가 조용해졌다. 십 분쯤 지났을까? 닫혔던 문이 열리고 누군가가 말했다.

"보호자분, 들어오십시오."

아이들이 동시에 내 눈을 바라보았다. 양 손에 한 아이씩 손을 잡았다.

"운명하셨습니다. 사인은 척수암의 합병증인 흉부 마비입니다. 죄송합니다."

잠시 고개를 숙인 의사가 비켜섰다. 남편은 반듯하게 누워 있었다. 윗옷의 단추가 열린 것 말고는 잠자는 표정 그대로였다.

"아빠!"

"아버지!"

두 아이가 달려들어 병상을 흔들었다. 그는 아이들이 흔드는 대로 잠시 흔들렸다. 의사가 두 아이를 떼어 내고 하얀 천을 얼굴까지 덮었다. 울음이 나오지 않았다. 그의 얼굴이 하얀 천에 덮이는 순간 어떤 시간들이 사라지는 것을 보았다. 그의 병상이 밖으로 나가자 딸아이가 안겨 왔다. 나는 아이의 몸을 안지 못하고 사라지는 시간의 끝을 찾아 헤맸다.

시동생과 신부에게 전화해서 남편의 임종을 알렸다. 이른 아침에 성당에서 온 사람들이 병원의 지하에 장례식장을 꾸몄다. 장례는 신부의 지시에 따랐다. 신부는 3일장을 치르는 것이 어떠냐고 물어 왔다. 나는 따르겠다고 말했다.

하얀 국화에 둘러싸인 십자고상과 영정 앞에서 문상객을 맞았다. 많은 사람들이 내 손을 잡았고, 등을 쓸었다. 장례를 치르는 사흘 동안, 내내 꿈을 꾸는 것 같았다.

곡소리가 없는 장례식장에 어리둥절하던 엄마가 나를 안고 마침내 울음을 터뜨렸을 때도, 세 동생이 다문 입술로 나란히 영정 앞에 서서 고개를 숙인 모습도 꿈속의 한 장면을 보는 것 같았다. 상복을 입고 문상객을 맞고 있는 사람은, 내가 아닌 다른 사람 같았다. 하룻밤을 꼬박 샌 옥귀가 옷차림을 고쳐 줄 때는, 옥귀 앞에 우두커니 서 있는 내가 보이기도 했다.

그 꿈속 같은 장면들은, 그의 관이 화장터에 도착하여 화로 입구에 놓이자 비로소 현실의 모습으로 돌아왔다. 울부짖는 두 아이의 울음소리가 들리고, 무릎을 꿇고 손을 모은 시동생의 꺽꺽거리는 소리도 들렸다. 온통 검은색 옷을 입은 사람들 사이로 뛰어다니는 몇 아이들 머리 위로 겨울 햇살이 내려앉고 있었다.

관 위에 손을 얹었다. 무슨 말을 해야겠다고 생각했으나 아무 말도 생각나지 않았다. 맞은편에서 관을 잡고 있던 인부가 고개를 살짝 숙이더니 관이 움직였다. 관은 반듯하게 누운 채로 미끄러져 들어갔다. 딸아이가 울부짖는 소리가 관을 비추는 불빛을 흔들었다.

7장

열
리
지
않
는
문

1

그와 함께 살면서 가장 좋았던 것은, 혼자 살지 않는 것이었다. 끼니마다 같이 먹을 사람이 있고, 누군가의 빨래를 하고, 그 빨래를 개켜서 장롱에 넣을 때마다 마음을 채우는 듯 뿌듯했다. 그러나 나는 다시 혼자가 되었다. 빈 집에는 그가 빠져나간 공간이 덩그렇게 남아 있었다.

장례를 치르고 아이들을 보낸 뒤, 가구처럼 그 공간에 들어앉았다. 착 가라앉아 옴나위를 할 수가 없었다. 하염없이 눈물만 났다. 천장을 보고 누우면 눈물이 귀로 굴러 들어가고, 엎드리면 베개가 젖어 숨이 막혔다. 눈구석이 헐고 귀가 멍멍했다. 덩그렇게 앉은 휠체어와 기저귀가 다가왔다가 멀어지곤 했다.

마지막 연미사를 지내고 사나흘쯤 지난 뒤, 시동생이 장례 비용과 조의금을 정리한 서류를 들고 왔다. 시동생의 표정엔 감정이 없었다.

"조의금에서 장례 비용을 뺀 것을 성당에 헌금하라고 했습니다.

그이의 뜻대로 하겠습니다. 이미 신부님과 약속한 것입니다."

바싹 마른 말이 준비한 듯 나갔다. 시동생은 굳은 얼굴로 돌아갔다. 시동생이 나가고 난 뒤 바로 성당에 가서 남편의 뜻을 전했다. 신부는 내 눈을 가만히 바라보며 성호만 그을 뿐 말이 없었다.

성당에 다녀온 뒤 몸이 떨리며 이가 딱딱 마주쳤다. 보일러를 켜고 잠에 빠져 들었다. 지독한 몸살이었다. 귀가 아리고 입술이 터졌다. 누워서 이틀이 지난 날, 아련한 잠결에 대문을 흔드는 소리가 들렸다. 퍼뜩! 잠이 깼다. 남편은 술을 마신 날이면 일부러 대문을 열지 않고 밖에서 흔들었다. 내가 나오기를 기다렸다가 함께 마당을 가로질러오는 그 짧은 시간을 그는 좋아했다.

눈을 떠 주변을 살펴보았다. 창가가 밝았다. 누굴까? 다시 대문 흔들리는 소리가 들렸다.

"어이! 어이! 이 실장! 문 열어!"

해향 사장의 목소리. 다리가 당겨지지 않았다. 그도 이랬을까? 고양이를 키우자고 흰소리를 하며 자기 다리를 물끄러미 바라보던 그.

"어이! 이 실장 문 열어!"

탕탕 문 두드리는 소리.

몸을 옆으로 굴렸다. 안간힘을 써 다리를 당겼다. 손바닥을 짚고 허리를 세웠다. 핑! 사방이 휘둘렸다. 침대 모서리를 잡고 숨을 고르고 허리를 세웠다.

마당에 나서자 찬바람이 훅 몰려왔다. 몸이 흔들렸다. 대문 고리를 잡고 잠시 숨을 골랐다.

"사장님!"

"내 이럴 줄 알았다. 자! 이거! 다 식었다."

내 꼴을 아래위로 살핀 사장은 혀를 쯔쯔 차더니 보자기로 싼 것을 내밀었다.

"이 사람아, 산 사람은 살아야제. 그래야 떠난 사람도 마음이 편해! 저녁에 그릇 가지러 사람 보낼 테니까 악을 써서라도 다 먹어!"

보자기를 내게 내밀고 사장은 선걸음에 돌아섰다. 대문을 닫자 온몸이 떨려 왔다. 보자기를 풀자 3인분의 초밥 정식과 낙지죽이 그릇그릇 담겨 있었다. 부엌에 두고 다시 자리에 누웠다.

찬바람을 맞아서인지 점차로 정신이 돌아왔다. 누운 채 방 안 이곳저곳을 살폈다. 입을 다문 장롱을 보자 갑갑증이 슬슬 몰려 왔다. 반가운 갑갑증이었다. 습자지에 물이 스미듯 힘이 팔다리로 번져 나갔다. 숨을 몰아쉬고 허리를 세웠다. 몸살 끝처럼 일어나 야 한다. 엄살을 받아 줄 누구도 없다.

보자기를 풀어 죽을 데웠다. 죽이 데워질 동안 냉장고 안의 반 찬들을 정리했다. 낙지죽을 다 비웠다. 정리를 시작하면 신발장과 장롱의 아래위까지 닦아야 하는 성질이 서서히 뻗질러 올라왔다. 옷을 갈아입었다.

장롱 속에 든 것을 다 쏟아 내었다. 남편의 옷을 나눴다. 속옷과 양말은 태울 것이고, 나머지는 아들과 의논해야 할 것이라고 생각 했다. 세탁기를 돌리고 걸레질을 시작했다. 침대 밑을 훔치자 머 리카락이 한 주먹이었다. 그가 견딘 육신의 마지막 조각이었다.

머리카락을 화단 구석에서 태웠다. 침대도 아들이 자던 방으로 옮겼다.

이틀을 설친 끝에 집 정리가 얼추 끝이 났다. 창문을 다 열어 바깥바람을 불어넣었다. 마당에 널린 빨래가 흔들렸다. 내친김에 시어머니가 입원한 병원에도 다녀왔다. 누구냐고 물으며 빵을 사 달라고 조르는 시어머니의 손만 잡고 있다가 돌아섰다.

2

다시 혼자만의 시간으로 돌아왔다. 이틀에 한 번 시어머니 병원에 오가는 일 말고는 아무 일도 하지 않았다. 그렇게 유야무야로 살던, 설을 며칠 앞둔 어느 날, 술에 취한 시동생에게서 전화가 걸려왔다. 시동생은 다짜고짜 시비조였다.

"형수, 그러는 게 아닙니다. 아니, 언제부터 형수였다고 나보고 이래라저래라 합니까? 나이도 어린 사람이. 언제부터 형수였다고⋯⋯."

"⋯⋯."

울컥 올라오는 뭐가 있었으나, 조의금 처리에 대해서 자세히 말하지 않은 까닭이라고 생각했다. 그런데 가슴에 탁 남는 말이 있었다. 언제부터 형수?

그렇지. 그의 입장에선 내가 아닌 사람이 형수였던 시간이 훨씬 길었지. 이제 형수라고 할 이유도 사라져 버렸다. 내일 아침에 전화를 다시 하라 하고 전화를 끊어 버렸다. 그렇잖아도 설 아래에 그의 유서를 내놓을까 생각하던 참이었다. 머릿속이 복잡하게 헝클어졌다.

다음날 아침에 아이들과 시동생에게 전화를 했다. 토요일 저녁에 집으로 와 달라고 했다. 정리하며 나온 것들과 그가 남긴 봉투를 보일 생각이었다. 그이의 뜻과 다르지만 혼자 볼 이유도, 미뤄서 변할 것도 없다고 생각했다.

토요일 저녁에 식구들이 다 모였다. 집이 정리된 것을 보고 놀라는 눈치였다. 두 아이는 아버지의 겨울철 경찰 제복 한 벌씩을 가지고 가겠다고 했다. 자동차는 아들이 가지고 가기로 하고 짐 처분은 마무리가 되었다. 나머지 살림은 모두 내가 처리하는 대로 따르겠다고 했다.

봉투를 꺼내자 모두의 얼굴이 굳어졌다.

"서방님, 며칠 전 서방님의 전화 때문이 아닙니다. 그이가 저리된 뒤, 이 집안에서 저의 입장을 잘 알고 있습니다. 설 아래에 이야기하려고 했습니다."

아이들이 삼촌의 얼굴을 쳐다봤고, 시동생은 입만 꾹 다물었다. 턱이 불룩하도록 입을 다무는 것이 그와 닮았다고 잠시 생각했다.

"아이들을 제 몸으로 낳은 것도 아니니, 앞으로 아이들에게 부담이 될 생각은 조금도 없습니다. 그리고 다 알다시피 내가 살림에 보탬을 준 것도 없습니다. 그러니 저는 바라는 것이 없습니다. 이걸 보고 아이들과 의논해서 결정해 주는 대로 따르겠습니다. 오늘 이 자리에서 다 결정해 주었으면 합니다."

생각한 대로 말했다. 봉투를 시동생 앞으로 밀었다. 나를 바라보며 눈에 힘을 모으던 시동생이 다가앉았다. 두 아이도 놀라는 표정으로 내민 봉투에 눈을 모았다.

"장례를 치르고 남은 조의금 처리는 거기에 적힌 대로, 그이의 뜻을 따른 것입니다. 잠시 자리를 비킬 테니 의논해서 말씀해 주십시오."

머리를 모은 셋을 보고 집 밖으로 나왔다. 바람이 차가웠다. 노산공원 쪽으로 천천히 걸었다. 그와 앉았던 찻집의 창엔 성에가 끼어 있었다. 소나무 사이로 난 길로 들어섰다. 눈 부스러기가 소나무 사이로 몰려다녔다. 얼굴에 차가운 물방울이 묻었다.

공원을 한 바퀴 돌아 이전에 살던 2층의 방을 올려보았다. 그 방에 펼쳐지던 햇살을 떠올렸다. 그대로 이불이었던 오후 네 시 무렵의 햇살. 그러나 그 창엔 커튼이 내려져 있었다. 사랑니가 날 때처럼 어금니가 저렸다.

방 안에는 이야기가 마무리된 듯 세 사람 모두 벽에 등을 기대고 앉아 있었다. 시동생의 맞은편에 앉았다.

"이왕 이렇게 된 이상, 깨끔하게 마무리를 하십시다. 조카들은 아직 세상 물정을 잘 모르니 내가 이야기를 하겠소."

시동생이 나를 빤히 쳐다보고 말했다. 시동생은 번호대로 하나하나 짚어 갔다. 두 아이는 고개를 푹 숙이고만 있었다.

퇴직금에서 치료비를 뺀 금액이 얼마냐고 물어서 통장을 꺼내 보였다. 통장을 살펴본 동생은 형님의 뜻에 따르겠다고 했다. 2번과 3번은 읽기만 했다.

4번 선산의 등기 문제를 이야기하면서 시동생은 길게 한숨을 내쉬었다. 예상했던 대로였다. 유서를 본 날, 해향 사장이 절대로 양보하지 말라고 했던 것이었다. 그때는 귓등으로 들었지만, 앞에 도로가 생길 계획이 있고, 그러면 거기에 대규모 주택단지가 들어설 것이라는 것을 그 뒤에 들었다.

"첫 제사 후에, 어떻게 하실 겁니까?"

한참 동안 말이 없던 시동생이 불쑥 물었다.

"뭘요?"

"그러니까⋯⋯."

아! 결국 이렇게 되는구나. 그런데 바로 물어 오니 숨이 턱 막혔다. 잠시 숨을 고른 뒤 천천히 말했다. 유서를 내놓던 날, 남편이 동생과 생각이 다르다는 말을 할 때의 눈빛이 떠올랐다. 생각에 마디가 생기기 시작했다.

"그때 가서 판단하겠습니다."

"내 말은, 아까 처음에 깨끔하게 결정하자는 말도 있었지만. 선산의 문제는 집안에서 결정할 일이고⋯⋯."

"무슨 뜻인지 알겠습니다. 선산 문제에서 제가 빠지면 되겠습니까?"

"누가 봐도 그리 하는 게 합당하지 않겠습니까?"

"누구에게 보일 일은 아니지만, 합당하다고 생각하면 그리 하십시오."

시동생이 조카들을 둘러보며 할 말이 있으면 하라고 했다. 두 아이는 아무 말이 없었다.

"이 내용을 신부님 말고 또 본 사람이 있습니까?"

"없습니다."

"그러면 다시 작성할까요?"

"뭘요?"

"상속분의 재산 분배에 대해서요. 공증을 받아야 할지도 모르니까요."

"그럴 일 없습니다. 나머지는요?"

"나머지는 별 문제가 없습니다. 그러면 이 유서는 없애도 되겠습니까?"

왈칵 외롭다는 말이 목에 걸렸다. 침을 삼키며 방 안을 둘러보았다. 방 안에는 고개를 숙인 두 아이와 나를 빤히 바라보는 시동생뿐이었다. 고개를 들어 천장을 올려다보았다. 안개꽃 벽지가 안개 속으로 잠겨들었다. 목 안으로 짠 것이 스며들었다.

"없애기까지 해야 합니까?"

"사람 마음이 언제 바뀔지도 모르고, 또 뒤에 어떤 일이 생길지 모르잖습니까?"

"알겠습니다."

그때까지 내 손을 잡고 있던 딸아이의 손을 떼어 냈다. 부엌에 있던 라이터를 가지고 왔다.

"보는 데서 태우면 되겠습니까?"

"태울 것까지야……. 흠."

"사람 마음이 언제 바뀔지 모르니 태우는 게 좋겠지요."

라이터를 켜 종이에 댔다. 불을 맞은 종이는 꿈틀거렸다. 그의 이름과 지문이 까맣게 사라지고 10번과 9번이 한 번에 사라졌다.

딸아이가 울먹이며 일어나 밖으로 뛰어나갔다. 시동생이 물러 앉으며 큰조카에게 눈치를 했다. 오빠가 일어나 동생을 따라갔다. 시동생이 얼마 남지 않은 불붙은 종이를 두 손으로 가둬서 얼렀 다. 종이는 재가 되어 방바닥에 내려앉았다. 시동생은 그 재를 살 뜰히 모아 두 손에 담고 화장실로 들어갔다. 나는 불길이 잠시 솟 았던 방의 중간을 우두커니 보고 있었다. 몸이 공중에 붕 떴다가 가라앉는 것 같았다.

설에 시동생은 집에 오지 않았다. 차례상을 다 차렸는데도 오지 않아 큰아이에게 부모의 신위를 모시라고 했다. 펜을 든 아들이 지방지의 반쪽에 아버지의 신위를 모시고 비어 있는 나머지 반쪽 을 보며 망설이고 있었다.

"니가 모시는 첫 명절 차례니까 두 분을 함께 모시는 게 맞다. 어서 모셔라."

그래도 아들은 움직이지 않았다.

"아버지와 그리 약속했다."

"죄송합니다."

큰아이는 천천히 친모의 신위를 모셨다.

"앞으로도 이리 해야 한다. 나한테 죄송할 건 없다."

혼자 꿇어앉은 아이의 등허리가 허전했다.

어설픈 차례를 지내고 시간을 끌다가 아이들과 병원으로 시어머니를 찾아갔다. 시동생은 유서를 태우고 난 뒤부터 내가 병원에 오가는 것을 표가 나게 못마땅해 했다. 병원에 다녀온 뒤 아이들을 작은집에 보냈다. 나는 가지 않았다.

다음날, 아이들은 제 아버지의 경찰 제복 한 벌씩 챙겨 살던 곳으로 갔다. 골목을 벗어나는 낯익은 차를 보자 그와 함께 여행길에 오르던 때가 생각났다. 그는 출발하고 한참 지나서야 어디로 간다고 말하기를 좋아했다. "어디로 가는지 안 궁금해?" 하며 오른쪽으로 돌린 그의 얼굴이 떠올랐다. 고개를 저어 떨쳐 냈다.

날이 풀리자 시어머니는 자리에서 일어나지 못했다. 초점 없는 눈을 멀뚱멀뚱 굴리기만 했다. 의사는 준비를 하라고 했다. 준비. 익숙한 말이었다. 그러나 내가 준비할 것은 아무것도 없었다. 시동생은 묘지나 장례식 등 모든 걸 이미 준비해 두었다고 말했다.

결국 시어머니는 어버이날을 하루 앞두고 숨을 거두었다. 울음소리가 섧지 않은 장례였다. 누구도 소리 내어 울지 않았다. 빈소를 벗어나면 집안사람들의 모임이라도 열린 것 같았다. 아버지와 동생들 말고는 나를 알고 찾아오는 사람은 없었다. 옥귀에게도 알리지 않았다.

문상 온 집안사람들은 시동생에게 내가 누구냐고 묻기도 했다. 그럴 때마다 딸아이가 대신 대답했으나 말할 수 없이 불편했다. 장례 기간 내내 시동생은 나와 어떤 의논도 하지 않았다. 눈치껏 절하고 눈치껏 빈자리 찾아 서 있었다. 개밥에 들어간 돌멩이였다.

연이어 치른 장례는 마음의 밑바닥을 바싹 말려 버렸다. 웃거나 울 일이 없었다. 모든 것이 심드렁했다. 모든 것이 나와는 상관없는 일이 되었다. 몸도 말라 갔다. 살이 빠지기 시작하더니 걷잡을 수 없었다. 거울을 보고 깜짝 놀랄 때가 한두 번이 아니었다. 그러나 억지로 일을 만들지는 않았다. 언제나 그랬던 것처럼 또 발작적인 힘이 뻗칠 것이다.

그러나 그 시간을 마냥 기다릴 수가 없었다. 생활비가 바닥을 드러내기 시작했다. 내게 무슨 일이 있었냐는 듯 세상이 돌아가는 방식은 그대로였다. 일자리를 구해야 했다. 무슨 까닭에선지 묶어 둔 돈을 손대고 싶지는 않았다.

밖으로 나다니는 일은 하고 싶지 않았다. 대문 옆 전봇대에서 부업할 부녀자를 구한다는 종이를 떼어 왔다. 신발 끈의 끝을 마무리하는 일이었다. 일할 것과 기계를 집에 갖다 주고 완성품을 가지고 가는 조건이었다.

아이들이 집에 온다고 하면 일하던 것들을 숨겼다. 아이들에게 보이고 싶지 않았다. 고등학교 교사와 국립연구소에서 연구원으로 일하는 두 아이들은 점점 나와 어울리지 않는다는 생각이 커져 갔다.

방 안에서 여름이 가고 가을이 가고 겨울이 왔다. 신발 끈을 마무리하는 일은 생각할 틈이 없어 좋았다. 끼우고 누르고 묶고 던지고. 손은 기계처럼 움직였다. 움직임을 유지하기 위해 몸은 밥을 당겼고, 몸에서 사용되고 남은 밥의 기운은 차곡차곡 쌓여 천천히 꿈틀대기 시작하는 것을 느낄 수 있었다.

첫 제사가 다가왔다. 동서에게 전화를 했다. 첫 제사는 남편의 부탁이었고, 그의 제사를 챙기겠다는 것은 내 스스로의 약속이었다. 시동생은 여전히 나와는 눈을 맞추지 않았으나 조카들을 시켜 집안 법도대로 제사를 지냈다.

첫 제사를 지낸 며칠 뒤부터 마음이 울렁거렸다. 한 번 울렁거리기 시작한 마음은 걷잡을 수가 없었다. 시동생의 싸늘한 눈빛, 아이들과 어울리지 않는 내 처지, 집 안에 갇혀 신발 끈이나 누르는 일은 답답했다.

이렇게 평생을 살 수는 없다. 여기서는 다르게 살 수가 없다. 이사를 가자. 무슨 일을 하든 먹고살지 못할까? 어디로 갈까? 한 번 터진 생각은 걷잡을 수 없었다.

복이와 국이에게 마음을 이야기했다. 국이가 부산으로 오라고 대뜸 답을 했다. 일자리는 천천히 구하더라도 그 집에서 어서 나오라고 했다. 집은 자기가 구해 보겠다고 했다. 소식을 들은 엄마까지 나섰다. 달리 방법이 없었다. 되돌아가는 것이 아니라고 몇 번이나 마음을 먹었다.

해향의 사장을 만났다. 소문을 들었다며, 유서를 태운 일을 크게 나무랐다. 삼천포를 떠나겠다고 했다. 사장은 횟집을 차려 줄 테니 운영해 보라며 막아섰다. 나는 웃기만 했다. 결국 사장은 손을 내밀어 악수를 청하며 말했다.

"힘들면 언제든지 와!"

집을 내놓고 시동생 집으로 가서 결심을 말했다. 기다려도 어디로 가느냐고 묻지 않아서 앞질러 말해 버렸다.

국이가 우선 전세를 구해 줄 테니 집이 나가기 전이라도 이사부터 하라고 했다. 직장에서 쉽게 대출을 받을 수 있다고 했다. 동생들은 좀 흥분된 상태였다. 국이가 소송 이야기를 꺼냈으나 내가 원치 않았다.

그 뒤부터 동생들은 전화만 하면 이사를 권했다. 결국 국이에게 집을 구해 달라고 부탁했다.

일주일 뒤에 연락이 왔다. 기장시장 근방의 아파트라고 했다. 18평. 남향. 시장과 가깝다고 해서 잠시 웃었다. 전세든 매매든 다 가능한 조건이었다. 일단 전세 계약을 부탁했다. 집은 비어 있어 언제든 들어갈 수 있다고 했다. 집에 맞추어 짐을 줄이라는 것이 유일한 부탁이었다. 그 자리에서 다가오는 토요일로 이사할 날을 잡아 버렸다. 닷새 뒤였다.

3

이삿짐은 1톤 트럭 한 대에 맞춤이었다. 아파트에 붙박이장과 기본적인 취사도구가 갖추어져 있어 짐은 대부분 옷가지였다. 남편의 하복 한 벌은 운전석 옆자리에 따로 두었다.

국이 내외가 짐 정리를 도와주어서 이사는 저녁 무렵에 끝이 났다. 짐을 풀고 아파트 옆의 기장시장을 둘러보았다. 숨을 크게 들이쉬었다. 국이가 돌아가면서 문단속 잘 하라는 말을 해서 잠시 웃었다.

다음날부터 일자리를 찾아 돌아다녔다. 국이는 좀 더 있다가 조그만 식당이라도 열어 보는 게 어떠냐고 했지만 나는 아직 때가 아니라고 했다. 내가 만난 두 사장처럼 사람들을 대할 자신이 아직 없었다.

아파트에서 걸어서 다닐 만한 곳에 있는 노인 전문 병원의 구인 광고를 보았다. 마침, 나를 기다리고 있었던 듯 조리사 자격증을 가진 사람을 급히 구한다고 했다. 망설일 이유가 없었다. 다음 날 병원을 찾아갔다.

정신을 차릴 틈도 없이 바쁜 병원 식당의 일이 마음에 들었다. 나를 포함한 넷이서 입원 환자 80여 명의 세 끼를 책임지는 일은 잠시도 쉴 틈을 주지 않았다. 내가 하는 일은 영양사가 정해 주는 메뉴에 따라 음식을 만드는 것이었다. 땀에 흥건히 젖어 버리면, 속엣 것들이 녹아서 다 빠져 버린 것처럼 그렇게 개운할 수가 없었다. 퇴근하여 집에 들어 곧바로 곯아떨어질 수 있는 것도 좋았다. 두어 달이 훌쩍 지나갔다. 종종 국이가 들러 엄마 소식을 들려주고 갔다. 설에도 함안에 가지 않았다.

국이가 요양 보호사 자격증 이야기를 꺼낸 것은 설을 지난 뒤 다니러 와서 이런저런 이야기를 하던 중이었다. 아직 잘 알려지지 않았지만 내게 맞을 거라며 내 뜻을 물었다.

"왜?"

"그냥 누나는 옛날부터 그런 분위기가 있어. 누나는 남이 힘든 거 못 보잖아."

"그런 게 어딨냐? 내 주변에 그런 사람들만 있어서 그렇지."

"잘 생각해 봐요. 내가 보기엔 그런 게 좀 있어. 학력 제한도 없고. 또 공부하는 게 있으면 딴 생각도 안 들 거고."

"그게 어렵냐?"

"전혀. 누난 자격증 공부 해 봤잖아. 그것보다 훨씬 쉬워요."

"쉬운 공부가 어딨냐? 공부가 제일 어렵더라."

"자격증이 있다고 특별한 건 없지만, 자격증이 있으면 또 필요한 때가 있을지도 몰라. 천천히 생각해 봐요."

국이가 돌아가고 난 뒤, 국이가 말한 내 분위기가 뭘까? 잠시 생각했다. 사실, 병원에서 노인들의 이야기를 듣는 것이 싫지는 않았다. 그들은 껍질을 다 벗은 사람들 같았다. 아프면 아프다고 하고, 좋으면 아이처럼 표를 냈다. 다가간 사람을 좀 더 옆에 두고 싶어 하는 것이 눈에 보였다. 옆에만 가도 귀한 사람으로 대했다. 큰 병이 든 사람일수록 더 그랬다.

그러려니 하고 병원을 오가다가 기장시장 건너편에 있는 요양보호사 자격증 취득 학원을 발견했다. 국이의 말이 떠올라 뭘 하는 곳인지나 알아볼 참으로 들어가 봤다. 상담을 하는 이는 내가 하는 일의 이야기만 듣고도 나를 위한 일이라며 교재를 권했다. 얼떨결에 교재를 사고 말았다.

식탁 위에 교재를 놓자 여러 가지 생각이 떠올랐다. 정원가든과 금사야학은 아직 있을까? 오빠는 어디에서 잘 살고 있겠지? 해향의 2층 방과 바닷가의 방도 떠올랐다. 복어 조리사 자격증을 받은 날, 두 사장 앞에 절하던 모습도 생생히 떠올랐다. 그랬었지. 그런 일이 있었지.

이것도 필기와 실기 시험이구나. 그래. 해 보자, 까짓것.

환자의 보호자가 조리사를 찾는다는 이야기를 원무과 직원에게서 들었다. 영양사겠지 생각하고 나 몰라라 하고 있었더니 다시 찾아왔다. 직접 조리한 사람을 찾는다는 것이었다. 음식에 문제가 있었나 싶어 걱정이 앞섰다.

여든넷 된 노인 환자의 아들 내외라고 밝힌 부부는 원무과 직원이 나를 소개하자 자리에서 일어나서 고개를 숙였다.

"아버지가 꼭 전하라고 하셔서 뵙자고 했습니다. 며칠 전에 드신 녹두죽을 끓이신 분이 맞으신지요?"

"녹두죽? 아! 네. 혹시 환자분이 불편해 하시던가요?"

"아뇨! 아버지가 입에 꼭 맞았다며 꼭 인사를 전하라고 하셨습니다."

대강 누군지 알 것 같았다. 음식을 내고 난 뒤 환자들의 반응을 보기 위해 병실을 한 바퀴 돌 때, 나를 불러 세운 환자가 있었다. 백발이 단정한 노인이었다. 노인은 가운에 적힌 이름표를 유심히 보더니, 간이 맞아 잘 먹었다고 말했다.

아들은 주머니에서 봉투 하나를 꺼내 내밀었다. 원무과 직원이 말없이 자리를 비켰다.

"아니, 이러시면 안 됩니다. 어르신 필요한 것 사 드리세요."

"병원 규정은 저도 압니다. 그러나 이건 아버지의 뜻이니 받아 주십시오. 안 그러면 제가 혼나요."

부부는 마주 보고 빙그레 웃으며 봉투를 탁자 위에 두고 돌아서 버렸다.

그 일이 있은 며칠 뒤, 병실에 들어가자 그 노인이 손짓을 했다. 다가가서 아들을 만난 이야기를 했다. 노인은 환히 웃으며 틈날 때 말벗이나 하자고 했다.

노인은 신도시 개발이 한창인 해운대에서 상추농사, 파농사를 짓고 살았다고 했다. 농사를 지었다는 말에 노인이 가깝게 느껴졌다.

"인제 밭이 다 사라져 버렸어. 할마이 먼저 보내고 농사짓는 그게 내 낙이었는데, 아파트가 들어오니 막을 수가 있나. 낙이 사라지니 서리 맞은 이파리처럼 몸이 사그라져 버렸어. 돈맛을 본 아들놈들이야 살맛이 났겠지만……. 조리사 선생은 농사지어 봤어?"

"어릴 때 시골에서 농사지었어요. 그리고 어르신, 저, 선생 아니에요."

"의사만 선생인가? 내한텐 당신도 선생이야. 그래, 어디서 무신 농사를 지었던고?"

"논농사를 했어요. 밭도 좀 있었고."

"반갑고만. 농사는 논농사가 진짜 농사지. 도시 사람들 입에 맞춰 나무새나 심는 거는 너무 싱거워……."

노인은 휠체어를 멈추고 병원을 둘러싼 빌딩들을 올려다보며 쓸쓸하게 말했다.

노인은 관절염과 폐질환이 있었다. 간병인이 밖으로 나가는 것을 말릴 때도 있었지만 노인은 고집을 부려서라도 나와 시간을 보내려고 했다. 내가 미는 휠체어에 앉아 병원 정원을 한 바퀴 도는 것을 좋아했다. 노인이 고집을 부리면 눈치가 보였다. 퇴근 시간이 지나서 하는 일이었지만 노인과 나의 관계가 다른 사람들의 눈에 어떻게 보일지 알 수 없는 일이었다.

노인과 그렇게 만나는 일은 계속되었다. 노인은 점잖았고, 가족들도 고마워했다. 아들은 원무과에 식당 직원들의 회식비를 맡기도 했다. 식당이나 원무과 직원들도 내가 노인을 태우고 휠체어를 밀고 가면 손을 흔들어 주기도 했다.

학원에서는 시험을 빨리 쳐서 자격증을 받으라고 했지만 나는 별 이유도 없이 미루기만 했다. 시험을 보는 순간의 답답함이 싫었다. 용을 써서 이루고 싶은 것이 아니었다. 이대로 가다 보면 또 언젠가는 불쑥, 하고 싶은 날이 올 거란 것을 알고 있었기 때문이기도 했다.

그의 두 번째 제사는 혼자 지냈다. 복이가 날을 기억하고 동생들과 오려는 것을 말렸다. 혼자 지내고 싶었다. 앞으로도 그럴 것이라 생각했다. 신위도 한글로 썼다. 제물도 간단히 차렸다. 탕국대신 그가 좋아했던 추어탕과 복죽을 올렸다. 절도 두 번만 했다. 잘 살고 있다고 몇 번이나 말했다.

크리스마스에 이은 연말, 찾아오는 자녀들로 병원이 북적거리고 난 뒤, 간병인의 눈치를 보며 노인과 정원을 한 바퀴 돌았다. 그런데 그날 노인의 기침 소리가 이전과 달랐다. 이마를 짚어 보니 열도 있는 것 같았다. 서둘러 병실로 돌아와 간병인에게 말했다. 노인은 그날 밤에 다른 병원으로 실려 갔다. 노인의 병세가 나 때문에 악화된 것 같아 밤새 마음을 졸였다.

일주일쯤 뒤, 식당으로 걸려온 아들의 전화를 받았다. 노인이 돌아가셨다고 했다. 급성 폐혈증이 사인이라고 했다. 가슴이 쿵쾅거렸다. 싸늘하던 간병인의 눈빛이 떠올랐다. 종일 일이 손에 잡히지 않았다.

장례식장에 가는 길이 두려웠다. 아들이 따지고 들면 뭐라고 해야 하나 앞이 캄캄했다. 문상을 마치고 나올 때까지 죄지은 마음이었다. 따라 나온 아들을 보며 고개 숙여 말했다.

"죄송합니다. 그때 제가 어르신을 밖에 모시고 나가서……."

내 말에 아들은 황급히 손을 저으며 말했다.

"아닙니다. 병원에 입원하고 난 뒤, 정신이 맑을 때 아버님이 조리사님께 특별히 고맙다는 인사를 꼭 전하라 했습니다. 그리고 급성 폐혈증은 의사 선생도 손을 쓸 수 없다고 했습니다. 절대 그리 생각하지 마십시오."

말을 마친 아들은 지갑을 뒤져 명함을 내밀며 말했다.

"아버님이 악화되기 전에, 조리사님께 몇 번이나 고맙다는 말을 하셨습니다. 혹시라도 제 도움이 필요하면 언제든지 전화 주십시오."

우연이었을까. 월요일, 원장은 전 직원이 모인 자리에서 직원들의 근무 태도를 문제 삼았다. 불안한 환자의 심리 상태를 이용하여 개인적인 관계를 맺거나, 심지어 금품을 받는 일까지 있다며,

앞으로 엄중히 문책할 것이라고 말했다. 듣는 내내 나를 두고 하는 소리 같았다.

그날 밤에 사직서를 써서 봉투에 넣어 두고 잠시 망설였다. 그러나 결론은 이미 난 것이었다. 아무 일도 없던 것처럼 병원 일을 할 자신이 없었다. 다음날 아침에 총무과에 봉투를 내고 돌아섰다. 미련 같은 것은 없었다.

마음이 허전하면 습관처럼 집 청소를 하곤 했다. 이삿짐을 푼 그대로 살았던 살림을 다 끄집어냈다. 빨래를 삶고 부엌살림들도 삶고 말려 다시 넣었다. 내친김에 베란다의 시들시들하던 것들을 뽑아 버리고 새잎을 단 것들로 바꾸었다. 제사 지내고 비닐로 싸서 장롱에 걸어 두었던 그의 경찰 제복도 꺼내 볕에 말렸다. 빨랫줄에 매달려 흔들리는 제복에서 그의 얼굴이 잠시 나타나기도 했다. 바람을 쐰 제복은 벽에 걸어 두었다. 거실 소파에 앉으면 마주 보이는 벽이었다. 미루었던 요양 보호사 시험을 봐야겠다고 생각했다.

일주일쯤 지난 뒤, 집으로 낯선 목소리의 전화가 걸려왔다. 기장에 온 뒤, 내게 전화를 하는 사람은 동생들과 옥귀밖에 없어 잘못 걸려온 전화일 거라 생각했다. 그런데 전화를 걸어온 사람은 뜻밖에도 백발노인의 아들이었다. 전화를 받으며, 보지도 않고 전화기 탁자 서랍에 넣어 두었던 그의 명함을 찾았다. 그는 골프장의 전무였다.

노인의 아들은 병원비 정산 문제로 병원을 찾아갔다가 내가 사직한 것을 알게 되었다고 했다. 그러면서 자기가 근무하는 골프장 식당에서 사람을 구한다며 거기서 일을 해 보지 않겠냐고 물었다. 그렇잖아도 슬슬 일자리를 다시 알아봐야겠다고 생각하던 중이라 반갑기는 했지만 그 사람의 관심이 부담스러웠다.

내가 대답을 미루자 그는 거듭 일을 했으면 좋겠다며 대답하기를 바랐다. 병원보다 일도 수월하며 임금도 더 쳐 주겠다고 말했다. 골프장은 생각도 해 보지 않은 곳이라 어떤 모습일지 떠오르는 것이 없었다. 내가 답을 못 하자 그는 마지막 호소라도 하듯 큰 소리로 말했다.

"아따 마. 아버지가 남긴 유언 좀 지키도록 해 주쏘."

말을 마친 그 사람이 껄껄 웃었다. 내가 얼결에 따라 웃자, 그는 내일 아침 아홉 시에 병원 앞에서 기다리겠다며 전화를 끊어 버렸다. 미루었던 시험을 보려고 원서를 써야겠다고 생각하던 중이어서 끝까지 거절해야 했다고 생각했다.

골프장은 기장에서 일광으로 가는 큰길에서 벗어나 큰 개울을 가로지르는 다리를 건너고도 산 속으로 오르막길을 한참 올라간 곳에 있었다. 골프장 출입문에서 얼마 떨어지지 않은 곳에 자리 잡은 식당은 학교 교실 하나 크기였다. 2층에는 커피숍이 자리하고 있었다. 손님은 주로 골프장에 근무하는 직원들이고 간혹 골프 치러 온 사람들도 온다고 했다. 골프 치러 오는 사람들은 뭘 먹는지 궁금했다. 그런데 생각 밖으로 메뉴는 간단했다.

"조리사가 따로 필요할 것 같지 않은데요?"

내가 메뉴판을 보고 말했다.

"왜요?"

"아니, 메뉴가 너무 간단해서……."

"하하하. 골프장 사람이라고 별걸 먹는 줄 알았어요? 여기 골프 치러 오는 사람들은 대개 밖에서 먹어요. 간혹 해장국을 찾는 사람들은 있지만. 그리고 조리사 자격을 가진 사람이 있어야 공무원들이 집적거리지 않아요. 그래서 딱이다 싶었죠. 음식 맛은 아버지한테 들었고. 자, 그럼, 내일부터 출근하시죠?"

내가 대답하기도 전에 그는 식당의 책임자를 불러 구하던 조리사 자격증이 왔다고 이야기해 버렸다. 불려 나온 사람은 고개만 조아렸다. 꼼짝없이 다음날부터 출근해야 했다. 출퇴근을 같이 할 사람도 그 자리서 소개받았다. 이 씨와 구 씨, 둘 다 언니뻘이었다. 그 자리서 이 씨 언니, 구 씨 언니가 되었다.

식당일은 어디나 거기서 거기였다. 한가한 시간에는 식당에 앉아 요양 보호사 시험공부를 하거나, 있는 대로 차려입고 골프나 치러 다니는 싱거운 사람들을 구경했다. 잔디밭을 걸어 다니기도 했다.

봄이 되자 사람들이 붐비기 시작했다. 주말의 점심이나 저녁에는 식당 밖에 줄을 서서 기다리는 사람도 있었다. 바빠지니 마음은 편했지만 보지 못한 시험 걱정은 커져 갔다.

이웃 아파트에 사는 이 씨 언니와 구 씨 언니는 출퇴근을 함께 하니 쉽게 동무처럼 되었다. 퇴근 후엔 돌아가며 한 집에 모여 식구들이 들어올 때까지 놀다가 헤어지곤 했다. 이렇게 벌어먹고 사

는 일도 있구나 싶었다. 봄이 가고 태풍이 올 때까지 그랬다. 8월
말에 닥친 태풍은 엄청난 비를 몰고 왔다.

4

그날, 새벽에 비 소리가 예사롭지 않았다. 창이 흔들리는 소리
에 잠을 깼다. 베란다에서 본 밖은 물 천지였다. 주차장 차들의 바
퀴가 반이나 물에 잠겨 있었다. 비옷을 입은 경비 아저씨만 배수
구에 박힌 나뭇가지를 끌어내느라 안간힘을 쓰고 있었다. 그러고
도 비는 그칠 줄 몰랐다.

베란다에 스며든 물을 쓸고 조장 격인 이 씨 언니에게 전화를
할 요량으로 전화기 옆으로 갔다. 전화기 옆에 놓인 요양 보호사
자격 필기시험 교재가 눈에 띄었다. 여름이 가기 전에는 꼭 시험
을 봐야겠다고 생각했다. 그동안 너무 게을렀다고 갑자기 자책감
이 몰려왔다.

"오늘은 골프장 안 열겠지요?"

"내가 전화해 볼게. 설마 이런 날 골프 치는 놈이 있겠나? 잔디
밭에서 미꾸라지나 잡으려면 몰라도. 뜸해지면 혼자 궁상떨지
말고 우리 집에 건너 오이라. 영감 출근하고 나면 정구지 넣고
찌짐이나 부쳐 먹게."

쉬는 날을 확신한 듯 이 씨 언니는 들떠 있었다.

날이 밝아도 비는 그치지 않았다. 뒹굴다가 우산을 받으며 언

니 집으로 갔다. 조금 지나 구 씨 언니도 왔다. 부침개를 구워 늦
은 아침을 대신했다. 이 씨 언니가 커피를 끓여 내며 비스듬히 누
운 나를 보고 말했다.

"영감들이 나가고 나니 살 것 같네. 구남이 니는 니 밥만 해도
되니까 좋제? 에이구, 이넘의 팔자는 드나 나나 밥만 해 댄다.
밥, 밥, 밥."

언니들은 마주 보며 갈갈댔다.

열 시가 넘었을까? 밖이 조용한 듯해서 창을 보니 이윽고 비가
가늘어지고 있었다. 그때 이 씨 언니의 휴대폰이 울렸다. 전화를
받은 언니의 목소리가 자꾸만 올라갔다.

"엥? 지금요? 셋만?"

소파 위로 전화기를 휙 집어 던진 언니가 일어서며 혀를 끌끌
찼다.

"우리가 놀고먹는 꼴을 시샘하는 귀신이 있나 봐. 밥하러 오란
다, 밥. 비상근무 하는 직원들 점심밥 해 주란다. 아이구, 내 팔
자야. 봉고도 없단다. 내 차로 가자."

셋은 숨어 놀다 들킨 것처럼 후다닥 일어났다. 집에 가서 옷만
갈아입고 이 씨 언니의 소나타로 가기로 했다.

큰길에서 내려 골프장으로 가는 길은 물바다였다. 언니는 운전
대에 가슴이 닿도록 허리를 곧추세워 차를 몰았다. 개울을 가로지
르는 길엔 바퀴가 거의 다 잠길 정도였다. 골프장의 잔디밭에도
곳곳에 웅덩이가 보였다. 식당 앞에는 비상근무 한 직원들이 모여
있었다. 열네 명의 밥을 차렸다가 치우고 나니 오후 두 시가 넘어

가고 있었다. 사장은 퇴근하라고 했다.

다시 언니의 소나타에 탔다. 소나타는 내리막길을 천천히 내려
와 개울을 건너는 길목에 섰다. 올 때보다 물이 더 불어 있었다.
곳곳에서 사이렌 소리가 들렸다. 개울 위 고가도로엔 경찰복이 차
들을 통제하고 있었다.
"언니, 아까보다 물이 많이 불었다. 지나갈 수 있겠나?"
언니가 내려서 개울물을 바라보다가 다시 차에 탔다.
"모르겠다. 흙탕물이라 깊이를 모르겠다. 그런데 달리 방법이
없다. 골프장으로 돌아가서 기다릴까?"
"살살 가 보자. 내가 무거워서 떠내려가지는 않을 끼다."
뒤에 앉은 구 씨 언니가 농을 섞어 한마디 했다. 입을 다물고 소
용돌이치는 흙탕물을 말없이 바라보던 이 씨 언니가 차를 움직였
다. 소나타의 머리가 물속으로 천천히 미끄러졌다.
"천천히, 천천히."
운전석 옆에 앉은 내가 말했다. 차가 앞으로 기울어지는 것 같
았다. 차 밑으로 흘러가는 물살이 발바닥에 느껴졌다. 소나타가
조금 더 나아가더니 피시식 소리와 함께 시동이 꺼져 버렸다. 당
황한 언니가 자꾸만 키를 돌렸지만 소나타는 가래 끓는 소리만
낼 뿐이었다.
내려서 밀어 볼 생각으로 문을 열어 보려고 했다. 그러나 차오
른 물 때문에 문은 꿈쩍도 하지 않았다. 차문 틈으로 물이 들어오
기 시작했다. 창문을 내릴 수도 없었다. 다급해지기 시작했다. 전

화기를 꺼내 119를 눌렀다. 통화 중이었다. 고가도로 위 경찰도 보이지 않았다. 뒤를 돌아보니 구 씨 언니는 겁먹은 얼굴로 "웨메! 웨메!" 소리만 지르고 있었다.

"언니야! 빨리 119에 전화해."

구 씨 언니에게 소리쳤다.

개울물은 급속히 불어나고 있었다. 순식간에 의자 위까지 물이 찼다. 나는 뒷자리로 넘어갔다. 119는 계속 통화 중이었다. 갑자기 소나타가 붕 뜨는 느낌이 들었다. 운전석 창문 밖으로 흙탕물이 병풍처럼 서서 달려왔다. 물을 맞은 소나타는 기우뚱하더니 빙빙 돌기 시작했다. 순식간에 물이 목까지 차올랐다.

악을 써서 문을 밀었지만 문은 꿈쩍도 하지 않았다. 차창을 두드렸으나 보이는 것은 물 위에 떠내려가는 뿌리째 빠진 고춧대뿐이었다. 소나타는 빙빙 돌기만 했다.

물은 곧 얼굴에 닿았다. 다리를 뻗고 고개를 뒤로 젖혔다. 119는 통화 중이었다. 그러다 한순간 소나타가 어디에 닿은 듯 쿡 하고 멈추더니 구 씨 언니 쪽 문이 찰칵 열렸다. 물살이 왈칵 밀려들어왔다. 갑자기 구 씨 언니가 사라졌다. 숨을 몰아쉬고 언니가 사라진 문 쪽으로 몸을 돌렸다. 그러나 물살에 밀려 반대쪽으로 처박혔다.

어느 순간 운전석 쪽 문도 열렸다. 고개를 뒤로 젖히고 숨을 쉬고 있던 이 씨 언니가 내 손을 잡아끌었다. 소나타가 다시 빙 돌았다. 내 손을 잡았던 언니의 손이 떨어졌다. 다시 물결이 치받았다. 몸이 구석으로 던져졌다. 입 안으로 모래가 뭉텅 들어왔다.

내가 열고 나가야 할 문은 어디에도 보이지 않았다.

우리는 당신들의 삶을 쉽게 잊어버렸습니다.

당신들이 뿌린 눈물은 이미 말랐지만 세상은 여전히 뒤틀려 있습니다.
세상은 손발에 칼을 붙이고 보이는 대로 베어 나아가는 사람들의 것입니다.

당신들의 이야기를 하고 싶었습니다.
어디서든 당신들의 밥이 식지 않았기를 바랍니다.
그 밥을 먹고 우리의 손발에 따스함이 살아나기를 바랍니다.
당신들의 눈물이 세상을 적셨듯이 말입니다.

누구나 밥상에 꽃 한 송이쯤 꽂아 두면 좋겠습니다.

이제라도 당신들을 생각하며.

2018년 7월
홍정욱